MINGUO TONGSU XIAOSHUO
DIANCANG WENKU

民国通俗小说典藏文库·冯玉奇卷

燕剪春愁

冯玉奇◎著

中国文史出版社

目　　录

1

2

第一回

破机关志士同流血
救无辜一心代出头

　　在一个军阀时代中，整个的北京城里全是田剑峰将军的势力。那时候的国家，仿佛是春秋列国，只要你有十万八万的军队，就可以割据城池，称孤道寡。虽然在现时代的这个潮流里，不会再有称孤道寡的口吻，不过什么督军、巡阅使、总司令等的头衔，也是不一而足了。

　　在田巡阅使将军府的附近，有一个小小的私人花园，这里面的主人姓韦名柏村，是个五十开外的年纪。他在清政府未推翻之前，确实也为革命而曾经仆仆风尘、东奔西走，干过一番烈烈轰轰的事业。有一次他率领同志去攻打两广总督衙门的时候，险些还伤了性命。然而他具有百折不挠的精神，终于和同志们把清政府推翻，而建立了中华民国。但是革命是成功了，所谓时势造英雄，那班趁火打劫的人还是存了地盘主义的思想，谁也不肯团结一致。因此你是督军，我是总司令，他是巡阅使，大家都是国家领袖。柏村见那班强盗出身的做了巡阅使和督军，就是资格较低的那班做贼出身的，也无不做了师长、旅长，只有自己手无缚鸡之力，资格没有他们好，所以还是这么的一个光身。他目睹这一种情形，未免有些心灰，兼之近年来精力日益衰弱，鬓须由黑而

1

已变成灰白的颜色，于是他不再问国事，遂息隐家园，预备终老此生了。幸而他的儿子燕士是个有抱负的青年，他目睹军阀的暴虐不仁、横行一时，心中痛愤十分，遂毅然加入革命军部下工作。他的职务是情报工作，所以到处探听消息，颇为活跃。燕士有妹名燕琴，年方十八，亦现代一新女性，对于哥哥的行为十分赞同。她如今还在北京师范学校里读书，功课很是努力。所以柏村爱她，仿佛是掌上明珠一样。

这是一个暮春之初的季节，鸟语花香，草长莺飞，天气非常暖和轻松。燕琴这日放学回家，站在一个池塘的面前，望着池中水面伸出的青青莲蓬，心里想着哥哥这几天不知在什么地方。自从他担任了情报的工作，便行踪无定。记得还是上个月里，他偷偷地回家来瞧望爸爸一次。现在隔了这许多的日子，却没有到来，不知他会不会被……想到这里，芳心倒是别别地一跳。她的眉毛有些含颦，摇了摇头，自己安慰自己说道："大概不会的吧。我相信，老天一定能够保佑哥哥的。"人到无可奈何之时，往往有这种无聊的思想，在燕琴所以这样默默地祈祷着，也无非聊以安慰自己罢了。正在这个时候，忽然听得有人叫道："琴，琴，你一个人在做什么呀？"燕琴听那口吻好生耳熟，遂慌忙别转头来，凝眸望去，只见那边花丛中钻出一个少年来。他身穿一套花青呢的中山装，留着一头乌亮的西发，光可鉴人。一副白净的脸庞，显出英挺的气概。这少年不是别人，乃是哥哥从前的同学杨逢春，但现在却是已经变成自己唯一的知心人了。当时燕琴见了逢春，扬着眉儿，娇靥上的笑窝立刻掀了起来，叫道："我道是谁？原来是你吗？你这时候怎么有空呀？我这几天正闷得慌呢。"说着话，彼此加快了几步，已经走到了面前。两人伸手紧紧握了一阵，表示十分的亲热。杨逢春见她穿着爱国布的短袄，系着元色绸的裙儿，雪白长筒丝袜，黑漆半高跟的皮鞋，亭亭玉立，娇小可爱。若以"修短合度、秾纤得衷"八个字来形容她，实在可以当之无愧。听她这样问，便笑了一笑，但立刻又镇静了态度，很惊慌地说道："这几天他们对于革命军的人捕捉得非常厉害，我心里实在很替大哥担忧，所以来问问你，不知你有什么消息吗？"韦燕琴听他这样说，那笑窝立刻也平复下来，凝眸含颦地说道："可不是，哥哥有一个多月没回家来了，我心里也在记挂哩。唉，那真危险……"

韦燕琴对于逢春这个消息当然是很惊心的，所以她说到这里，不免深深叹了一口气。同时她一颗处女脆弱的心里，已被一阵无限的恐怖所袭击，明眸望着澄清的池水，那水面上仿佛浮现出哥哥被捉的情形，她隐隐地有些作痛，晶莹莹的泪水忍不住已在她的脸颊上淌了下来。杨逢春见她西子捧心的那种意态，颇觉楚楚可怜，遂情不自禁地走上一步，伸手去拍了拍她的肩胛，安慰她道："琴，你别伤心，吉人天相，大哥绝无什么危险的遭遇，那你尽可以放心的。"韦燕琴听他这样安慰，便慢慢地抬起粉颊，秋波脉脉地含了感谢的意思，向他瞟了一眼，说道："但愿应了你的话，那真是我哥哥的幸运了。"说毕，不免又破涕嫣然一笑。杨逢春见她这一笑，在淡淡的春阳余晖笼映之下，自然是妩媚到了极点，遂拿了一方帕子，亲自给她拭去了泪痕。两人相对默视了一会儿，内心都蕴藏了十分的热情，各人的两颊因此也泛起了一圈一圈的红霞。忽然在寂静的空气中，有了一阵苍老的咳嗽声，把两人同时惊得回过头去，原来是柏村衔了一支雪茄站在那面花架子的旁边。

他穿了一件灰哗叽的长衫，反剪了双手，抬头望着绿叶丛中已将谢去的花朵，似乎有些惜春的意思。韦燕琴生恐自己和逢春那种亲热的举动被爸爸瞧见了。自己是一个女孩家，到底有些难为情，所以她不待爸爸发觉，就先喊道："爸，杨先生在这儿呢。"

其时柏村是早已瞧见两人的，同时对于两人的谈话，也有些隐隐地听见，但他老人家也是个极爱避嫌疑的人，所以他故意咳嗽了两声，只装作没瞧见。听到女儿这样喊他，便含笑回眸过来说道："哦，原来杨先生在此吗？我却没理会。"随了这两句话，杨逢春的身子已走了上去，向柏村行了一个四十五度的鞠躬礼，说道："有好多天没来拜望老伯了，今天特来向老伯请安。"柏村一面弯腰还礼，一面笑道："多谢你的记挂，杨先生！我们请里面坐吧。"韦燕琴见两人步入院子里去，于是也跟着到会客室来。仆妇阿英倒上三杯茶，柏村向逢春问道："杨先生，这几天你有什么消息吗？"杨逢春喝了一口茶，把茶杯放在几上，蹙了眉尖，说道："也没有什么消息，只不过他们捕人得紧……刚才我问韦小姐，她说大哥有一个多月没来过，我想他也许已出码头去了吧。"韦柏村听了，把雪茄烟的灰用手指弹了两弹，做个沉思的模样，忽然抬头说道："这许多日子不来，显然工作是十分忙，同时也许他怕连累家庭，所以他觉得还是不回来好。我想，现在形势既然如此紧张，这孩子不是往外埠去，定是被他们捕去了……"杨逢春听他说到这里，声音有些颤抖，遂慌忙安慰他道："老伯，你不用担心，我想大哥是个机警的人，他绝不会被他们捕去的。明天我可以给你老人家去打听打听，也许有好消息可以来告诉老伯。"柏村点点头，虽然不说话，却是深深地叹了一口气。

黄昏的暮霭降临了宇宙，室中的一切更显得暗沉沉的，令人感到了凄凉的意味。杨逢春见柏村只管吸烟，燕琴垂了粉颊，把纤手玩弄着一方小绢帕,也是呆呆地出神。当然他们是十分不安,恐怕燕士遭到了什么不幸,自己再想安慰他们几句,但是也无从安慰,况且那种空虚的安慰,也是十分无聊,因此他感到了有些局促不安,遂站起身子,说道:"老伯,我走了,对于大哥的事情,我明天一定可以给你个回话。"韦燕琴听他要走了,这才猛可觉得似乎太冷淡了人家。虽然自己心里是很替哥哥忧愁,但到底也不能不招待客人的,遂慌忙也站起身子,秋波盈盈地瞟他一眼,说道:"你忙什么?已是晚饭的时候了,就在这儿用了饭回去吧。"杨逢春被她这么一留饭,倒是怔住了一会子,暗想:我既然已经说走了,若再坐下来,那自然很不好意思。不过我若不听从她的话,她的心里一定又要不喜欢……因了这阵子的思忖,他就觉得左右为难,因此搓着两手,表示踌躇不决的神气。这时柏村亦留他道:"杨先生是好久不来了,我正想和你谈谈,假使你没有什么其他的要紧事,就不妨在此用了饭走。"杨逢春听了柏村的话,他方才含笑坐下来,说道:"也好,只是又麻烦了你们。"韦燕琴一撩眼皮,乌圆眸珠一转,逗给了他一个娇嗔,笑道:"那是什么话,难道我们自己不要吃饭的吗?"杨逢春不作声,却也报之以一个会心的微笑。

这时阿英已来上了灯,柏村在灯光下瞧着逢春的脸庞,觉得实在很像自己的燕士,遂又含笑问道:"杨先生近来除了教授外,还干些什么事情呢?"杨逢春微叹了一声,说道:"这个年头还有什么事情好干呢?动辄得咎,什么只好都扮一个木人。我假使不是为了妈妈的缘故,我也不想再留恋在这个北京城里了。"柏村知道逢春也是个雄心勃勃有血气的少年,但是他为了家里有个年老的母亲,所以他不得不安分守己地在粉笔圈里生活着,不免也很同情地说道:"话虽这样说,不过现在这世界是在他们的势力

5

范围下，你也没有什么办法。况且忠孝不能两全，所以我认为还是你这样子比较安闲得多了。"柏村这几句话当然是有感而说的。杨逢春也明白他是在想念燕士，遂说道："我倒以为这年头是年轻人为国出力的时候，假使有机会的话，我却希望步大哥的后尘。"柏村听了这话，把他一颗已颓伤的苍老的心立刻又振奋了一些，点头说道："年轻人应是有心。杨先生，照你的眼光看起来，现在这局势是怎么样的结果？"杨逢春凝眸沉思了一会儿，说道："这个我也不敢说句肯定的话，不过我以为最要紧的是能够得民心，若专以暴力欺压，这仿佛逆水行舟，其能久乎？"柏村连连点头，表示这话不错。

就在这时，只听韦燕琴笑盈盈地叫道："爸爸，杨先生，你们别谈了，且先用饭吧。"原来两人只管说话，就忘记了时间，抬头一瞧，桌上已摆了四菜一汤，并三副碗筷。柏村这才站起来，把手一摆，请逢春入座。燕琴和他是坐了一个直角度，一会儿夹鱼，一会儿夹肉，笑意生春地招待得非常亲热。杨逢春对于燕琴这一份客气，心里不免荡漾了一下，明眸含了无限的情意，向她脉脉地凝望。但有时候四目也会接个正着，因此两人不免都羞涩地笑了，在吃饭的时候，因为彼此沉默着不说话，所以空气是特别静悄。因了静悄的缘故，三人的耳际就听到外面隐约有放枪的声音。

柏村放下饭碗，很奇怪地说道："你们听，哪来的放枪的声音？"杨逢春和韦燕琴也放下筷子，凝神又细聆一会儿，远远地果然还在继续不停地噼啪响着，一时两人的脸上都显出惊讶的颜色。杨逢春猛可离座而起，说道："我到外面去瞧瞧……"韦燕琴听了，怎肯放他，因此也顾不得爸爸在旁，就伸手将他一把拉住了，说道："外面既在放枪，你怎么再能出去？不怕中流弹吗?"

正说时,突然见窗外一个人影闪过,接着奔进一个身穿西服的少年来。他面色惨白,左手鲜血直淋。燕琴定睛细瞧,芳心大吃一惊,那不是哥哥是谁?这就放了杨逢春,立刻奔了上去,抱住燕士的身子,哭叫道:"哥哥,哥哥,你怎么啦?你……"说到这里,眼泪已是扑簌簌地滚下来。燕士右手抚着妹子的头发,圆睁了炯炯的眼珠,说道:"妹妹别害怕,我们的机关被破获了,同志们已流血的流血,被捕的被捕,我是从挣扎中逃出来的。"柏村等方才明白这枪声的由来。杨逢春的全身血液是火样地沸腾着,他的脸由红变成了青,瞧着他左手上尚在淌下的血水。他叫道:"大哥,你……的伤怎么样?"燕士道:"不妨事,这些流血算不了什么,我们同志死得更惨哩!爸爸,你不要伤心,我不能在此久留,我此刻就走了,否则也许要连累了你们……"

燕士说着话,身子便又向外要走。燕琴怎肯放他走出去,抱住了哥哥的身子,泣道:"哥哥,你此刻无论如何也不能走出去,他们满街坊正在搜寻哩,你难道去自投罗网吗?"柏村的心跳得厉害,他眼瞧着儿子这一份狼狈的神情,他眼眶子里已经贮满了心酸的热泪,如今突然听儿子就要匆匆地别去,他这才伸手一招,急出一句话来道:"孩子,你慢着……"那个"走"字还不曾说出,他的喉咙已经哽咽住了,眼泪再也忍不住淌下了满颊。

燕士被妹妹抱住,心里已是辛酸,如今回眸又见爸爸淌泪,顿时激动了父子天性的痛,猛可奔到柏村的面前,跪了下来,双手抱住父亲的双膝,淌泪道:"爸爸,你别难受,你过去不是也曾流过血、受过伤吗?所以今日孩儿的流血是光荣的,孩儿现在竟爸爸未了的志愿,爸爸千万别伤心,即使孩儿为国牺牲,你老人家也应当呵呵地大笑才是。我走了,我走了。爸爸……你保重……"燕士说到这里,身子又站起来。柏村拉了他那只鲜血直冒的手,兀是依依不舍。

谁知这时候,阿英慌张地奔进来,说道:"啊哟,不好啦!他们已搜捕到这儿来了,阿三故意延迟着不开门,他们敲得紧呢!大少爷快些躲藏起来吧!"这消息把室中四个人的心都震得粉碎。韦燕琴已是急得哭出声音来,说道:"哥哥,你快些随我到楼上去呀!"燕士听他们搜捕到这儿来了,心里反而不怕起来,便奋然从袋内拔出手枪,要奔出去,说道:"不!不!我绝不躲藏,我要出去和他们拼个死活,我不能连累爸爸和妹妹……"杨逢春听了这话,抢上一步,便将他拉住了,说道:"大哥,你这话错了,留得青山在,哪怕没柴烧。你不能凭一时之勇,而做无谓的牺牲,现在你快快上楼去躲避。"说着话,拉了他的手,已是向楼上奔了。

燕士这时的心头痛极了,回眸望了柏村一眼,叫声:"爸爸,你……"以下的话却再也说不出来。柏村连连挥手,说道:"别管我,你只管自去躲避,我会应付他们的。琴,你也上去,帮着他们去躲藏……"燕琴一颗芳心也不知如何是好,只有听爸爸的话,遂也急急地奔上楼去。只见逢春拉了哥哥的手,在爸爸的书房里急得团团地打旋转,显然是没处可以藏身,遂急道:"快到我的房中来吧!"说着,三人忙又奔入燕琴的卧房。但躲到什么地方去好呢?燕琴眸珠一转,这就有了主意,遂急把橱门拉开了,说道:"哥哥,你还是藏到这里来。"燕士听了,心慌意乱地正欲跨步入内,忽然理智告诉他,这绝不是个安全的办法,遂又把脚缩回来,说道:"事到如此,也管不得许多了。妹妹,我预备从屋顶逃出去,你……你好生侍奉着爸爸,哥哥非达到成功的目的,是绝不会回家里来的……"说着,回身又握住了逢春的手，说道："春弟，你我情同骨肉，我走后，爸爸和妹妹请你尽力照应，我感激着你是了……"说到这里，身子已向窗边走去。燕琴和逢春跟到窗边，齐声淌泪说道："我们知道，你快放心走吧！"燕士望了两人一眼，也不免泪水夺眶而出，要想再说几句话，只见远处树梢蓬中已如狼如虎地拥进一队卫兵来，因此只好说声再见，便跳上窗槛蹿上屋顶而逃了。

这里燕琴急把灯光熄去，向逢春说道："你也不要走下来，我去瞧瞧爸爸。"说着，遂匆匆地奔到楼下。只见二十多个卫兵各执盒子炮，向爸爸包围着，喝道："你可曾见乱党逃进来？"柏村脸不改色地说道："什么？我们这儿哪里来乱党？"卫队长黄强把两眼恶狠狠地一瞪，忽然瞥眼瞧见了桌上有三副碗筷，便又喝道："还有两个吃饭的人呢？"柏村道："这是我两个女儿，因为害怕你们，所以躲避到里面去了。"黄强听他这样说，把枪柄在地上一顿，大怒道："放屁！咱们可不是吃人的老虎，怕什么？咱们是搜查乱党来的，你若私自把乱党藏起来，那你不怕死吗？"

燕琴听到此，便奔出来，急道："我们委实不知道乱党不乱党，你们不信，可以搜寻的。"黄强道："他妈的！你是谁？"柏村道："这是我的女儿。"黄强贼眼溜了她一眼，沉吟了一会儿，说道："偌大的一个花园，哪里搜寻得着，咱亲眼瞧见有个乱党逃进这儿来，你若不交出，妈的，老子就把你这个王八蛋押起来。"说着，把手向卫兵一招，又喝声拿下。只见走上四个卫兵，取出手铐，要把柏村押了去。柏村挣扎着哪里肯依，怒目切齿，愤愤地说道："这是哪的话，你们倚势怎能欺压良民？可也懂得军法吗？"黄强冷笑一声，猛可把桌子一脚踢翻，只听乒乒乓乓的一阵声音，那些菜碗饭碗早已跌得粉碎，怒喝道："好个嘴犟的老头子，这时可不是你讲理由的时候，且见了咱们的将军再说吧！"燕琴瞧此情形，吓得魂飞魄散，哭道："我们是安分守己的好百姓，你如何可以不问情由地将爸爸押了去呢？"说着，呜咽不止。卫兵把燕琴推开，燕琴哪里肯放，跌在地上，兀是拉着柏村的衣服，大哭不停。就在这时，忽然杨逢春挺身而出，大喝道："你们不得无礼，快快放下这位老先生，我就是革命军，你们就把我捉了去。"

黄强回头突然见了逢春，心中倒是一惊，慌忙把盒子炮扬起，对准了他的胸口，喝道："不许动！举起手来！"杨逢春哈哈笑道："真是胆怯的蠢材！我既然挺身而出，情愿给你捉去，你还怕我做什么？"说着，忍不住又哈哈地笑了一阵。黄强听他这样说，两颊倒是一红，一面吩咐把他拿下，一面冷笑道："果然不出咱的所料，你这王八东西，胆敢私藏乱党，把他一块儿带去！"杨逢春听他这样说，心中倒猛吃一惊，但立刻镇静了态度，把脚一顿，喝道："胡说！我是从外面跳进花园来的，这位老先生他原一些儿不知道。因为不忍老百姓受此冤枉，所以我毅然自首，今你诬良民为私藏乱党，你岂非蛮不讲理吗？快快把他放了，他和我是毫不相关的。"黄强听他声色俱厉地喝着，一时也不敢把良民冤屈带去，虽然自己所以要把柏村押了走，也无非另有作用，现在只好吩咐卫兵放了柏村。他一时计上心来，便一变凶恶的态度，向柏村和颜悦色地说道："咱们军队是极讲理的，为了地方上的治安起见，所以要搜查乱党，不得不严紧一些。现在错怪了你老先生，还请你特别地原谅吧。"这时韦柏村和女儿燕琴见逢春冒认乱党，无非是为了救自己，一时心头不但感激，而且也有些不忍心，因此两人都欲上前辩白他并不是乱党。谁知逢春却向两人瞪了一眼，大声说道："你们是安分守己的老百姓，你们不用害怕，我今被捕，这是我的不幸，与你等绝不相干。"

说着，又把明眸向燕琴脉脉地望了一眼，意思你们不要，只要照顾照顾我的母亲和弱妹就是了。

黄强于是带了杨逢春便向外面走了。柏村和燕琴眼瞧着黄强把逢春押着走出去，心中的痛苦真仿佛刀割一般地难受，哭又哭不出，说又说不出，直到他们都走远了，燕琴方才倒在沙发上呜呜咽咽地大哭起来。韦柏村被女儿一哭，心中真是万分地愤怒和惨痛，但惨痛到底胜过了内心的愤怒，忍不住长叹一声，也急得双泪直流。忽然他又想起了燕士，便忙着问道："你哥哥躲在什么地方？"燕琴听了，这才抬起头来，一面哭泣，一面告诉道："哥哥已从屋顶逃出去了，唉，我正在担心，但愿老天保佑我哥哥平安无事吧。"柏村听燕士已经逃出，心头虽然略安，但想着逢春那么一个有作为的少年，竟累他去牺牲性命，这自己怎能说得过去？柏村想到这里，他两手抬到头上去，抓着他稀疏而带灰白色的头发，大叫着道："啊哟！逢春是个有希望的青年啊！我不能为了自己已衰老的残躯，而牺牲了国家有用的人才。何况他家里有年老的慈母，有幼小的弱妹，唉，他……他这孩子糊涂，他怎么能够冒认革命军呢？我不能害他，我绝不能害他！我应该去换他回来，那么我才对得住国家，我才对得住良心！"柏村说到这里，他的神经有些失常，眼睛发出了绿的光芒，猛可抓起了茶几上的玻璃杯，向地上狠狠地掷去，同时他的身子，也已向门口发狂似的奔出去了。

燕琴见爸爸这个疯狂的样子，显然他内心是那么惨痛，方才停止了哭泣，急得站起身子，抢步把柏村一把拖住了，哭叫道："爸爸，你千万去不得，你……你去不得！"柏村回眸过来，望着女儿海棠着雨般的脸庞，也纷纷泪下，说道："唉，这叫我如何对得住他？又如何对得住他妈……我不能叫一个勇敢有用的少年

11

在这残暴的势力下灭亡啊！"这两句话听到燕琴的耳里，一颗芳心更如利箭直穿一般地痛苦，她脑海里又映出逢春俊美的脸，他是我心爱的人啊！但是他在这一刹那间，真的将在这恶势力下牺牲了吗？她想到这里几乎要昏厥过去。不过逢春他为了爱我，所以他情愿去牺牲，救了我爸爸的性命，爸爸到底是脱了危险啦。她这样想着，于是她不得不忍了万分的心痛，向柏村说道："爸爸，你的话虽然不错，但是你此刻去说明又有什么用呢？逢春固然不会再把他放出来，恐怕你也要陷身在魔窟里了吧。我想一时里也许不会把他枪毙的，我们慢慢想个法子去营救他。"柏村听女儿这样说，觉得这话也说得是，逢春已经是代我入虎穴了，我怎么能够再去自投罗网呢？不过我们用什么方法去营救他？他凝眸沉思了良久，又急得淌泪说道："琴儿，那么你有方法救他吗？"燕琴听爸爸这样问，一时不免怔怔地愕住了一会子，暗想：事到如此，还有什么救星？但为了要安慰爸爸一颗歉疚的心，遂点头说道："让我细细地想一想，哦，我学校中有一个同学，她的爸爸在军队里充秘书长，我想明天去和她商量商量，也许有一些救星。"燕琴这两句话其实是编的谎，所以她内心的痛苦实在难以笔述。柏村听了这话，心头方才宽慰了一些，拉了燕琴一同在沙发上坐下，不停地叹气。

阿英这时把地上的碎碗片和羹菜都打扫清洁，一面又咕噜着骂道："这个世界还成什么样？唉，这算国家的军队吗？强盗土匪奔进也只不过如此罢了。"说着，又向柏村说道，"老爷和小姐还不曾吃完饭，我到厨房里再去添菜来好不好？"柏村叹道："还能再吃得下饭吗？你们到厨下自去吃吧。"阿英答应一声，便匆匆自去。

这晚柏村和燕琴父女两人各睡在自己的房中，怎么能够合得上眼？一会儿想燕士逃出后，不知会不会再被他们捉去？一会儿又想逢春的生死，不知究竟如何？燕琴思前想后，当然更加惨痛，虽然爸爸是脱了罪名，但把一个英俊勇敢的青年活活地去丢送，这到底太使人伤心了，因此她又想起万一逢春枪决而死，这不是我害死他的吗？因为今天这一餐夜饭，原是我留住他吃的。假使他不在这里晚餐的话，当然他不会遇到这一件不幸的事情。既不遇到，他虽有冒认革命军而救爸爸的心，不是也无从冒认起吗？这样说来，逢春简直是我亲手杀了他，但他是我的唯一知心人呀，我怎么会杀他？不过我确实已做了杀他的罪魁。他有母亲，他有弱妹，同时他是杨家的一个仅有的后裔。唉，我的罪恶太大了，逢春，逢春，我绝不能一个人独生，要死我们大家一块儿死……燕琴这样想着，她猛可从床上坐起，不禁起了厌世之念。但理智告诉她道，你不能死，逢春临走的时候，他把明眸曾向我脉脉地凝望，我明白他的意思，他是要我照顾他的母亲和妹子，我如何可以死去？假使我死后，是他妈妈和妹子吃苦，这不但逢春心中不安，我的罪孽不是也更加深了吗？想到这里，她把寻死的念头又打消了，觉得寻死这条路究竟不合理的，而且也表示太懦弱了。我绝不能死，我的责任可重大啦！我要安慰我年老的爸爸，我要保护逢春的母亲和妹妹，我更要留着身子为逢春报仇……燕琴想到此，她的心头是激起无限的愤怒和痛恨，倒竖了柳眉，圆睁了杏眼，鼓着红红的两腮，大声地疾呼道：“我要活下去！我要活下去！我要在这残暴的黑暗势力下打开一条光明的大道，来实现我们自由平等的愿望，来安慰我唯一心爱的逢春！”她说到这里的时候，忽然眼花缭乱，只觉又有无限的恐怖侵袭她脆弱的心灵，她颓然地伏在枕上，忍不住又呜呜咽咽地哭泣起来。

第二回

绣闼藏身玉人惊浴
茅亭促膝游子飞魂

　　韦燕士跳上屋顶，伏在瓦片上，一动也不敢动，直待二十多个卫兵拥进到屋子里去，方才站起身子，轻轻地步了过去。柏村这座小洋房式的住宅，靠西是和院子外的街屋相接连的，只不过隔了一道竹篱笆。所以燕士走到西首的尽头便跨过篱笆，走到外面的屋顶上去。意欲设法爬到地下，寻路而逃，不料低头向下一望，只见满街坊都布满了卫兵，手握盒子炮和亮闪闪的刺刀，同时还有融融的火把，沿街房挨门户地搜抄着。燕士瞧此情形，心头暗暗叫苦。幸而时在黑夜，天空是像涂过了浓厚的墨水，不但没有明月，连闪耀的小星都很稀少。燕士这时蹲在屋顶上，一面心里记挂着爸爸和妹妹，一面又暗暗焦急自己怎么样逃下去，同时那左手的鲜血兀是不住地淌下来。他只好撕了里面的衬衫，暂时裹住了伤口，探颈向下望了一会儿，只见火把通明，果然有两个卫兵捉着一个同志，从民屋里出来。可怜那个同志满脸血渍，还在挨那卫兵的耳光。燕士瞧到这里，无限的愤怒和痛恨激起在他的心头，一时也不顾厉害，就拔出手枪，对准下面那两个卫兵的脑袋，砰砰的两响开去。因为是从上打下，所以瞧得特别真切，只见那两个卫兵应声而倒。这个被捉的同志知有同志援救，便猛可回身夺过盒子炮，一面向卫兵们射击，一面已是向黑暗处奔逃。燕士瞧了，暗自痛快，不料这时忽然下面有一道电光照射上来，燕士定睛一瞧，原来有一个卫兵仿佛已发觉开枪的所在，心中倒是大吃一惊，立刻伏身而倒，匍匐着爬到一根烟囱的后面。就在这个当儿，耳边忽听枪声噼啪不绝，接着又有子弹从身边飞过的呼呼声音。燕士这一吃惊，真非同小可，意欲握枪还击，但仔细一想，这个万万不能鲁莽，我若开枪，那不是明明告诉他们屋顶上有人吗？因此他伏在屋脊上，一动也不动。这时突然又听"扑通"的一声，燕士一颗心的跳跃，几乎要从口腔里跳出来。原来有两粒枪弹，齐巧射中在烟囱上。只听下面说道："你别白花费子弹了，屋顶上哪里有什么人吗？这黑影是烟囱呀！"燕士听了，叫声好险，不免急出一身冷汗。约莫有五分钟后，方才不见他们再注意屋顶上了。于是他又蛇行似的爬了一程，方才站起身子，轻轻地又走了数十个屋顶。

只见前面是个高大的楼房，仿佛是家富翁的住宅，遂凝眸沉思一会儿，把两手攀住屋檐，伸下头去一望，是个阳台模样，心中暗喜，便纵身跳下。只见阳台后的落地玻璃窗是关闭着，而且里面绿绸的帷幔也遮掩着。燕士遂把眼睛凑到小隙缝里望将进去，只见里面灯光通明，所见到的是张长沙发，旁边茶几上放着一只留声机，壁上有一张金框子小照，里面是个半身的年轻少女，美目流盼，浅笑含矏，倒是个挺好的模样。其余一切的家具都被窗帘掩住了，所以瞧不到。燕士见了那张美丽的相片，心儿倒是一动，暗想：这间卧室难道就是那少女的闺房吗？不知她可在房里？心里想着，遂怔住了一会儿，约莫五分钟的时间，依然不听房中有什么动静，一时好生奇怪，难道这少女已经熟睡了吗？不过既然睡着了，为什么又不熄了灯光呢？那么一定房中是没有人了。燕士这样想着，他便伸手去开那落地玻璃窗的门，不料那门却是没有上插，轻轻地一拉，竟是拉了开来。

燕士的一颗心仿佛小鹿般地乱撞，遂跨步进内，先把眼睛向房中四周打量一会儿，果然连一个人影子也不见，遂忙把那玻璃窗又掩上了，他却俯身去落了插子，抬头见卧房的门也是掩上着。那房中的用具虽然甚为简单，却是十分考究和美观。正中放着一张黄澄澄的半铜床，上面悬着紫罗纱的帐子，床上铺着雪白的被单，折着一条整齐的绣花被，被上还放着一只长长粉红软绸的枕头。床边有一张小小的五斗橱，上面放着一只意大利石的小座钟，还有一个意大利石的裸体美人，她一条臂膀举得很高，手里拿着一柄伞，伞用紫色的纱布制成了一个单子模样，里面亮着淡紫色醉人的光芒，显然那是一只台灯。靠右边是一张梳妆台，台上放满了各种化妆品，前面尚有一张圆圆的小凳子，铺着锦绣的坐垫。对面是张三门玻璃大衣橱，橱旁有个立体型的衣架，还挂着一件枣红呢的夹大衣。

燕士瞧着房中一切一切的东西，就肯定是女子住的了。不过房门既然也开着，她的人到什么地方去了？燕士正在暗想，忽见床后面有扇门微微地开了，原来四壁都油着白漆，所以却没有注意那边也有一扇门，一时心头别别乱跳，慌忙把身子躲到大橱的背后去。因为不知道开门进来的是谁，所以他握着手枪，以防万一。慢慢地窥见那出来的却是一个少女，正是那照相的一个脸。瞧了那少女的意态，真够人有些销魂。燕士到此，方才明白里面是一间浴室，那少女正兰汤浴罢走出来。只见她披了一件薄薄的浴衣，乌黑的美发长长地披在肩上，脸色红晕得娇艳，真好像是朵出水芙蓉。酥胸微露，玉雪可爱。她把手掩着浴衣，忽然手一松，那衣襟掉落下来，立刻展现了两个高高的乳峰，还有红红一

16

点葡萄那样大小的乳头。

　　燕士瞧此情景，两颊发烧得厉害，同时那颗心也愈加跳跃得快速。因为那少女婀娜地走过来，自己的身子也就没有地方再可以躲避了，一时真急得了不得。幸而那少女却转身坐到梳妆台前的圆凳子去了。她把象牙梳子理了一回头发，拿着香水瓶，在头上洒了几点。也许这香水质料是上等品，所以燕士也觉得香气袭人，同时又眼瞧着这一个浴后美人的娇容，更有些神魂飘摇起来。那少女一面对镜化妆，一面樱口里还低低唱着歌曲，神情显然十分欢悦。不料她的秋波突然从镜中瞥见了燕士的身子，她这一吃惊，手中的那柄梳子便掉了下来，眼珠也定住了，粉脸吓得由红变白，她全身便瑟瑟地抖起来。燕士从镜中也已瞧见她惊骇的意态，知道她已发觉自己。因为怕她大声叫喊，所以把枪对准了她的背后，一步一步地从橱旁走上来，轻轻喝道："不许声张！否则，我就开枪打死你！"说着话，已是步到她的身后，愈走得近，那一股子香气也愈加芬芳了。燕士到此，几乎为之醉倒。

　　这时那少女见了他的枪口已指到自己的背后，她只觉有股子凉气，从背脊上直透到胸口来，便猛可回过身子，娇声叱道："你是何人？胆敢到这来行凶，那你……"燕士不等她说完，便把手枪一扬，喝声"住口"。一个人性命到底要的，经此一喝，那少女的话就咽住了。但她犹柳眉倒竖，杏眼圆睁，一手扶着梳妆台的沿边，一手抱住自己的胸口，向燕士怒气冲冲地望着。

　　燕士见她薄怒含嗔的样子，那是更增加她妩媚的意态，心里不免荡漾了一下，对她微微地一笑，说道："你别害怕，我不是什么歹人，绝不会来加害你的。不过请你也不要加害我，那我就感激不尽了。"

　　燕士这两句话听到那少女的耳里，一颗芳心真感到了十二分

17

的奇怪，凝眸含颦地瞟他一眼，说道："你这话真是可笑，你把枪对准了我，我的性命就在你的手里，你不加害我也就罢了，我哪里来能力加害你？"

燕士听她这样说，心里也感到好笑，便又很温柔地说道："不，你放心，我枪对准你是怕你加害我，假使你是一个有思想有勇气的女子，同时我还希望你能够救救我。"

那少女原是个很聪明的人，她听了燕士的话，乌圆的眸珠一转，心里已经明白了几分。忽然她的秋波又瞧到他左手上裹扎的那块雪白的布，已染成了鲜红的颜色，遂悄声地问道："哦，你莫非是革命军的同志吗？"燕士被她一语道破，脸顿时变色，立刻走上一步，把枪直指到她的胸口去。那少女却不动声色地站着，俏眼在他俊美的脸上逗了那么一瞥，微含嗔意的目光，嗷了嗷殷红的小嘴，冷笑一声，说道："你这算什么意思？既然要人家救你，那么你可要对待人家客气一些才对。如今你一味地用武力欺压人，那你还能算是个志士吗？"

燕士似乎有些惭愧，微红了脸，身子便退后了两步，说道："那么你这位小姐是否能够救我？其实我只希望你能够让我在这里躲避一二个钟点，也就是了。"

那少女频频地点了一下头，把纤手更抱紧了自己的胸口，说："我答应救你，你还把枪口对准我做什么？快放下了，我瞧着害怕……"她说到这里，忽然感到了难为情，粉嫩的脸颊，便盖上一层艳丽的红云。燕士听她这样说，意欲把枪收起，但到底还不晓得那少女是否真心愿意救自己，所以又不免沉吟了一会儿。就在这沉吟之间，燕士的两眼忽然瞥见那少女下面两条白胖的粉腿，瘦削的脚，拖着一双紫红皮的睡鞋。这含有诱惑性的一幕，真使人有些想入非非了。

少女见他听了自己的话，却并不把枪收起，而且也不说话，只管望着自己出神。也许她已明白燕士出神的原因，立刻伸手把下面的浴衣掩住了，两颊更羞得绯红，同时她心头开始有了一阵恐怖。她怕他对自己有无礼的举动，但她兀是竭力镇静了态度，娇声叱道："你打算怎么样？"

燕士听她这样说，猛可理会自己这神情未免是失了一个青年的人格，因此立刻又倒退两步，说道："没有什么，你可是真心地愿意救我？"

少女听了，却噗地一笑，但忽又娇嗔道："你这人好多心，我说救你，还会来加害你吗？"

燕士这才把手枪藏入袋内，走上两步，向她弯了弯腰，说道："请问小姐贵姓大名？"

少女秋波脉脉地向他打量一会儿，一面答道："姓夏，名霞。你姓什么？"

燕士道："我姓韦名燕士。"

夏霞点了点头，她的身子已慢慢地离开梳妆台边，回眸向他说道："你请坐会儿……"

燕士此刻仿佛惊弓之鸟，他听夏霞这样说，心中别别一跳，急得抢步上前，伸手把她臂膀拉住了，问道："你到哪儿去？"

夏霞被他拉住，起初倒是一怔，及至听他这样问，方才明白他的意思，便回眸瞟他一眼，抿嘴笑道："你不用害怕，我难道不要把衣服穿舒齐吗？"

燕士听她这样解释，便放了她，退到沙发去坐下，说道："我相信你，你不能丧天良。"

夏霞却不回答，自管到床旁，拿了粉红软绸的小衣，及旗袍丝袜，回过头去又向燕士笑道："你放心，我是到浴间里去的。"

说着，又把秋波逗给了他一个媚眼，便姗姗地移动脚步，到浴间里去了。

燕士听她这样关照，显然她是含有一层意思的，一时也感到自己太胆小了，所以在她的芳心里也许觉得我这人可怜吧。这样一想，两颊未免有些发烧，遂低下头来。因了一低头，他又发觉自己那只左手的血水仍旧不停地冒出来。当初在逃性命的时候，一颗心像热锅上的蚂蚁一样，所以虽然是受着伤，却一些也不觉着，此刻心安定了以后，他就觉得手有些隐隐地作痛。就在这时候，燕士抬头见夏霞已穿上一件茶绿绸的旗袍，从浴室中走出。她坐到床边，俯身套上了那双黑漆的高跟革履，然后又到梳妆台前去坐下，自管理她的妆。燕士见她好像当自己没有在房中一样的态度，心中这就觉得那位姑娘绝不是个平庸的人，至少也是个学校出身，所以有这样的大方。不过自己原和她说明只要在这儿躲避一二个钟点就行，她既不招呼我，我自然不好意思搭讪上去，因此望着她婀娜的背影出了一会儿神，慢慢地又垂下头来。不料这时却听到一阵皮鞋声已走到身旁，同时还有女子清脆地说道："韦先生，你抽烟不？"

燕士慌忙抬起头来，只见她笑盈盈地站在面前，而且还递过一支烟卷来。夏霞这个举动，那是出乎燕士的意料之外的，不免望着她呆了一呆，但立刻又站起身子，道了一声谢，伸手接过了。夏霞在茶几上的自开火缸上又取了一根火柴，划着了火，送到他的面前去。燕士到此，未免有些受宠若惊，一面凑过头去吸着了，一面又连说劳驾。夏霞嫣然一笑，说道："别客气，请坐吧。"她说时，又把纤手一摆，自己的身子先在隔茶几的另一张沙发上坐下了。

燕士见她这样洒脱的态度，倒也不能十分显出拘束的样子，便也在沙发上坐下，吸了一口烟，向夏霞含笑问道："夏小姐，多蒙你救了我，我心里十分地感激。但不知令尊大人的思想如何？他对于革命军的印象好不好？"

夏霞听了，把手弯到后脑去拢了拢她披着的长发，笑道："我爸爸和母亲已没有了，如今我是寄居在舅父的家里。"

燕士"哦"了一声，凝眸望着她红晕的娇靥，说道："原来这是你舅父的家，那么你舅父的思想怎么样呢？"

夏霞微微一笑，雪白的牙齿微咬着她殷红的嘴唇皮，好像含有些神秘的样子，良久，方才说道："你且别问我这些，我先问你，你为什么要逃到我这儿来？"

燕士听了这话，两颊倒是一红，遂很正经地说道："这个……我也并非有意逃到你这儿来，因为沿街坊的全是卫兵，我在屋顶上没法逃下去，所以只好沿着屋顶走过来，见这儿有灯光射出，所以跳下阳台，我轻轻地把落地玻璃窗一拉，谁知窗门没有上插子，故而我不得不进来躲避一会儿。不料却是夏小姐的妆阁，这我确实很担着抱歉，但是夏小姐应该原谅我的苦衷……"

夏霞听了方才明白，但又很奇怪地说道："这玻璃窗我明明上了插的……也许我没有把插子落了洞里去吗？"

燕士见她凝眸含嚬地自己问着自己，遂点头道："我想你一定没有插进去，否则，我又不曾破坏门，如何可以进房来了？"

夏霞明眸斜乜了他一眼，抿嘴笑道："你是因为怕被他们捉住，所以逃到这儿来的，但你这人好糊涂，怎么反逃到虎穴里来呢？"

燕士听了这话，好生不解，定住了眼睛，急问道："夏小姐，你这是什么话？"

夏霞正着脸色，告诉道："你知道我的舅父是谁？田剑峰认识不认识？"

这消息仿佛是晴天中的一个霹雳，燕士手一抖，那支烟卷便掉落地下去。夏霞见他吓得这个样子，便俯身把烟卷拾起，仍旧交到他的手里，笑道："你虽然已入虎穴，但我不是猛虎，所以你放心，不用害怕的。因为我是素来敬爱革命军的一个人，对于韦先生的遭遇，当然能够引起我的同情。"

燕士听她这样安慰自己，心里自然十分感激，立刻又放宽了许多，说道："那么这儿就是将军府吗？"

夏霞道："你还没有明白吗？幸而你误入我的房中，要如再过去几个房子，那你真是自投罗网了。想不到你会这样地糊涂！"

燕士好生羞惭，微微叹了一声，说道："时在黑夜，我被他们追逐得神魂颠倒，哪里还辨得出东西南北呢？哦，原来这就是田将军的府上，那我怎敢久留？夏小姐，你救了我的性命，我感激着你，我此刻走了……"

燕士说着话，身子已是站起来。夏霞却伸手猛可把他拉住了，秋波睐他一眼，说道："你这人真傻，我既答应救你，我终可以保护你，使你一些都没有危险。你此刻逃出去，倒是真是去自寻灭亡了。"

燕士的手忽然被她拉住了，一时就感觉到她的纤手软绵绵得可爱，心里不免荡漾了一下，回眸望着她呆住了一会儿。夏霞被他瞧得不好意思，两颊本来是涂上了一圈胭脂，此刻就更娇红得可爱。她慢慢地放了他的手，粉颊也垂了下来。燕士见她这样不胜娇羞多情的意态，心里也就自然而然地生出感情来，身子又在沙发上坐下了，说道："夏小姐，你果然能够救我出险？"

夏霞这才绕过媚意的俏眼，在他脸上逗了那瞥多情的目光，点头说道："你放心，我绝不会残害一个有勇敢有作为的青年。"

燕士听她这样说，一时由感激而更进至爱她的地步，很感激地说："承蒙夏小姐这样见爱，此恩此德，没齿不忘。不过我既明白这儿是个虎穴，我心里就不自然地会感到害怕。夏小姐，室中灯光太亮了，不知外面会有人窥探吗？"

夏霞听他心虚到这份模样，遂站起身子，把室内的大灯泡关熄了，因此只有床边五斗橱上的一只台灯亮着，室中顿时笼罩了一层紫暗的光芒了。夏霞方又笑盈盈地走过来坐下，瞟他一眼，笑道："你现在终可以不用再害怕了。"

燕士见她这个模样，更加把她爱到心头，遂点头问道："夏小姐，你在什么地方读书？"

夏霞道："我自从高级师范里毕了业，却一向闲在家里。韦先生是在哪一部工作？为什么不到广东去？"

燕士不敢明言，只含糊地说道："也许我就要到广东去的，夏小姐真是一个理智健全的女子，实在很使我敬佩。"

夏霞在紫色的灯光下瞧着燕士的脸庞，的确是俊美得可爱，芳心暗想：我今赤身露体的都被他窥见，这是多么难为情，假使他还没有娶妻的话，我倒愿意把终身相许。想到这里，两颊是热辣辣地发烧得厉害，遂低声问道："韦先生家里有什么人？爸爸、妈妈、弟弟、妹妹……"

燕士听她给自己代为派着，遂摇头笑道："我只有一个爸爸和妹妹，妈妈在四年前已经死了。"

夏霞听了点了点头。但是他究竟有没有结过婚，这到底还是一个问题。意欲开口问他一个仔细，不过一个女孩家，对于一个年轻的男子结婚没结婚，怎好意思问他呢？因此怔怔地愕住了一会儿，良久，方又笑问道："除了爸爸和妹妹外，还有什么人吗？"

23

燕士听了，也已明白她的意思，心里是不住地荡漾，扑哧地笑道："没有什么人了，夏小姐，你问它干吗？"

夏霞被他一笑，已经是感到难为情，如今又被他这么一反问，更加羞涩起来。幸而室中的灯光暗淡，她脸部羞涩的表情也不甚容易被燕士瞧到，因一撩眼皮，笑道："没有什么，我想你干这样冒险的工作，你爸爸倒不阻止你吗？你要明白，田将军的势力可不小哩。"

燕士道："我以为兵不在多，只要精锐，就可以一个当百个。田将军虽然声势浩大，然而乌合之众，岂能成大事吗？"说到这里，觉得不对，这话不是对她说的，因此顿了一顿，脸上显出局促的样子。

夏霞却低声道："你这话不错，所以我认为革命军是最有希望的一支军队。韦先生，你不要以为我是田剑峰的外甥女，思想就倾向到舅父身上去吗？不！绝不！我瞧着舅父暴虐不仁的行为，以及部下横行不法的举动，觉得这是大失民望，所以我很担心，恐怕早晚要一败涂地呢。"

燕士听夏霞这样说，觉得自己也许有和她结合的希望，遂忘其所以地猛可把她手握了握。谁知他一握之后，立刻又放下了，双眉紧锁，显出很痛苦的样子。夏霞见他这个模样，倒是一怔，低头去望，方知他是用左手来握自己，因此触痛他的伤痕了，心里倒代为他疼了一阵，眉尖微微地蹙起，纤手情不自禁地去抚摸他一会儿，说道："我这有药水和纱布，给你好好地包扎一下。"说着，已是拉了他站起来。

燕士被她这样温柔的手握之下，他已柔顺得像一个孩子似的，默默地跟她到梳妆台前的圆凳旁。夏霞叫他坐下了，一面在抽屉内取出伤药水、纱布、橡皮膏等物，一面亲自给他解去了衬衫布，说道："这方布你打哪儿来的？"

燕士仰望她的粉颊，说道："在我衬衫上撕下的。"

夏霞凝眸瞧着那伤处，血肉模糊，令人有些心惊胆寒，遂说道："不知里面有没有弹片嵌着？"

燕士道："也许不会有，你瞧，那不是一个洞吗？枪弹已经穿过了。"

夏霞听了，轻轻叹口气。便到浴室里去盛了一盆温水，拿药水棉花先把他血渍洗干净了，然后涂上伤药水，包扎纱布，贴上了两条橡皮膏，温和地凝望着他的脸，微笑道："很痛吧？"

燕士摇头笑道："倒不痛什么，因为夏小姐的医术太好了。"夏霞听了，露齿一笑，但却又逗给了他一个妩媚的娇嗔。燕士站起身子，把手按到她的肩胛上去，很柔和地又说道："夏小姐，你我虽然萍水相逢，但你待我这一番情意，实在太使我感动了。你说，该叫我怎样地报答你？"

夏霞听他这样说，一颗芳心真是又喜又羞，暗想：你这话说得有趣，叫我说，我一个女孩家，羞人答答的，怎好意思说呢？遂把秋波盈盈的俏眼斜乜了他一眼，憨憨地娇笑了一会儿，方低低地道："人生的聚散原是偶然的，在一个钟点之前，我固然想不到会在自己的卧房里遇到了你，你当然也想不到在虎口余生中又会遇到我这么一个人，是不是？不过这事情是太凑巧了，所以我说偶然之中也许会变成固然的。韦先生，我很惭愧，因为我觉得太放浪了一些，虽然这是我自己的闺房，对于你这位不速之客，当然做梦也不会想到。但是我心中到底有着遗憾，不过在这遗憾中我又得到很深的安慰，因为我想着革命军中的青年同志，都是品格高尚的、伟大的，现在韦先生的行为果然没有使我失望，我在万分敬爱之余，益信革命军是我国的一个救星。韦先

25

生，我以为彼此年纪都轻，对于报答的两字，我愧不敢当，只希望你能不忘记今夜这一个姓夏的姑娘，那也就是了。"夏霞絮絮地说了这许多的话，但说到末了，她是感到难为情极了，红晕了脸，渐渐地垂倒在她的胸前。

燕士听她言在意外，一时感到心头，同时忽又想起她的酥胸微露、乳峰隐现的一幕，两颊也红晕起来，便把右手握住了她纤手，紧紧摇撼了一阵，说道："夏小姐，人家说世人大都是明于责人而暗于责己，不料你却成了一个反比例，这如何可以怪夏小姐太放浪呢？所以我觉得很惭愧，不过大家只要问心无愧，当然是谁也怪不了谁。夏小姐的意思，我已明白了。不错，彼此年纪都轻，报答的事可多着。假使我能够存在世上一日的话，我终一日不会忘记夏小姐的深情……"夏霞听他赤裸裸地说出了这几句话，一颗芳心真是感到了无限的羞涩和甜蜜。但甜蜜到底胜过了羞涩，她微微地又抬起粉脸，羞人答答地瞟他一眼，频频地点了一下头，表示感谢他的意思。两人相对默视良久，各人的两颊都有些发烧，内心热情也像火一般地沸腾。燕士见她微仰着脸，口脂微度，幽香触鼻，他有些陶醉了，正欲情不自禁地低下去接个甜吻，忽听壁上那架长方形的挂钟当当地敲了起来。燕士回眸急忙望去，见短针已指在十点了，便推开她的身子，说道："时候不早，我该走了。"

夏霞忽然听他要走了，一时倒又恋恋不舍，眼皮一红，说道："你此刻到什么地方去？难道就动身离开北京了吗？"

燕士见她盈盈泪下的神气，心里也是一动，便又把她的手握住了，说道："不，也许我还在北京城里干些事。"

夏霞听了，乌圆的眸珠一转，微笑道："那很好，我想明天下午两点钟，我们在中山公园再会一面好不好？因为我们就只有今夜短短时间的一些认识，我怕你会把我的影子忘记的……"夏霞说到这里，逗给他一个妩媚的甜笑，但到底又难为情起来。

燕士对于她这一份意思，当然更感到她的真挚和多情，便点头笑道："夏小姐的影子，我无论如何都不会忘记，因为她已经深镌在我的脑海里了。不过你既然有这个意思，我当然不能拂你，而且也很高兴和你多会晤一次。假使不是为了你我之间有一道鸿沟阻隔着，我就希望天天和你在一块儿。"

夏霞听了这几句话，直乐得心花也朵朵开了，跳了跳脚，笑道："燕，你这话可真的吗？"说到此，又很娇羞地瞟他一眼，接着道，"我大胆喊你名字……你愿意我这样喊吗？"

燕士对于今夜这个艳遇那真是意想不到的事情，不免得意地笑道："为什么不愿意？霞，我就希望你能够喊我一声名字。"

夏霞一颗小心灵是充满了甜蜜和喜悦，她情不自禁地猛可伸手把燕士的脖子抱住了，粉脸倚在他的肩头，低低说道："燕，我今夜已把一颗心交给了你，虽然你我还才有仅仅几个钟点的认识，不过我相信你是个血性的青年，大概不会遗忘我吧？"

燕士见她这样痴心，遂把手抚着她的脊背，安慰她道："你放心，海可枯，石可烂，此情终不变的。霞，我生命中并不曾有过一个女朋友，今夜我遇到你，我已把你当作唯一的知心人了。你想，我如何会忘记你？"夏霞十分安慰，抱着他的脖子，两人亲热了　会儿，忽然当的一声，燕士抬头见时钟已十点半了，心中好生奇怪，为什么时间竟过得特别地块？遂轻轻推开她的身子，说道："霞，我真的走了，那么我们明天在中山公园见吧。"

燕士说着话，身子已走到床旁去。夏霞道："你别忙，我给你些点心吃，回头我送你出大门去好了。"

燕士听了，回眸问道："从大门出去，没有危险吗？"

夏霞点头道："这里是内宅，并不从将军署门进出的，所以我可以伴你往小院子里走。"

燕士迟疑一会儿，又问道："真的吗？那么万一被人瞧见了怎么办？"

夏霞见他兀是不信的神气，很不快乐地说道："我会捉弄你吗？唉，那你不是还不晓得我的心吗？"

燕士听了，忙笑道："你别误会了，你心已交给了我，我怎么还会不晓得你的心呢？那么你就伴我出去，点心我倒不想吃，因为我还没有饿。"

夏霞知道他是为了心乱如麻的缘故，一时很可怜他，遂点头道："你既没有饿，我也不和你客气了。你不用开口说话，只管和我并肩一块儿走就是了。"燕士点头答应，于是两人携手开门走出房去，在走廊里遇到好多个仆妇，都向夏霞鞠躬，很小心地叫了一声"表小姐"。夏霞却理也不理她们，只管笑盈盈地和燕士谈话。燕士低了头，口里虽然和夏霞搭讪着，那颗心却是别别地跳跃得厉害。好容易走到了楼下，跨出院子，当夏霞送他到门口的时候，燕士方才深深地透了一口气。两人很亲热地握了一阵手，夏霞连连叮咛了几句，方才匆匆分手而别了。

夏霞这夜睡在床上，想着这意外的奇缘，她的芳心里真是感到了万分的喜悦。她的脑海里是浮现了燕士俊美的脸庞，但是为了见面的时间实在太少了，所以她想到后来，燕士脸庞的轮廓忽然又慢慢地模糊起来。夏霞心里这就开始有了惊慌，她恐怕明天在中山公园里遇见他时，大家会不认识。因此她计划明天下午去的时候，自己一定要带一架照相机去，把燕士的人摄了下来，那么大家虽然隔别在两地，各人的心中不是也有一个深刻的印象了吗？夏霞想定主意，便很欣慰地睡着了。

到了次日下午一点敲过，夏霞打扮得幽静雅致、清秀脱俗，带了镜箱，很高兴地坐车到中山公园。一瞧手表，还只有一点半，因为约定的时间是两点，燕士当然还没有到来，心里这就感到自己未免太性急些，因此只好等在公园门口。但等人是一件最性急的事情，夏霞一会儿昂首远眺，一会儿又低头看表，一颗芳心别别地只管乱跳。看看手表已近两点，但燕士仍旧没有到来。夏霞这就开始有些猜疑，莫非他失约了吗？一想到"失约"两字，她的眉尖就紧紧地蹙在一起。不料就在这时，忽然她的背后有人轻轻地一拍，夏霞忙回眸去瞧，只见一个戴黑眼镜的西装少年向自己微笑。夏霞因为不认识他，芳心暗吃一惊，嗔道："你是谁？"

话声未完，那少年便把黑眼镜除下了，笑道："你仔细看看我是谁。"

夏霞凝眸一瞧，不禁"啊哟"了一声，立刻伸手握住了他，紧紧摇撼了一阵，笑道："燕士，你瞧我这人可糊涂？你戴了那副黑眼镜，我就认不清楚了。"

燕士把黑眼镜藏入西服袋内，笑道："你等了好多时候了吧？不过我没有逾时，你瞧，我的手表齐巧两点钟。"说着，把手表抬到她的面前瞧。

夏霞也把纤手撩上来，望了一望，便眸珠一转，娇媚地笑道："你的表不准确的，瞧我的表，不是两点过三分了吗？"

燕士见她虽然并没涂胭脂，但粉嫩的两颊却透着青春时期的红晕，觉得实在很妩媚可爱，遂笑道："也许你的表太快了一些。"

夏霞听他这样说，把身子扭捏了一下，憨憨地笑道："我的表很准的，一定你怕我怪你不守时刻，所以故意拨慢了一些，是不是?"

燕士瞧她乌圆眸珠眨了两眨,显出很淘气的神情,这就噗地笑出声音来,说道:"不管谁的表快或者慢,不过终是你比我先到,所以我觉得抱歉。"夏霞却嫣然一笑,把秋波逗了他一个妩媚的娇嗔。两人这时的心都充满了甜蜜和热情,并肩慢步地踱进了公园,在一个茅亭的前面那棵高大树下的长椅上坐下。夏霞明眸脉脉含情地瞟他一眼,低声问道:"昨夜你在哪儿安身?"

燕士道:"在旅馆里……咦!你还带了镜箱预备给我拍照吗?"燕士说着,忽然又瞥见她项下挂着一只镜箱,忍不住又笑盈盈地问她。

夏霞"哎"了一声,一撩眼皮,娇媚地笑道:"我给你拍照,你可喜欢吗?"

燕士正欲回答,忽然见那边树梢蓬中走出一个很美丽的姑娘来,后面还跟着四名卫兵,手执盒子炮。那姑娘鼓着红红的两腮,娇嗔满面地向卫兵吩咐道:"来!快把他拿着走!"四名卫兵答应一声,也就不问情由,一拥上前,早已架着燕士出园而去。

夏霞正和燕士柔情绵绵的当儿,猛可受此打击,一颗芳心好生着恼,便站起身子,急忙抬头向那姑娘望去。谁知那姑娘却恶狠狠地向夏霞戟指怒责道:"表妹!你这算什么意思?什么人都可以去爱上他,干吗偏偏要夺我的爱呢?"夏霞见这姑娘不是别人,却是自己的表姐小冬,心里这一奇怪,顿时弄得目定口呆,竟一句话也说不出来了。

第三回

爱煞多才口翻莲舌
滥施绑票难辨庐山

　　诸位若要明白小冬是怎么样的一个姑娘，作书的便要来叙述杨逢春被捕后的经过了。

　　卫队长黄强押着逢春到将军署，只见在田剑峰办公室中拥出许多革命军的同志，个个头破血流，惨不忍睹。逢春眼瞧着这班青年被如狼似虎的卫兵簇拥而去，心里真是异常愤怒，冷笑了一声，便挺起胸部，大步地跨进办公室去。只见室中灯光通明，有一个大腹硕硕的将军，头顶光秃秃的，浓眉环眼，人中上留着八字胡须，一手拿了雪茄烟，一手反剪在背后，在室中来回地踱步，口里还在恨声不绝地骂道："可恶！可杀！北京城里竟有这许多的乱党，混蛋的东西！咱非把他们一个个地枪毙不可！"

　　黄强见着那将军，便把两脚一并，右手架到额角上去，报告道："禀大帅，卑职又捕到一个乱党。"

　　田剑峰抬起头来，气得暴跳如雷，连连顿脚，喝道："不用带来见我，快快都给我打入牢监，明天一块儿处死！"黄强答应一个是，正欲押杨逢春走出，不料田将军又把手一招，喝声"拿回来"。黄强虽然奇怪，但不敢违拗，立刻把逢春又扭到他的面前。田将军圆睁两眼，向逢春脸打量了一回，暗想，好个漂亮的

31

小子。遂大声问道："你姓什么叫什么？"

杨逢春见他神气活现，不但毫无惧色，而且也怒目切齿地大声答道："你管我姓什么叫什么！今既被捕，唯死而已，要你放什么臭屁！"

田将军再也想不到自己会给他碰这一个钉子，一时反而愕住了一会儿，吸了一口雪茄，冷笑了一声，把身子微微地摇摆了一下，瞪他一眼，说道："你们这班该死的东西！年纪轻轻，都不想上进，却喜欢做乱党，破坏咱的军事。现在既被捉获，尚敢如此倔强，那你真不知咱将军的厉害。来！把他抽打二十下！"黄强听了，立刻取过皮鞭。田剑峰似乎痛恨到了极点，把脚一顿，说道："拿来给我！"黄强遂把皮鞭交给田将军，他接在手里，先向逢春扬了一扬，狞笑道："你命都在我手里，尚敢出口伤人，真不知死活了。哼！你这小子可受得了咱的鞭子吗？"

杨逢春脸不改色地笑道："承蒙恩赐，我倒要领受二十下。"

田将军听他这样说，把牙齿一咬，叫声好，正欲向他身上狠狠抽打，不料案桌上的电话铃响起来。于是他只好放下皮鞭，走到桌旁，握起听筒，只听是个女子的声音，娇滴滴地说道："你是将军吗？"剑峰"唔"了一声，又听她接着说道："我是你的老七，刚才来了两个小姐妹，等着你回来玩雀牌。时候已经八点多了，你还在军部里办什么劳什子的公事啦？"老七是田将军第七房的姨太太，原是窑子里出身，天生成是个尤物。田将军爱她身体软若无骨，所以老七便成为专宠。这时田将军接到了这个电话，真比前线发生了战事还性急，便连声说道："我就回来，我就回来。"说着，放下听筒，向逢春冷笑道："便宜了你这个小子，把他关起来！"

黄强答应一声，便押着逢春退出室去。当逢春一脚跨出室门的时候，忽然迎面走来一个年轻的姑娘。因为在将军署里见到了女子，逢春心里感到了奇怪，不免回眸去望她一眼。谁知事有凑巧，那姑娘的秋波也盈盈地斜了过来，四目正接了一个直线。逢春很有些难为情，便垂下头来。那姑娘却向黄强问道："他犯的什么罪？"黄强听秘书长相问，立刻行礼告诉道："他是乱党。"原来这姑娘便是田将军原配李氏所生的女儿，名叫小冬，比夏霞长六个月，两人都是十九岁，毕业后，便在军部里任秘书长职，协助爸爸办理军事。

当时田小冬听了黄强的话，便凝眸含颦地又问道："他叫什么名字？"

黄强摇了摇头，答道："不知他叫什么名字，大帅曾问过他，他不肯说。"

田小冬心里奇怪，走上一步，向杨逢春打量着，说道："大丈夫岂有无姓无名之理？你叫什么名儿？"

逢春被她一激，暗想：这话倒是。正欲把自己真姓名告诉，但转念一想，假使他们对于革命军的人都有名单的，那么我何不冒燕士的姓名呢？反正我终是死的了，使他们知道我便是韦燕士，那么他们把韦燕士的名字不是可以涂抹了吗？既把燕士的名字涂抹，以后燕士也不会再遭他们的捕捉了。这样我虽然代燕士而牺牲，但为中国的前途计，我还不是为大众而流血的吗？杨逢春想到这里，心头感到一阵痛快，便抬起头来，向小冬望了一眼，说道："大丈夫当然有姓有名，我乃韦燕士便是。"

田小冬因为和他站得很近，此刻他抬起头，彼此当然更瞧得清楚，芳心这就怦怦一动，暗想：竟有这样俊美的少年。逢春自然也有个感觉，倒是个挺秀丽的姑娘。两人心里既都有这一种意思，颊上都不禁微微地一红。小冬把手一挥，黄强早已押着逢春到牢监去了。

　　牢监里是暗沉沉地怕人，逢春当关进铁窗去的时候，同时鼻子里还闻到一阵龌龊的气味，令人作呕。他望着卫兵架上了铁锁，都走开了，这才深深地叹了一口气，移着沉重的脚步，懒懒地走到那块铺着稻草的石凳子上坐下了。手托着下颚，两眼望着铁窗外面别个狱中的罪犯，有的已不成人样，那种神情简直有点像恶鬼。逢春心头这才开始感到了痛苦，他觉得自己已步入非人生活的地狱里了。但好在自己这种生活绝不会过得长久的，说不定明天后天便会脱离这个黑暗的世界。因此逢春心里不免又想起了在家的母亲和妹子，母亲已是五十二岁的人了，为了社会的折磨，使她乌黑的头发已添了不少灰白的颜色，额上的皱纹也一条一条加多起来。我妹子玉春是个十三岁的孩子，她懂得什么？唉，假使给她们知道了我被捕的消息，可怜寡母弱妹真不晓得要伤心得怎么模样呢。一阵一阵的伤心，侵袭到逢春已受创伤的心灵，刚才他在田将军面前的那股子勇气，此刻已消失尽了，再也忍不住他那满眶子里的眼泪，纷纷地滴湿了衣襟。经过了半个钟点后，忽然见一个卫兵匆匆地走到铁栅旁，开了铁锁，向逢春招手。逢春以为此刻就去枪毙，一时倒大吃一惊，但事到如此，吃惊也没有用，他擦干了眼泪，镇静了态度，步到门口来。那卫兵叫他手伸出，加上了手铐，说道："秘书长要审问你，你可不是叫韦燕士？"逢春点点头，便跟着他走出了牢监。

　　外面是静悄悄地一无人声，逢春跟他走完了长廊，步入了另一个院子。院子里植有许多的树木和花卉，因为今夜没有月光，所以风吹动树叶，黑魆魆地摇动着，倒令人感到有些害怕。穿过了院子，又经过几重朱廊碧槛，到了一个小小的院子，里面假山迤逦，柳树飞舞。从屋子里照射出来的灯光笼映下，还见到有一个花坞，里面开满了挺大的芍药花，倒是艳丽得好看。杨逢春心里似乎有些奇怪，这个秘书长到底是怎么样的一个人？正在纳罕，忽见屋子里走出一个少女，她探头向外张望了一会儿，见卫兵已到，她的身子反而缩了进去。逢春瞧此情景，更加不胜奇怪。此刻已是跨进室中，只见室内的摆设十分考究，那个张望的少女便把秋波向逢春滴溜地一转，却是抿嘴微微地一笑。逢春见她年约十六七，头发剪得短短的，身穿一套紫色绸绲花边的袄裤，一个白净的脸倒也生得讨人欢喜，不过从她服装上瞧着，显然是个丫鬟的模样。那个卫兵把手铐的钥匙交到那丫鬟的手里，说道："这个是韦燕士。"那丫鬟点点头，接过钥匙，一面又把手中预先捏着的一卷钞票，偷偷地塞到卫兵手里。卫兵含了满面的笑容，便悄悄地退到外面去了。那丫鬟见卫兵走后，方才对逢春说道："你跟我走上来，秘书长有话问你。"逢春却不开步就走，迟疑了一会儿，暗想：这里仿佛是个内室模样，秘书长审问一个罪犯，何必到这儿来？况且叫一个丫鬟来接引，这秘书长究竟是怎么样的一个人呢？丫鬟见他站着不走，便上前推了他一推，说道："快走，快走！"逢春因此也不再加以考虑，就跟着她步到楼上去。

在一个房门口停下来，丫鬟伸手"笃笃"敲了两下，只听里面有人问道："是小玲？"丫鬟答应一声"是的"，里面又道："进来。"小玲这才握着门拳，推开进去，回头向逢春含了命令式的口吻说道："进来见秘书长去。"

逢春到此，也就不管里面究竟是什么所在，便一脚跨步进内。当他步进房中的时候，顿时使他弄得目定口呆，竟是怔怔地愕住了一会儿。你道是为什么？原来室内是个富丽堂皇的闺房，房中却并没有一个人。逢春益发奇怪，暗想：刚才不是有人在房中答应吗？这人到哪儿去了？遂回过头来瞧小玲，不料身后早没有了小玲，连房门也关上了。逢春倒是吓了一跳，身子向前走了两步。忽然见前面紫红呢的垂幕微微摇动了两下，这一吃惊，立刻又倒退两步。就在这时候，那幕帘一掀，便走出一个身穿紫绒旗袍的女郎。逢春定睛一瞧，所谓秘书长者，原来就是刚才田将军办公室门口遇见的那个姑娘，一时心里好生奇怪，倒望着她出了一会儿神。

田小冬慢慢地走到那张写字台旁坐下，秋波在他俊美的脸上逗了那么一瞥，方才开口问道："你可是韦燕士吗？"杨逢春点了点头，暗想：这姑娘难道就是秘书长吗？田小冬凝望着他，却又接着问道："你是哪里人？加入革命党有多少时日了？你今年几岁？"

杨逢春听了，并不回答，向她反问道："你算什么人？有资格问我的话吗？"

田小冬听他这样说，粉脸陡然变色，柳眉微微地一蹙，冷笑道："我现任军部秘书长之职，为什么没资格来问你？"

杨逢春明眸向她凝望一眼，笑道："原来你就是秘书长，那么你也该给我带到办公室去问话，怎么却带我到这卧房里来呢？这成什么体统，岂不是大笑话吗？"

杨逢春这两句话，倒是把她问住了，绯红了两颊，愕住了一会儿，忽然又娇叱道："胡说！这儿就是我的办公室。"杨逢春感到有趣，忍不住噗地一笑，说道："办公室里有床铺有梳妆台，那才是新鲜。"

田小冬听了这话，那两颊益发绯红起来，伸手把桌子一拍，满脸娇嗔地喝道："不用你管这些，本秘书长问你的话，你就只管回答是了。"

杨逢春见她盛怒的样子，便冷笑道："左右不过是死罪罢了，何必多问？"

田小冬听了这话，方才平静了脸色，柔和地说道："你虽然是个死罪，但我也许可以使你不死。"

杨逢春听了她这样说，心倒是一动，暗想：不管她是不是真的秘书长，不过她有能力把我从监牢里提到这儿来，显然她的确也很有权的。假使我真的有救，那不是重世做人了吗？遂点头道："既然你能使我不死，那你就问吧。"

田小冬几乎要笑出来，但究竟太不好意思了，遂镇静了态度，问道："你今年几岁了？家里有什么人？为什么要加入革命军？"

杨逢春道："我二十二岁，家里有母亲有妹妹。其实我并不是革命军，原被你们误捕来的。"

田小冬听了，芳心暗喜，说道："既然你是冤枉的，那么你在什么地方办事？还是尚在读书吗？"

杨逢春摇头道："在清华大学毕业后，却一向闲着没事干。"

田小冬知他是个大学生，芳心愈加爱他，便说道："你愿意在这儿军部办事吗？"

杨逢春摇头道："不，我虽未加入革命军，但我是敬仰革命军的，岂肯在军阀手下任事？"

田小冬听他这样说，知道他确实是革命军，暗想：好个刁滑的人。便喝道："你的性命就在眼前了，还敢信口胡说吗？田将军势力浩大，将来国家统一，便是中国的领袖，你若在此效力，将来也不是个开国元勋吗？"

杨逢春暗想：原来你是代田将军做说客，劝我投降的。遂冷笑道："我可没有福气在田将军那儿做开国元勋，你这些事且别谈，我先问你，你到底能不能救我不死？假使你叫我失节而不死，那我宁可不辱而死的。"

田小冬见他这样硬法，一时倒暗暗叫恨，凝眸含颦地想了一会儿，说道："你倒是个有志气不怕死的青年！我问你，假使我愿意终身相托，叫你一块儿在这儿办事，你能答应吗？"田小冬既说出了口，心里又感到十分难为情，两颊不禁热辣辣起来。为了避免难为情起见，她伸手"吧嗒"一声，把室内的大灯泡熄灭了。

杨逢春这才恍然，原来她所以把我带到这里来，还有这一层意思。因此望着她的粉脸微微地一笑，虽然那五盏梅花灯熄灭了，但桌上尚有一盏纱绿罩的台灯亮着。从暗绿的光芒下映现着她的脸，果然是很妩媚。逢春不免忑忑了一下，但立刻又说道："假使为一个女人而失节，那岂非更被天下人所笑骂吗？"

田小冬听了，虽然很怨恨，但却很敬佩他，遂说道："你不投降也可以，但是你难道情愿死吗？"

杨逢春点头道："虽然我是不情愿死，不过忍辱而偷生，我以为还是光荣地死比较痛快。"

田小冬点了点头，把纤手抚摸着桌沿，明眸脉脉含情地望着他，说道："你有志气，不过你的年纪正轻，一旦死于非命，实在很是可惜，所以我倒有救你之意。不知道你喜欢我救你吗？"

杨逢春听了这话，想着了年老的母亲、年幼的妹妹，同时还有心灵上的燕琴，一时便猛可奔上两步，说道："假使你果有救我的意思，我岂有不喜欢的道理？"

田小冬身子倒是向后仰了仰，笑道："我可以救你，但是你要答应我条件。"

杨逢春凝眸望着她红晕的娇靥，说道："什么条件？你说出

38

来我听，我可以答应的，终没有不答应你的。"

田小冬听他这样说，一时羞人答答的倒反而又说不出口来，良久，方才低声说道："你的意志很坚强，你的人格很伟大，同时你的才貌又使我很敬爱，所以我的意思欲把终身相许，不知你能否答应？"田小冬说到这里，心里羞涩极了，雪白的牙齿微咬着殷红的嘴唇皮子，显出万分娇羞的神情。

杨逢春听了，心里不免荡漾了一下，但他脑海中立刻又映出燕琴娇小的身材、秀丽的脸庞、倾人的笑窝。于是他又摇摇头，说道："承蒙你这样见爱，心里虽然很感激，但是却不敢遵命。"

田小冬听他不答应，一颗芳心愈加羞涩，而且还带了惭愧，因此两颊是红得发烧。明眸含了无限哀怨之情，恨恨地逗了他一瞥，说道："你以为我是什么人？我乃是田将军的女儿田小冬，我也是高级师范毕业的，难道我一样都配不上你吗？"

逢春不知道她是剑峰的女儿倒也罢了，知道了后，猛可想起剑峰拿皮鞭要痛打自己的情形，心里便勃然大怒，冷笑道："我道是谁？原来是这王八的女儿！"

田小冬想不到他会骂出这一句话来，一时气得浑身乱抖，猛可在抽屉内取出一支手枪，柳眉倒竖，杏眼圆睁，离座直奔逢春，喝道："放屁！小子竟不情如此，真气死我了！"

田小冬这举动因为是冷不防的，杨逢春自然是大吃了一惊，身子就倒退了几步。不料后面有个红木的花架子，逢春退步下去的时候，就被花架子的脚一绊，因此竟跌倒地去。幸而地板上是铺着两寸厚的地毯子，所以逢春虽然仰天跌倒，却没有跌痛，只不过两手被铐着，跌了下去，却再也爬不起来。田小冬瞧此情景，倒又忍不住嫣然一笑，慌忙把手枪放到台上，蹲下身子亲自去扶他起来。杨逢春对于她这个举动，也是出乎意料之外的，红了脸，显出很局促的神气。不料田小冬却拉他同到一张长沙发坐下，微侧了粉脸，说道："燕士，你为什么要这样痛恨我的爸爸？"

杨逢春道："因为你爸爸为人太好了！"

田小冬道："既然你不满意我爸爸，但我到底没有什么错呀。我一番深情对待你，你为什么狠心拒绝我？我问你，你到底为什么不答应？还是我的脸不美，抑是我的学识不好？"

杨逢春听她这样说，便也回眸过来望她一眼，说道："我是革命军，和你爸爸是站在敌对的地位，你虽然爱我，但你爸怎会要一个敌人做女婿呢？所以你我的中间是隔着一条鸿沟，绝不能有结合的希望。"

田小冬听他这样说，便把纤手搭到他的肩上去，叹了一口气，说道："你这话虽然不错，但是我心里自己也觉得奇怪，不知为什么见了你后，我心里就会爱上了你。假使你能够答应我，我情愿辞去秘书长的职位，跟你一块儿去。"

杨逢春对于她这几句话，倒不禁为之愕然，凝望着她笑道："你这话真的吗？我以为辞去秘书长还是小事，你难道忍心和你父亲脱离吗？"

田小冬两颊更娇红了，秋波瞅他一眼，说道："我为了爱你，我什么事情都可以牺牲，但你不要误会我是个轻浮的女子，唉，你真是我命中的魔星。燕士，我恳求你，你可怜我一片痴心，你应该答应我的要求。"田小冬说到这里，把粉颊也靠到他的肩上去，眼皮有些红晕，仿佛盈盈泪下的神气。

杨逢春听她这样说，心中似乎有些感动，同时眼瞧她这样楚楚可怜的意态，实在也是非常妩媚可爱。兼之她脸倚在自己的肩上，鼻中闻到一阵芬芳的处女幽香，更使逢春有些神魂飘荡起来。但是他立刻又想着了燕琴，燕琴和自己有着过去五年的历史，自小一块儿长大，我若答应了小冬，那叫我良心问题如何说得过去？遂又摇了摇头，说道："你救了我的性命，照理我原该听从你的话，不过为了种种的原因，我觉得是不可能。假使除了婚姻问题外，我就什么都可以答应你。"

田小冬秋波恨恨地逗给了他一个娇嗔，说道："我为了爱你，所以我才救你。否则，革命军的同志有这许多，我又何必独要救你呢？"

杨逢春虽然觉得她这话说得不错，但是我为了爱燕琴，所以才代她爸爸来牺牲。如今结果依然是负了燕琴，那当初我又何必冒认革命军呢？遂毅然说道："你的话不错，所以我也不希望你救我，我情愿为国牺牲是了。"

田小冬听他这样说，倒是不胜骇异起来，坐直了身子，明眸瞅住了他英俊的脸庞，奇怪道："我倒不解你的意思，你既可保全性命，又可得了妻子，但是你不要，却情愿白白地死去，这是什么道理？你死不要紧，但你的母亲和妹妹怎样办？我以为一个人不能太拗执，我虽然不是生得国色天香，但究竟也不算丑陋，你到底为什么对我这样恶感？你说为了敌对地位的缘故，我想这是你的推托之词，因为我情愿牺牲一切，跟你一块儿去，那你为什么也不答应？从这一点猜想，我知道你一定另有爱人的，是不是？不过你这人太愚情了，你为了不肯负你的爱人，而情愿牺牲性命，我试问你死之后，你的爱人是否能够为你守一辈子的节？同时是否能够赡养你年老的母亲和妹子？我想，这是一个问题。燕士，你应该明白地想一想，我这话是恶意还是好意？"田小冬说到这里，还把两手连连摇撼了他的肩胛。

杨逢春低头细细想了一会儿，一时心中便动摇起来，觉得小冬这话也未始不是，我假使死去了，第一个问题就是母亲和妹妹的生活谁来负担？至于燕琴能否给我守节，这个我和她既没有婚约，又没有结过婚，同时我也不希望一个天真活泼的姑娘为我而丢送她终身的幸福。这样说来，我的牺牲性命是太没有价值了。我的年纪可轻啦，小冬既然这样真心地爱我，那么我将来终还想图个上进呢。况且我也不是真正的革命军，就是我将来愿意加入革命军，小冬不是也能够随着我倾向于革命军吗？杨逢春心里这样想着，两眼望着小冬的粉脸，不免出了一会儿神。

田小冬见他听了自己的话，只管呆望着自己出神，一时急得了不得，同时又羞又恨，忍不住眼泪淌下来，凄凉地道："燕士，你难道还不肯答应我吗？"

杨逢春见她痴心如此，一时也感动极了，叹道："唉，我想不到你会这样爱我。小冬，你别伤心，我就答应你了。"

田小冬突然听他这样说，她似乎还有些不相信，乐得呆住了，破涕笑道："我的燕士，你这话可真吗？"

杨逢春点头道："我要骗你的话，不是早可以骗你了吗？当然是真的。"

田小冬这才眉飞色舞地猛可把他抱住了，亲热十分地叫道："燕士，从此你就是我的了！"

杨逢春听她这样说，也不禁满心欢喜，笑道："小冬，那么你该把我手铐放了吧？我实在觉得怪疼呢。"

田小冬一听，忙站起身子，揿铃喊小玲进来。小玲早已知道小姐的意思，便把钥匙丢到桌上，她身子却又退出去了。田小冬遂拿了钥匙，亲自给他放下手铐，两手还温柔地抚摸他的手腕，秋波斜乜他一眼，笑道："可怜的，真累苦了你。"

杨逢春见她这样肉疼的神气，也不禁为之神往。田小冬见他目不转睛地盯住了自己，芳心真有说不出的喜悦和得意，遂偎了他身子，一撩眼皮，又笑道："燕士，那么今夜我就跟你一块儿走吗？"

杨逢春听了，倒是一怔，说道："你跟我到什么地方去？我是一个流浪的人，到处为家的。"

田小冬凝眸含颦地沉思了一会儿，忽又"咦"了一声，说道："你不是有一个母亲和妹妹吗？那么我就和你母亲做伴去，不是很好吗？"

杨逢春道："你在家里一切都享受已惯，和我母亲去做伴，你能受得了苦吗？"

田小冬听他这样说，心中好生不悦，噘着小嘴，生气道："我既爱上了你，那你我就是一个人，你的母亲也就是我的母亲一样，虽然苦得一日三餐薄粥，我也乐意的。"

杨逢春听她这样说，知道她是真心地爱自己，情不自禁地把手臂去环抱她身子，说道："你对我这样情深，我实在感到心头感动。但你走后，你的母亲和父亲不是也都要伤心了吗？"

田小冬叹了一口气，泪眼盈盈地说道："我的生母是早已死了，父亲有七房姨太太，他这样荒淫的行为，老实说一句，我也很不赞成。不是做女儿的没有良心，我和父亲的感情也是很淡薄的了。唉，你不知道，我的母亲是被父亲踢了一脚，所以死了，我想起来还觉得伤心哩。"说着，真的掉下泪来。杨逢春这才明白，一时更给她表示同情，遂亲自给她拭泪，说道："小冬，起初我虽然感到你的多情，但觉得你会忍心抛弃家庭，这究竟还是不情。如今照你这样说，你和你父亲实在有杀母之仇，所以我同情你，我可怜你。小冬，你是我救命的恩人，我绝不忘记你的大恩。不过你暂时且仍在这儿住着，看机会我一定可以带你到家里去。"

田小冬听他这样说，一颗芳心有些疑惑不决，说道："我是完全真心地爱你，你不能假意敷衍我，假使你今夜走后，要忘记了我，你便怎么样?"

杨逢春正色道："人非草木，谁能无情? 你对待我如此真心，我若假意敷衍，那我还能算人吗? 你放心，我要是负了你，我终不会好死的……"

田小冬听他发了重誓，这才放心，便把身子情不自禁地倒向他的怀里去，说道："假使我负了你，我也绝不会长命的。"

杨逢春听她这样说，便低下头去，在她樱口上甜甜地接了一个长吻。田小冬并不拒绝，两人默默地温存了一会儿。良久，杨逢春抬起头来笑了，田小冬也娇羞地笑起来。正在这时，小玲推门进来，她见小姐躺在燕士的怀里，一时羞得两颊绯红，急欲退出。田小冬早坐正了身子，向她叫道："小玲，你去冲两杯牛奶来给韦少爷喝吧。"小玲答应出去，不一会儿，便端着两杯牛奶进来，又装了一盆威士忌饼干。杨逢春喝过牛奶，便欲告别回去。田小冬因时已不早，也不敢多留，于是悄悄地送他出门。临别的时候，小冬想着了什么，说道："你母亲住的地方是什么路? 你告诉了我，我也好去望望她。"杨逢春道："在西城第四胡同十六号门牌，里面是个大杂院。你只问玉春的就知道，这是我妹子的名字。"田小冬记在心里，两人依依不舍地又谈了一会儿，因恐被人撞见，只得洒泪别去。

话说杨逢春暗自庆幸，觉得自己真可说是死里逃生。只不过心心相印的燕琴，今生是没有再和她结合的希望了，一路叹息，一路走回家里。杨逢春到家的时候，已经子夜了，母亲和妹妹早已熟睡了，睡梦中被他叫门喊醒了，两人倒大吃一惊。玉春披上衣服，趿着睡鞋，抢着来开门，一面急急问道："哥哥这时候怎么才回家来？难道学校中发生了什么意外吗？"逢春摇了摇头，一面关上房门，一面叫玉春快躺进被窝去，当心着了凉。这时杨老太坐在床上，手还在揉擦着眼皮，问道："春儿，你在什么地方呀？这个年头，你还逛得这样夜深吗？刚才吃晚饭的时候真叫人吓掉魂灵，许多大兵握着盒子炮，到这来搜查什么乱党，我是只会吓得发抖哩！"

杨逢春听母亲责怪自己在玩，遂微微叹口气，说道："母亲，你不知道，我险些从此不能再回来和你们见面了呢！"

杨老太和玉春一听这话，都脸变了颜色，急问道："这是为什么啦？难道把你也当作乱党了吗？"

杨逢春道："可不是，真危险极了。"说着，于是把自己的经过向母亲和妹妹告诉了一遍。

玉春听了先嚷着道："啊哟！你答应了田小姐，那么燕琴姐姐不是要失恋了吗？"

杨逢春被妹妹这么一说，心里也很难受，叹道："事已如此，那又有什么办法？否则，我还能回家来吗？"杨老太虽然平时也很喜欢燕琴的性情温柔，但自己儿子性命全仗田小姐相救，田小姐既愿意嫁逢春为妻，这当然理应如此，遂问田小姐的容貌美不美、性情好不好。杨逢春含羞点头，杨老太见儿子认为满意，心里也很喜欢，遂叫他快睡了，明天好早些到学校去教书。杨逢春平日原住在校中的，今夜他便和妹妹玉春睡在一张床上。玉春和他说笑话，逢春便呵她的痒，兄妹两人闹玩了一会儿，方才各自熟睡去了。

话说田小冬送逢春走后，这夜她胡思乱想地忖了许多时候，直到东方发白，才睡着了。一觉醒转，时已近午。饭后，她见风和日暖，天气晴朗，便独个到中山公园去散步，瞧着对对情侣携手偕行，一颗芳心不免又想起昨夜的韦燕士。一瞧手表，还只有两点过一分，心想：我倒不妨到第四胡同十六号去瞧瞧他的妈。想着，便姗姗踱出园来。谁知抬头忽然瞥见园门口走进一男一女，女的是表妹夏霞，男的正是自己昨夜定情的韦燕士，只见两人亲热异常，十分恩爱。田小冬心中这一气愤，她几乎要哭出声来，便急忙躲入树丛里，眼瞧着两人手牵手地向那边茅亭前走去。田小冬只觉有股子酸味，直冲鼻端，暗想：我这份恩情对待于他，不料他仍去爱上别的女人，可见天下男子没有一个靠得住的。哼！燕士，我回头倒要问问你发的重誓，看你拿什么脸来见我？田小冬想着，便急急到公园外附近一家商店里，借打个电话到军部，吩咐卫队长黄强差四名卫兵放一辆汽车到中山公园来。黄强怎敢怠慢，立刻发下命令。不消几分钟工夫，汽车早到，四名卫兵一见小冬果然站在门口，便上前行礼，问有何吩咐。田小冬怒气冲冲地说道："你们随我进来，把一个少年架到西山别墅里去，我随后立刻就赶到的。"四名卫兵答应一声是，当下拔出盒子炮，就跟小冬进园。到了夏霞和燕士促膝谈心的地方，田小冬一声吩咐，四名卫兵早已把燕士簇拥而去了。

且说当时夏霞听了小冬的话，一时奇怪得了不得，意欲向她辩白这少年是昨夜自己救的，但这是犯法的事，怎能说出口来？因此呆了半晌，方说道："表姐，你不要冤枉我吧，他是我自小的情人，怎么说是你的爱人呢？"

田小冬听她这样说，一时更加气愤，啐了她一口，冷笑道："你别胡说，我和他是已经有婚约的了。你怎么再能够去引诱他？表妹，你得想明白些，我平日待你多好，什么东西都要分一些送你，不过我的爱人如何可以分给你呢？所以你快快死了这条心，天下的男子可多着啦，何苦一定要夺姐姐的爱呢?"

　　夏霞听她这样说，两颊也气得由红变青，暗自想道：明明是你夺我的爱，怎么反诬我一口呢？但自己寄人篱下，处处地方终不得不委屈三分，不过这事情如何让步？遂也急急说道："表姐，他的确是我的恋人，你不能抢我的。表姐，你是素来疼爱我的，你可怜我，你就还给了我吧!"

　　田小冬哪里肯依，秋波恨恨地白了她一眼，也不回答她，就自管匆匆奔出公园去了。夏霞眼瞧着小冬去远了，一时心头真是无限愤怒，鼓着两腮，咬牙切齿地恨声不绝骂道："好个不要脸的妮子，见他俊美，就用武力把他夺去，看他爱不爱你呢!"自语到这儿，但有无限愤怒，到底抵不住无限的悲酸，她想着小冬硬生生地把自己爱人抢去，这仿佛是挖去了自己的一颗心，因此她再也忍不住呜呜咽咽地哭起来。

第四回

情外情痴情悲妹妹
错中错以错逼哥哥

韦燕士被四名卫兵架着走出公园，他尚欲挣扎逃脱，但卫兵们早把他的身子拖上汽车，呼呼一声，向前开去了。这时燕士的心里以为自己行迹显露，所以被捕，显然十分痛恨和恐怖，但事到如此，也只好竭力镇静了态度，向卫兵们问道："你们无缘无故地为什么捕我？我到底犯了什么罪？"

四个卫兵听燕士这样问，彼此面面相觑，倒是回答不出一个理由来。其中有一个勉强答道："这是咱们的秘书长吩咐，你回头自己问她好了。"

燕士听了，蹙起了眉尖，心里好不烦闷，暗想：昨夜好容易被夏霞相救，方才脱险，今日突然又被捕去，这我的命不是太苦了吗？想到这里，不免深深地叹了一口气。忽然又想到自己被捕，夏霞不知会不会有通敌的罪名？万一她也治了罪，那不是我害了她吗？韦燕士到此，一寸心灵真有说不出的痛苦，意欲奋斗拼命一下，但左右都是盒子炮，自己若动一动，不是立刻有灭亡的可能吗？因此也只好忍耐了满腔的怒火，呆呆地坐着，两眼望着玻璃窗外的街景，倒是愣住了一会儿。静悄悄地约莫有三分钟的时间，燕士忽然意识到那汽车并不是向军部里开去，却是向城外落荒而驶，心中就更加奇怪，忍不住又开口问道："你们到底把我带到什么地方去？"一个卫兵正欲告诉，不料却被另一个阻止了，说道："别理他！"燕士瞧此情景，好生纳闷，一颗心的跳跃也愈加快速。

汽车在平坦的泥路驶行，车夫开足速力，燕士只觉两旁街树很快地一株一株向后退去，耳中听到的是四轮飞驰过后，在空气中动荡起一阵呼呼的风声。这风声在燕士此刻听来，实在含有些恐怖的成分。也不知经过了多少时候，汽车到了一堵矮围墙的前面停下了。卫兵押着燕士跳下车厢，定睛向四面一瞧，知道已到西山了，暗想：架我到这儿来干什么？心里想着，卫兵早已押着他走到一个铁门前站住，燕士抬头见铁门正中悬着一盏挺大白纱罩门灯，上书"松云别墅"四字，心里这就知道此地定是田将军的别墅了，不过他把我架到西山别墅来做什么？那不是太奇怪了吗？这时卫兵已撤了门铃，里面就有一个老仆开门走出，见四名卫兵押着一个少年进来，心里似乎也感到了奇怪，悄悄地问道："他是谁？押到这儿来干吗？"卫兵道："不知道为什么，这是秘书长的意思。"那老仆听了，点了点头，遂让他们进内，关上了大门。接引他们到一间会客室，卫兵叫燕士坐到一张沙发上，四个人分开在四角，各人都握着盒子炮，对准了燕士呆呆地出神。

燕士起初心中是充满了无限的恐怖，这时既到了里面，心里倒反而安定了许多。同时又瞧着四名卫兵的神情，自己再也忍不住笑起来，暗想：这算是怎么一回事？真叫我弄得莫名其妙了。因说道："你们葫芦里到底卖的什么药？既是秘书长把我捉到这里，那么他的人呢？不是也该出来和我见面了吗？"一个卫兵听了，便喝道："不许开口！秘书长回头就来了。"

燕士被他一喝，便又垂下脸来，心中不免又想起公园里的夏霞，可怜她见我被捕，一颗芳心真不知要如何伤心呢。因想到夏霞，忽然又忆起自己被捕的时候，仿佛还有一个很美丽的姑娘做领导。这姑娘不知是谁？照理，我既和她并不认识，那么当然也没有什么冤仇，但她为什么要告诉军部派兵来捉我？同时她又怎样晓得我是革命军？这不是一个很奇怪的疑问吗？猜想过去，也许那姑娘和夏霞有什么怨恨在心，所以她便和夏霞作对吗？但是她和夏霞作对不打紧，却是害苦了我了。燕士想了一会儿，又慢慢地抬起头来，只见那四个卫兵还是泥塑木雕般地站在自己的面前，握着盒子炮动也不动的，真仿佛有些铜人的模样，心里想想，忍不住又觉好笑。不料站在西首的卫兵却把皮鞋一顿，大喝了一声，说道："笑什么！你的性命就在眼前了，还有什么可笑的吗？"

燕士听了这话，倒又大吃一惊，但既已被捉，也就把生命置之度外了，冷笑了一声，说道："死则死耳，那又有什么可怕！难道连笑的自由都被束缚了不成？"说罢，便忍不住哈哈地狂笑了一阵。卫兵见他如此倔强模样，一时倒也奈何他不得，呆呆地望着他出了一会儿神。

这时老仆拿盘子端着五杯茶进来，放在桌上。燕士一见，便站起来欲去端茶喝，却被卫兵阻止了，骂道："他妈的！你是罪犯，你能喝茶吗？"

燕士很从容地又坐下来，说道："你别胡说，我可没有犯什么罪，也许你们秘书长请我来玩玩的，你们不能这样无礼对待呀。即使犯了罪，难道连茶也不能喝了吗？这真岂有此理，你们瞧，他不是端着五杯茶来吗？"卫兵们听他这样说，一时倒也有些疑惑起来，秘书长假使欲办他的罪，这又何必把他架到西山别墅来，莫非两人果然是认识的吗？那我们倒不能待他凶恶。大家心里既然这样想，各人脸部的表情也就缓和了许多。

倒是这个老仆心地慈厚，他见燕士生得眉清目秀、一表人才，也许爱美是人之天性，所以他端了一杯茶，送到燕士的面前，安慰他道："你别害怕，这儿不是军部，所以我猜想着你大概不会有什么重罪。"

燕士因为卫兵也不知道自己犯了什么罪，此刻听到那老仆的话，一颗心倒真的放宽了许多，接过茶杯道了一声谢，正欲问他秘书长在哪里，忽然门铃又响起来。老仆遂急急地去开了大门，只见小姐和小玲两人站在门口，旁边还停了一辆簇新天蓝色的汽车。小玲手中提着一只皮箱，先问道："那个姓韦的可在里面吗？"

老仆一面行礼，一面让两人进内，说道："在会客室里面了，门外不是还停着军部里的汽车吗？"

田小冬点点头，一面说道："你只叫一个卫兵把他押到楼上来，我有话问他。"老仆答应，田小冬和小玲便转入另一院子，跨进室内，很快地奔到楼上房中去了。

老仆走到室内，向卫兵们说道："秘书长已到了，叫你们只用一个人把他押到楼上去。"

一个卫兵答应一声，便走上来，一手拉了燕士的手，一手把盒子炮对准了他，说道："快跟我上楼去见秘书长。"

燕士放了茶杯，身子虽然随了他走，心里倒也暗暗地发愁，不知秘书长是怎么样的一个人？他把我押到楼上去，难道预备用刑罚吗？这真是要我的命了。想到这里，那颗心仿佛十五只吊水桶，七上八下地别别跳个不停。两脚好似有千斤一般重，一步拖一步的，真是迟一刻好一刻似的。但无论走得如何慢，终也有走到楼上的时候。燕士只见外面一间是书房模样，陈设得古色古香，四壁全是名人的字画，正中有一副对联，是"长瓶磊落输郫酿，轻骑联翩报海棠"，为何子贞的亲笔，笔意在颜柳之间，真是十分洒脱可爱。燕士暗想：这位秘书长倒也是个风雅之士。正在打量，忽见套房里笑盈盈地奔出一个丫鬟来，她一见燕士，便毫不思索地叫道："韦少爷，你好呀。"说着，便向卫兵吩咐道："秘书长叫你们可以回军部复命去了。"卫兵答应一个是，便即回身匆匆下去。小玲关上门，用钥匙锁了。

燕士见走出一个丫鬟来，已经不胜奇怪，忽然听她喊出自己的名姓，一时更加稀罕，弄得目定口呆，微蹙了眉尖，凝眸向小玲脸打量了一会儿，觉得实在并不认识，这就开口问道："你是谁呀？我可不认识你，你怎么却认识我的？"

小玲听他这样说，便鼓着两腮，啐他一口，嗔道："我叫什么你还不知道吗？真是个没良心的人，我就告诉你，我叫小玲，看你回头瞧了我那个人，你认识不认识呢？快跟我进来吧！"

燕士没头没脑地被她这一顿骂，益发奇怪得呆若木鸡，暗想：这是怎么一回事？忽然灵机一动，卫兵已回军部去了，那我还怕什么？不是可以逃走了吗？燕士心中既然有了这个感觉，他便立刻回身去拉门拳，不料早已上锁了，一时望着白漆的门板，倒是愣住了。小玲见他要逃，一时更加生气，便猛可走上来，恨恨地捏了小拳，在他身上捶了两下，娇叱道："你既到这里，还想逃到哪里去？放心吧，这次再也不会放你走了。"说着，便拉了燕士的身子，直向里面房中走了。燕士真有些不明白，被她这一阵子拖拉，觉得她人虽小，气力倒也着实有一些，因为她是一个年轻的女孩子，心里倒也并不害怕，遂跟她走进了里面房中。小玲既把他拉到房里，砰的一声，把这一扇房门也关起来。

燕士定睛瞧，这间室中却是卧房的布置，一切家具都是欧化，收拾得微尘不染，真是清洁十分。外面的太阳光暖和和地从玻璃窗外照射进房中，更反映得金碧辉煌。燕士瞧了心里愈加不解，便回身向小玲问道："你们的秘书长呢？把我捉到这里来，究竟算怎么一回事呢？那不是太奇怪了吗？"

小玲听他还是这样说，一时也不和他多缠，秋波白了他一眼，说道："你也可以称呼秘书长吗？快别开口，给我安静地坐着！"说毕，便自管把紫纱的窗幔掩拢了。因为外面光线很好，所以室内便透着紫淡的颜色。小玲又把刚才带来的皮箱打开，从里面取出一对挺高大的红烛，并一束长香，又走到垂幕里去拿出烛台和香炉，放在房中的那张百灵桌上，燃着了烛香，插到烛台和香炉里去。那香的质料也不知是什么制的，丝丝袅袅地飞向空中，整个房中便蕴藏了一阵细细如兰如麝的幽香。

燕士坐在沙发上，呆呆地瞧着小玲这一阵子的忙碌，一时真稀奇得自己也不相信这是事实，还以为在做梦，于是伸手去摸摸额角，觉得这是实在的情形。但他还不相信，急忙伸手把自己的眼睛遮蔽了，又故意咳嗽了一声，各种试验都是事实，这绝不是做梦。燕士到此，头脑也糊涂了，把脚一顿，说道："这到底算怎么一回事呢？"

小玲被他脚一顿，因为是冷不防之间，倒吃一惊，回眸过来，望着他嫣然一笑，说道："为什么发脾气？你瞧吧，秘书长出来了。"

燕士听她这样说，便忙回眸望去，只见那垂幕掀起，突然走出一个姑娘来，燕士眼前一亮，仿佛是开着一树灿烂的桃花。因为她穿了银丝绸的旗袍、粉红的丝袜、银色的高跟鞋，在那双融融的烛火光芒笼映下，觉得亭亭玉立，闪人眼目，好像仙子凌波，容光焕发，真是艳丽无比。定睛细瞧，认得是刚才做领的那个少女，一时真奇怪得站了起来。田小冬见他明明是昨夜的那个韦燕士，你和我海誓山盟，多么恩爱，想不到只隔了一夜，他就假装木人，恶意遗弃，此刻已到我的房中，他还要呆若木鸡的样子，心中这就激起了无限的怨恨，猛可奔到燕士的面前，柳眉含翠，杏眼微嗔，娇声叱道："燕士，你好狠心呀！我为了你，情愿牺牲一切，救了你的性命，昨夜我原要跟你一块儿走的，不料你花言巧语，假意敷衍，你不是存心弃我吗？当时我本来疑心你不肯真心爱我，但你不是发了重誓吗？过头三尺有神明，这可是儿戏的事情吗？现在我只问你昨夜答应我的话，今天你到底还实行不实行？要不然，我就死在你的面前……"田小冬说到这里，心中一阵悲酸，情不自禁地扑了上去，紧紧抱住燕士的脖子，便呜咽地啜泣起来。

燕士冷不防被她抱住，这就站脚不住，身子又倒向沙发上去。田小冬趁势便倒入他的怀里，把粉脸偎到他的颊边，哭得抽抽噎噎地更是伤心。燕士听她絮絮地说出了这许多话，他眨了两眨眼皮，觉得一句话也听不明白。谁知她又倒在自己怀里，哭泣起来，心中这一奇怪，他几疑置身梦中了，不禁"咦咦"地叫起来，因为房中小玲已避开了，燕士这就捧起小冬的粉脸，见她泪沾双颊，仿佛海棠着雨，真个是我见犹怜，遂忙奇怪道："你这位小姐贵姓呀？我委实并没有和你认识呀！你所说的话，我全都茫无头绪。奇怪！奇怪！我何尝曾经答应过你什么啦？我连和你碰面还只有今天第一次呀！你……你……这不是使我太不明白了吗？"

田小冬听他撇得这样清爽，绝对一些也不肯承认，而且连认识都不认识了，一时怨恨到了极顶，便猛可撩上手去，竟欲打他耳光，但转念一想，这是使不得，因此把撩上去的纤手，抚到他脸上，扑簌簌地淌泪泣道："燕士，我还以为你是个有血性的青年，谁知负恩忘义，竟狠心到这个地步！事情是还只有在昨天夜里，你就是化灰了，我也能够认识你，你能赖得掉吗？你为什么要这样遗弃我，却喜欢我的表妹夏霞？你既爱她，那么你就不该和我说这些话，你到底有良心没有？我救了你的性命，谁知你却要害我的终身吗？你说，你说你良心对得住我吗？"田小冬说到这里，把脸直凑到燕士的脸上去。

燕士对于她这许多话中，直到现在，只听出有一句话和自己是有关系的，遂凝眸问道："夏霞是你的表妹吗？那么你难道是田剑峰的女儿吗？"

燕士所以这样问，他是从夏霞口中说她是住在舅父家里这一句话猜想而得。不料田小冬听了，却更疑心他是假惺惺作态，因此也愈加伤心，便把脸索性直贴到他颊上去，哭道："你还要假装含糊吗？我是田剑峰的女儿，你还只有现在晓得吗？"

燕士被她躺在怀里，已经觉得有些肉感，此刻脸贴脸，更加心别别乱跳，同时闻到她一阵一阵处女的幽香，几乎陶醉了。意欲推开她身子，但她偏偎得紧紧的，听她这样说，显然还是田将军的女儿。她声声口口说昨夜是她救了我的，不过我明明记得是夏霞救的，而且我也不认识她，但所奇怪的她却认识我，丫鬟喊得出我的姓，她又喊得出我的名，这不是太有趣太奇怪了吗？这时燕士的头脑真有些弄昏了，他不知道应该将怎样来和这位田小姐解释一个明白才好。良久，燕士方说道："田小姐，你坐起来，我们好好来谈一谈。"

田小冬不待他说完，立刻又把他嘴扪住了，哀怨地道："昨夜你还喊我小冬名字哩，今天你索性喊我小姐了，是不是你想把我渐渐地疏远开去吗？燕士，燕士，你不要这样地黑良心，我这一番痴心对待你，你却只管把我当作陌路人看吗？你曾对我说，假使你负了我，你就不会好死，那么你难道愿意不会好死吗？"

燕士听她愈说愈认真，但自己却是愈听愈不明白了，这就皱了双眉，真急得没有办法。过了好一会儿，方才又问道："你说昨夜是你救了我，那么是为了什么事情救我的呢？"

田小冬听他还要问这些话，气得愈加呜咽道："你可不是死了才活转来的人？昨夜的事情，你就忘得一干二净了吗？也好，我就告诉你，你是不是革命军啦？"

燕士听了这一句话，倒是吓得怔了怔，暗想：她究竟是人还是鬼啦？莫非我见到鬼了吗？燕士这样一想，他一颗心便更像小鹿般地乱撞，凝眸细瞧她粉脸，白里透红，真嫩得吹弹得破。田小冬秋波瞥见他向自己呆望，于是也瞅住他俊美的脸，很可怜地道："燕士，我的心，你不用望我，你难道还会不认识我吗？我希望你快快除去这副假面具吧！你昨夜曾经吻过我的嘴，和我订过白头的约，难道就只隔了一夜，全都忘记了吗？那你似乎也忘记得太快一些了呀！"

燕士又听她这样说，呆呆地愕住了一会儿，说道："我实在觉得很奇怪，为什么你说出来的话，我却一句也不接头的呢？这可怪不怪？"

田小冬道："你存心要抛弃我，那么你自然赖得一干二净了。"

燕士急道："我生平不说谎，而且也不滥用其情，假使我真的爱你，我绝不会抛弃你。"

田小冬听他这样说，破涕一笑，猛可紧搂住他的脖子，把小嘴直吻到他的唇上，笑道："你不抛弃我，我当然深深地感激你。"

燕士被她这一吻，全身顿时起了异样的感觉，暗想：这可糟了，我譬如给她听，不料她又当真了。但一个年轻的男子，怎禁得住一个美貌的姑娘这样热爱呢？因此燕士竟无抵抗的能力。直待她吻毕后，他才蹙了双眉，说道："不过昨夜我并没有和你碰见过呀。"

　　田小冬忽然又听他这样说，一时真恨得切骨，伸了纤手，就在他肩上狠狠打了一下，说道："我问你三句话，你不能说谎，若说谎你就不得好死。这三句话是昨夜你自己告诉我的，你既然不认识我，我怎么却认识你呢？你是不是叫韦燕士？"

　　燕士点头道："是的……你且站起来说话，因为我的两腿可累得有些麻木。"

　　田小冬脸一红，只好离了他的怀里，但却伸手把他拉起来，一同站着，又问道："你今年可是二十二岁？"燕士又点了点头。田小冬接着又道："你是不是清华大学毕业的？"燕士又点头说是的。田小冬见了一撩眼皮，忙又道："我可以再问你一句，你不是还有一个妹子吗？"

　　燕士脸上显出惊异的神气，凝望她娇靥，也问道："奇怪，你为什么知道这样详细呢？"

　　田小冬听他这样说，觉得他再也赖不掉了，心里一喜欢，便挂着眼泪笑起来，说道："这全是你昨夜自己告诉我的，怎么你还来问我吗？燕士，我亲爱的哥哥，现在你终不能否认了吧？你瞧，这对融融的花烛是多么光明啊！这是象征着我俩未来的生命。燕哥，我怕你再要负心我，所以今夜我一定要先和你结了婚，拜了天地，那你终不会忘我了吧！"田小冬说到这里，却又显出万分娇羞的意态，白嫩的颊上那红云便一圈一圈盖上来，秋波脉脉含情地在他脸上逗了那一瞥，又喜又羞的目光，忍不住娇媚地笑了。

其实燕士还弄得莫名其妙，今听她这样说，便急得跳起来，说道："这……这怎么可以呢？那……那是断不能遵命的！"

田小冬见他说来说去，还是个不承认，一颗芳心真怨恨到了极顶，便冷笑了一声，柳眉倒竖，杏眼圆睁，向他戟指骂道："你这个忘恩负义的薄幸郎，真所谓毫无心肝，算我瞎了眼珠，错认你是个有真性情的人。不过你要明白，你的性命是我所救的，现在我救了你，你却抛弃我，去爱了我的表妹，假使你置身在我的地位，那么你恨不恨？所以你不用怪我无情，我可以仍把你交往军部去处死的。"

田小冬说到这里，她已走到门旁去按警铃。燕士听了这话，心中这一吃惊，真非同小可，立刻抢上前，把她纤手握住了，说道："田小姐，我们有话再商量，你别动怒……"

小冬不待他说完，先恨恨地啐他一口，怒目道："你再喊小姐，我就和你拼命！"说着，便把她的头要撞过来，急得燕士忙摇手道："我不喊，我不喊，我就喊小冬，那终好了。"

田小冬到此，忍不住又嫣然一笑，娇嗔道："不，一定要喊我妹妹！"

燕士这时的心里真奇怪得不能再奇怪了，暗想：这里是田将军的别墅，她是田将军的女儿，这大概不会假的了。假使我没有夏霞这个姑娘，小冬既这样痴爱我，虽然这爱是莫名其妙的爱，我也不必管它，就答应了她也可以。因为小冬确实也是一个美貌的姑娘，我白白地得了一个美貌的姑娘做妻子，那不是一件意外的乐事吗？但现在我心中是只有夏霞一个人，她的肉体是完全被我窥见过，而且她有一万分真挚的情意对待过我，最后她曾说"只要你不能忘记今夜这个姓夏的姑娘，也就是了"。唉，那么我怎能忘记她？燕士既然这样沉思着，对于小冬要他叫妹子这一回事，他当然没有实行。田小冬见他不肯喊，自然十分气愤，突然把高跟鞋一蹬，燕士这才惊醒过来，回眸见她薄怒含嗔的意态，忽然计上心来，忙含笑叫道："妹妹，妹妹，你千万别生气，我就喊你妹妹是了。不过对于今天就要结婚，那似乎太局促了一些。我想，结婚是多么重大的事情，岂可以这样草草呢？终要拣个日子，亲友之间发一下喜帖，那么才对呢，你说是不是？"

田小冬听他这样说，芳心倒是一动，不过窥测他的意态，似有诈意，遂点头说道："本来我俩昨夜互订鸳盟，原也如你这个意思。不料你一转身，就会忘恩负心的，那叫我怎能够再信得过你？所以今夜我无论如何放不了你。"

燕士听她声声口口咬定昨天夜里和自己订过什么婚约的，一时也觉得人家一个女孩怎么会说这一种谎话？况且人家是个将军的女儿，找一个漂亮的夫婿也不是难事，岂难道一定要看中我吗？不过昨天夜里我根本在夏霞的房中，这……难道是我的灵魂和她在一块儿吗？想到这里，真是百思不得其解，觉得这事情最奇怪的地方是我并不认识她，她却叫得出我姓名，又知道我的年岁并什么学校毕业的……这实在是太稀罕了。燕士想着，回眸不免又望她一会儿。田小冬见他出神的样子，此刻又来望自己，便也逗给了他一个娇笑，说道："你想定了主意没有？到底答应不答应？"

燕士见她一举一动虽然也是非常可爱，但这种盲目的爱情，终不敢答应，遂摇头道："今夜要结婚，这终不可能。"

田小冬听他始终心硬如铁，可见不情到了极点，这就恨从心头起，恶向胆边生，她猛可奔到床边在枕下摸出一支手枪来，狠视着燕士，把手枪直对准了他胸口，怒喝道："你既无情，我又何必同你多费口舌，倒不如仍旧叫你死了干净吗！"说着，便一步挨一步地走上来。燕士当然大吃一惊，把身子也就一步一步退下去，直退到门边了，便无处可退了，这就急道："妹妹，我和你无冤无仇，你何苦如此？"

田小冬冷笑一声，把脚一顿，说道："昨夜我是你的恩人，今天你就是我的仇人。我若不打死你，怎消我心头之恨？不过我是爱你的，这在昨夜我已经和你深切地表白过。但是你负心了，我虽然不能和你做活的夫妻，我亦愿意和你做同命鸳鸯，所以我先打死了你，然后再自杀。唉，本来是一件美满的姻缘，现在却要酿成这人间的大惨剧。不过造成这惨剧的罪魁并不是我，燕士，你应该要明白！"

燕士听她这样说，因为自己并没有昨夜这一回事，如今一旦死于非命，实在是成了不明白的鬼，所以不禁又大叫道："妹妹你且慢慢动手……唉，这太使人不明白了……"燕士说到这里，顿了一顿，又长叹了一声，接着说了这一句太不明白的话。

田小冬却哼了一声，说道："哪有什么不明白？你究竟答应不答应？"

燕士觉得小冬这手段太残酷了，自己无论如何不能屈服的，头可断，血可流，此志终不可辱的，遂又长叹了一声，把眼睛闭起，大叫道："也许我和你前世结的冤孽吧！也好，你就打死我了吧！"田小冬听他这样说，一颗芳心疼痛若割，恨起心头，便欲开枪。

但忽然她不知有了一个怎样的感觉，她便直奔到燕士的面前，噗地跪了下来，纤手抱住了他的双膝，痛哭流涕地说道："燕士，你是我心中敬爱的人，我为什么要打死你？同时我又怎能忍心打死你？唉，燕士，我为了爱你，我终可以牺牲自己的。

60

你放心，我决定成全你和表妹这一段婚姻。不过我若活在世上，我心头一定不会有快乐的日子，所以我不用打死你，就请你打死了我吧。但在我死之后，千万希望你可怜我，给我一个名义吧，那么我虽死，亦含笑九泉矣！"燕士也想不到她会有这一个举动，遂忙睁开眼睛来瞧，只见她泪流满颊，絮絮地说到这里，又把她手中的手枪塞到自己的手里来，这就弄得目定口呆，再也说不出一句话来。良久，方才把她身子抱起，见了她海棠带雨般的脸，自己也会激起一阵莫名的悲哀。

天下的事情真也凑巧得有趣，韦燕士和杨逢春不但脸酷肖，而且年龄相同，又是一个学校毕业的，因了这三点的相像，便引出了天大的笑话。造成这趣事的第一个原因，就是逢春冒名燕士。在小冬和逢春只有一次的见面，而且为时甚短，兼之又在夜里，她对于逢春脸的印象，只不过有一个轮廓而已。现在她见了真的韦燕士，她便一心认为是逢春冒名的假燕士了，所以她想尽种种方法，要和燕士结合。在当初燕士对于小冬的举动和说话，只不过感到奇怪和有趣罢了，但小冬的确是太痴心了，她情愿自己死去，给燕士和夏霞去结合。燕士到此，不免也慢慢地糊涂起来了。他望着泪人般的小冬，想着她刚才和自己的热吻，于是他低下头去，竟答应了她的要求。田小冬想不到已在绝望之际，燕士忽然答应了。她这一喜欢，真把心花也乐开了，猛可抱住了燕士脖子，扬着眉毛，乌圆眸珠一转，跳了跳脚，笑叫道："哥哥，你何苦一定要难为我？啊，我的心！妹子真恨你爱你哩！"说着，便把小嘴凑上去，喷的一声，两人便又甜甜地吻住了。燕士和小冬在房中这一阵的缠绵，外面早已黄昏的时候了。小玲却从幕后笑盈盈地端来一大盘小菜，一碗一碗地放在桌上，望着燕士咪咪地笑道："韦少爷，你这人真刁！可怜我小姐前世欠了你的眼泪债，所以今世全来还你了。"燕士听她这样说，脸微微一红，因为心里奇怪小玲从什么地方上来，于是走到垂幕边，揭起一瞧，原来后面也有一扇门，可以直通楼下的，心里这才明白。

这时小冬坐在沙发上，兀呆呆地打算，她想：燕士现在虽然答应了，但往后见了夏霞，他不免又要负心，我终要拿到他是我丈夫的一个凭据，那么他才不敢再去爱上别人。小冬沉思了一会儿，眸珠一转，忽然有了主意，她便向小玲耳边低低说了一阵，小玲点头微笑道："那么我立刻就去。"小冬点了点头，燕士奇怪道："你到什么地方去？"小玲横眸一笑，却不作答，急匆匆地奔下楼去了。小冬秋波瞟他一眼，笑道："你别问，回头就知道了。燕哥，菜既上来，那么我和你该先拜了天地，然后祭祖。"燕士因为既已答应她了，遂也管不得许多，站起身子，和小冬并肩双双下拜。待他们祭祖完毕，忽然见小玲气吁吁地奔上来，她手里拿了两只纸盒，放在沙发上，笑道："小姐，你说快不快？你们且先换了礼服，摄影师等在下面呢！"燕士听了，好生不解，走上去揭开纸盒的盖一看，原来里面是男女两套文明结婚的礼服，这就回眸向小冬望了一眼。小冬笑道："我们拍张照，留个纪念，同时也表示我俩从今以后便是一对夫妻了。"燕士听她这样说，倒也十分赞成。当下两人换好礼服，叫摄影师走到楼上，替他们拍了好多种姿势，方才拿回城里去。这夜里韦燕士和小冬虽然是享受了夫妻的权利，但是在燕士的心头始终还不明白小冬说的昨夜里救自己的一回事。他原想向小冬问个仔细，后来在一度恩爱缠绵之后，也就把这个疑问压根忘记了。

到了次日，燕士对小冬说道："妹妹和我是已做了夫妻，彼此你我便是一个心了。我绝不会负心你的，那你可以放心。不过我和你爸是站在敌对的地位，我当然不能在此久留，而且我还有我的使命，所以今天我就要和你分手了，假使你愿意到我家里去走走，倒可以时常去的，因为和我妹妹谈谈，也许你们很可以合得来。"

田小冬听他很恳切地说着，虽然感觉新婚只有一夜便要分离，那是件很悲哀的事，不过他是有重大使命的人，我不能为了儿女私情，耽误了夫婿光明的前程。于是她偎在燕士的怀里，柔顺得像一头绵羊似的，点头说道："我知道，哥哥的家里其实就是我的家呢，我干吗不要常去走走？不过哥哥应该先去向家里告诉一声，那么将来我去的时候，他们不是可以明白我是谁了吗？"田小冬说到这里，露齿嫣然一笑，两颊泛起一圈红晕，她却又害起羞涩来了。因为有了这一夜的缠绵，燕士也就只好把爱夏霞的心完全爱到小冬的身上去，今见她如此不胜娇羞的意态，真是愈看愈美，点了点头，捧起她的粉脸，对准了她的小嘴，情不自禁地又接了一个甜吻。

临别的时候，田小冬紧紧握着燕士的手，眼皮一红，低声说道："燕哥，我俩的结婚，外界虽然不知道，不过我们也很光明正大地拜过天地，祭过祖先，而且也拍过结婚照片，所以你妹子今后的身子以及一切都是哥哥所有的了。就是哥哥的身子，也是妹子所专有的，希望哥哥能够始终爱我到底，千万不要把我忘记，妹妹是抱着万分的热忱，祈祝哥哥的鹏程万里！"田小冬说完了这几句话，眼皮有些润湿，她想着自己和燕士的结合，虽然是只有短短的两天时间便成功了，不过在这两天中，自己真不知费了多少话，方才把他说服了。想着过去委屈的事情，自然难免有些悲酸。燕士见她盈盈泪下的神气，心里对于她的痴情实在也很感动，因此把她纤手摇撼了一阵，温柔地说道："你放心，妹妹已和我行过婚礼，我怎么会忘记你？因为妹妹已经是我的爱妻了呀!"说着,便对她微微地一笑。田小冬听他这样说,一颗芳心自然也得到了无上的安慰。两人拥抱着又亲热了一会儿,方才洒泪分手了。

韦燕士别了田小冬,他便又到北京城里来活动。黄昏的时候,他正从另一个机关里出来,路经自己的家门口,忽然想起小冬的事情,他便敲门进去,预备先告诉了爸爸和妹妹,同时也可以给他们知道自己那夜逃出后是并没有遭一些危险。谁知阿三来开门一见大少爷,他便急得脸无人色地拉住了,悄悄告诉道:"大少爷,你千万不能进去,刚才齐巧有个自称卫队长名叫黄强的来拜望老爷,现在里面坐着,我瞧他不怀什么好意。你……你还是在门房间里暂时躲一躲吧。"

燕士一听这话,心倒是一跳,暗想:他妈的! 这王八到我家做什么来? 事情凑巧,偏我回家来了,他若欺侮我爸爸和妹子,我岂能坐视吗? 遂向阿三说道:"你别害怕,我得进去瞧瞧。"

阿三拉了他衣袖,怎肯放松? 急道:"你……你……难道自投罗网去吗?"

燕士见他这样忠实,便笑道:"你放心,只一个丘八,放在我什么心上?"阿三拉他不住,连说"少爷小心"。燕士说声"知道",便三脚两步地由园子直奔进小院子里去。当他一脚跨进月洞门的时候,就听会客室里有粗笨的声音说道:"韦老伯,你不识抬举,那莫怪我无情!"接着又听父亲不知怎样地说一句,那个黄强忽然大声骂道:"妈的! 你敢不答应,我就打死你!"同时忽然又有妹妹惊叫的哀声触入耳鼓。燕士这一吃惊,真非同小可,他便早已飞一般地直奔进会客室里去了。

第五回

履险如夷知离虎口
花明柳暗叠起罡风

感时花溅泪，恨别鸟惊心。韦燕琴这时候心里难受，真有这样的情景了。她独个站在一丛花坞的面前，满颊是沾着晶莹莹的泪珠，明眸脉脉地凝望着那已将凋谢的花朵，偶然从绿叶丛中惊飞起的小鸟，她想着哥哥的逃亡、逢春的被捕，生离死别，一颗芳心犹若刀割。她只觉得隐隐地有些作痛，把那方小小的绢帕掩住了脸，忍不住闷声呜咽地哭泣不停。春天的阳光虽然是十分暖和，但此刻却被天空一朵乌黑的浮云遮蔽了大半，使满园里的景物都笼罩了一层黯淡的阴影。这在燕琴那颗善感的心灵里，更会激起了一阵无限的悲哀。默默地哭泣了一会儿，抬头忽然瞥见天空中追逐着两只燕，在灰白的云堆里回环绕飞。燕琴心有所感，忍不住要深深地叹了一口气。这时仆妇匆匆走来喊道："二小姐，老爷喊你进去呢！"

燕琴听了，遂忙收束泪痕，便慢慢地步到室中。只见爸爸长吁短叹地在室内踱圈子，见了燕琴，便忙说道："琴儿，你不是说有个同学的爸爸在军部里做秘书长吗？那么你为何还不去想法子呢？"

燕琴听了，顿了一顿，两颊一阵红晕，倒是愣住了一会儿，但立刻又镇静了态度，乌圆眸珠一转，点头道："我正想去了，那么我此刻就走了。"

柏村道："快去快回，别让爸爸等在家里干急。"

燕琴连声称是，便三脚两步地匆匆地奔出了大门。既到了大街上，她又停止了步，暗想：昨天我原是在无可奈何中安慰他老人家而已，岂真的有秘书长认识吗？唉，爸爸叫我去想法子，叫我到什么地方去想法子好呢？燕琴自语到此，无限悲酸陡上心头，她那满眶子的热泪早又扑簌簌地滚了下来。一个年轻的姑娘，站在大街上只管淌眼泪，那自然会引起路人的注意，所以大家不免回眸过来向她逗了那一瞥猜疑的目光。燕琴这就觉得自己是站在大街上，并不是在家里，给熟人瞧见了，那可不是笑话吗？遂抬起手，在眼皮上揉擦了一下，装作毫不介意的神气，低了头，急匆匆地向前走了一程路。在燕琴所以这样快速地走了一程路，她并不是有什么目的地，原不过避免路人的注意和自己的难为情罢了，所以她在走路的时候，绝对不会去注意东西南北。她只晓得前面有路可走，便一直走了过去。当她抬头起来向四面一瞧，不料已走到西城了。燕琴这就想到，再过去一些便是逢春的家里了，可怜他的母亲和妹子还都在梦中哩。照理，我今天原应该去望她们一次，不过叫我怎么能够开口来告诉这件恶消息呢？我猜疑着，假使她们得到这个消息，他母亲就有昏厥的可能，我如何能忍心瞧这一幕悲惨的情形？但是这岂可以永久瞒了她们吗？事情终有明白的一天，我若今日不去竭力地安慰她一番，我还能算是一个人吗？唉，逢春啊，你是为我而牺牲了，叫我拿什么来才能报答你的大恩？燕琴想到这里，眼泪忍不住又像泉水一般涌出。在这样的情形之下，燕琴真觉得不敢到逢春家里去，但又不忍不去，因此呆呆地又出了一会儿神。最后，她鼓着十二分的勇气，终于向第四胡同十六号的大杂院里走。她的两脚虽然向前一步一步地移动，但那一颗芳心却是万分紧张，仿佛有块铅质似的东西重压着，几乎使自己的呼吸也感到有些局促。她心里想着，我见了杨老太，第一句开口的该说些什么？是不是就可以立刻告诉逢春被捕的话？假使告诉后，杨老太有昏厥的事情发生，那又叫我怎么样安慰？怎么样办法？燕琴心中既有了这一层考虑，她是愈想愈害怕，那颗芳心也就愈像小鹿般地乱撞。所以她走到大杂院的门口时，那两只脚再也跨不进去，好像生了根子似的不会移动了。约莫有了三分钟的时间，忽然在阳光罩满了的地上有一个黑影子一闪，接着就奔出一个十二三岁的女孩子来。她见燕琴泪眼盈眶地呆站在门口，小心灵中似乎感到了惊异，便叫道："咦，燕琴姐姐，你干吗不进里面来呀？"

燕琴定睛一瞧，这女孩原来是逢春的妹子玉春，一时忙又抬上手去，去把颊上的泪水拭去了，镇静了态度，说道："玉妹，你妈可在家里吗？"

玉春对于燕琴的问话倒不注意，她所注意的是燕琴脸部的表情，仿佛是罩了一层愁云似的。忽然乌圆的眸珠一转，她理会过来了，便奔上两步，拉了燕琴的手，笑盈盈地说道："燕姐，你是不是因为我哥哥被捕所以心中不快乐吗？"

这一句话骤然听进燕琴的耳里，倒是猛吃了一惊，粉脸立刻变了颜色，不过瞧着玉春满脸含笑的意态，心中又感到奇怪，遂急忙问道："玉妹，你……你怎么会知道了呀？"

玉春似乎也明白这事情重大，所以向四面张望了一下，见没有什么人，方低声说道："燕姐，你不用担心，哥哥昨夜已经逃出了，他昨晚还在家里睡一夜的，我们快进去，到房子里坐着谈吧。"

燕琴一听这个消息因为是欢喜过了度，倒忍不住又眼泪夺眶而出了，掀着酒窝，只感到心头轻松了许多，笑道："真的吗？那真是上帝保佑的了。"

玉春频频地点了一下头，笑道："我不骗你。妈妈，琴姐来了。"玉春说到这里，又回过头去，仰起了脖子，向屋里高声地喊着。这时两人已步进了室中，杨老太早已站起来迎着了，笑道："韦小姐，你好久不来玩了，快请坐吧。"

在燕琴未到逢春家里之前，她的预料中彼此一定会痛哭流涕的，想不到齐巧出乎意料之外地会给她一个欢跃的消息。听了杨老太的话，也不禁破涕为笑，说道："老太太，为了这件事情，我昨夜里就一些也没有合过眼，真是天可怜的，他……他已逃出了吗？"燕琴也许有些乐而忘形了，所以她情不自禁地连喊了两个他字。但既喊出了口，觉得在一个男朋友的母亲面前，和她的儿子表示这一种亲热的口吻，实在太不好意思了一些，因此她的两颊立刻又盖上了一层红晕，显出十分羞涩的神气。

杨老太因为已到桌旁拿玻璃杯斟茶去了，所以倒也没理会她的羞涩，回身过来，一面叫声"韦小姐喝茶"，一面皱起满额的波纹，苦笑了一下，说道："可不是，这个年头做人就危险，昨夜春儿回来已在半夜了，我和玉儿从睡梦中惊醒，倒是唬了一大跳呢。"

燕琴听了，叹了一口气，说道："对于杨先生的被捕，爸爸和我真是担着十二分的抱歉，心中的不安也不知怎么是好，我想着万一不幸的话，那我真没有脸再活下去了。因为从此以后，叫我们父女俩怎能对得住老太太呢？"

杨老太听见她这样说，同时又见她两眼红肿的样子，显然她昨晚上是哭了一整夜的，遂说道："这是环境的不良，怎么能够怪韦小姐呢？昨夜春儿告诉我说，你哥哥幸亏事先逃走了。不过他的手是已受了伤，他担心你哥哥不知逃到什么地方去了。"

燕琴听了这话，一时把逢春的心事放下，但哥哥的心事又勾引上来，叹道："但愿吉人天相，能够平安无事，那真叫人谢天谢地了。"说着，忽然又想着逢春既然已被捉，他怎么还能够逃出来呢？心里不免又感到很奇怪，凝眸含颦地问道："老太太，杨先生不知如何会给他逃出的？逃的时候不是也很危险吗？"

这时玉春已悄悄地掩上了房门，站在桌旁听两人的谈话，忽然见燕琴这样问，便欲插嘴告诉她哥哥是被田小姐相救的话。杨老太心中是明白燕琴和逢春的感情很好，昨夜听逢春的告诉，知道逢春所以答应田小姐的婚事，也是出于万不得已的，可见逢春确实也很爱燕琴，反转来说，就是燕琴也很爱逢春的。她生恐玉春不懂事，把逢春已答应田小姐婚姻的事也告诉出来，那么使燕琴一颗芳心不是要受到一重失恋的刺激了吗？所以杨老太不待玉春告诉，便向她丢了一个眼色，又对燕琴说道："听他说是一个秘书长把他放了的。"玉春原也是个聪明的姑娘，她见母亲这个模样，心里也理会了，口中虽然不说话，心里却暗暗地有一阵感触，在我常常地想，燕琴姐姐这么美丽的一个姑娘，将来她终是自己的嫂子了，但事实往往与理想不同的，谁知道哥哥会被捕了，而且会被田小姐救了，因此便硬生生地拆了燕琴姐姐这一头婚姻。虽然现在我们是瞒着她，但将来燕姐终有知道的一天，可怜等她知道了后，心里真不晓得要如何伤心呢。而且我也不晓得田小姐是怎么样的一个姑娘，她的容貌是否也有和琴姐那样美丽？她的性情是否也有和琴姐那么温柔？假使田小姐是个很凶恶的姑娘，那我怎么愿意有这样一个嫂子呢？想到这里，她小小的心灵中有一半固然替燕琴伤心，一半也给自己不快乐。她想哭，但是在燕琴的面前她又不敢哭，因此含了一眶子的泪水，悄悄地走到里面套房中去了。

玉春心里的不快乐，燕琴当然是不会知道。她听杨老太说是一个秘书长放逢春的，一时想起昨夜自己说谎安慰爸爸的话，心里真感到了万分的喜悦和有趣，忍不住扑哧地一笑，掀着酒窝笑道："那秘书长真好，叫人心里感激。"在燕琴心中自然不知道那位秘书长却是个姑娘，所以她是非常感激他。不过听进在杨老太的耳里，她就有些感触。虽然自己是非常喜欢燕琴，认为燕琴确实是自己理想中的媳妇，但天下的事情终不肯给人个称心如意的愿望，因此她望着燕琴那样得意娇笑的芳容，更引起自己心头的凄凉。燕琴见杨老太的眉是微微地蹙着，两眼望着玻璃杯中那绿荫荫的茶色，呆呆地出神，仿佛在想什么心事一般的。她那颗善感的心灵，这就开始有些误会起来，以为杨老太对于逢春的被捕，至少有些怪我们的意思。虽然现在天老爷保佑，人已经放出，不过万一没有这位秘书长释放的话，那么逢春的性命不是要白白地丢送了吗？杨老太口里虽不怨我们，心中一定是怪我们险些害了她儿子的性命，所以她脸上便显出很冷淡的样子了。燕琴心中既然有了这一层误会的意思，她自己也感到了十分惭愧，坐在椅子上，仿佛有针在刺一般地难受，顿时局促不安起来。于是她藏了一颗辛酸的心，站起身子，说道："杨先生脱险了，这叫我心里真仿佛落下一块大石。老太太，我走了。杨先生以后还要叫他随时小心一些才好，最好不要常常出外，那终可以避去人家许多的注意。"

杨老太听她要走了，这才如梦初醒般地跟着起来，说道："韦小姐，你忙什么？既然来了，你就多坐一会儿。"

燕琴听她这样说，同时又见她把手来拉自己的手，似乎很亲热的神气，一时心里又觉得自己也许误会了她的意思。不过既站起身子，也就准定走了，因为爸爸在家里还等着自己的回话，时候太久了，他老人家岂不是要焦急死了吗？遂微笑道："明天我仍可以来的，杨先生脱险了的消息，我也该去告诉了爸爸，好叫爸爸放心。"

杨老太听她这样说，也觉得这话倒是正经，便点头说道："那么韦小姐改天来吧，最好上午来吃午饭。"

燕琴点头笑道："好的，玉妹呢？"

杨老太于是向里面房中说道："玉儿，你在做什么呀？韦小姐要回家了。"

玉春这才笑盈盈地一跳一跳从套房里奔出来，拉了燕琴的手，撒娇似的说道："琴姐，你干吗这样性急啦？可不是怪我没有招待你吗？"

杨老太笑道："你既知道，那么你为什么躲在房里不出来？"

燕琴扶着玉春短短的美发，笑道："妈妈和你开玩笑，我怎么会怪妹妹呢？因为我怕爸爸心里记挂，所以不敢久坐。反正后天就是放春假了，我天天可以来和妹妹游玩哩。"

燕琴说着话，身子已向房门口走。玉春早已伸手给她开了门，一面跟着燕琴走出院子来，说道："那么琴姐常常来玩玩，因为我心里是很想念姐姐的。"

燕琴听玉春这样说，芳心倒是一动，不免望着玉春出了一会儿神，笑道："玉妹倒和我很合得来吗？"

玉春听了这话，猛可想着燕琴是再也不能做自己的嫂子了，一时心里有些悲酸，眼皮一红，险些泪水掉下来，乌圆眸珠一转，频频地点了一下头，偎着燕琴的身子，显出特别亲热的样子，说道："我很爱姐姐的，希望姐姐也能够很爱我。"

燕琴听了这话，不知怎的，心里也会激起一层浓厚的感情，把纤手拍着她的背脊，脸偎着她的额角，笑道："姐姐当然也是十分地爱你。玉妹，你哥哥此刻到什么地方去了？"

玉春道："今天早晨起来，他就回学校里去的。"燕琴点了点头，两人很亲热地又说了一会儿，燕琴这才和她分手急急到家里去。

柏村坐在家里，一会儿叹气，一会儿又看手表，时候倒过去了一个钟点，但燕琴却还没有回来，心里正在暗暗地着急，忽然见燕琴走进室来。因为她脸有喜色，猜想着也有些希望，遂站起身子，急急地问道："琴儿，事情怎么样？可是有办法想吗？"

燕琴一撩眼皮，很欣喜地说道："爸爸，你不用忧急了，杨先生已被一个秘书长放出了呢。"

柏村嘴里是衔着雪茄烟，他听了这个消息，这一喜欢，便拉开嘴笑起来。因他一笑，雪茄烟便掉到地上去。燕琴慌忙蹲下身子，把它拾起，交到柏村的手里。柏村一面接过了，一面忙又问道："你这个消息是同学告诉你的吗？"

燕琴扬着眉毛，不禁扑哧地一笑，很顽皮地偎到柏村的怀里去，秋波逗他一个妩媚的娇笑，说道："爸爸，你应该原谅我的说谎，其实我说的同学爸爸在军部做秘书长的话是骗你的。因为我见爸爸焦急得厉害，所以我不得不暂时安慰着你。谁知杨先生果然会给秘书长放逃了，那不是凑巧吗？"

柏村听了女儿的话，倒是弄得丈二和尚摸不着头脑了，定住了眼睛，怔怔地又问道："琴儿，你说的是什么话？我可有些不明白，你还是仔细地和我说一说，别让爸爸闷着了。"

燕琴这才把自己到逢春家里去，从杨老太口中已得知了逢春出险的话，向柏村诉了一遍。柏村这才明白，心里顿时放宽了许多，忍不住笑道："这真是天可怜的，那个秘书长大概和杨先生认识的吧。那么你和杨先生可曾碰过面？"

燕琴摇了摇头，说道："没有碰见他，杨老太说今天早晨依然到学校里教书去了。"柏村点了点头，从此他就感到十二分的安慰。

在燕琴的心里，以为逢春既然脱险逃出，今天黄昏的时候，他一定会到我这里来告诉的。不料黄昏的时候固然没有来，第二天的下午也不见他到来。因为今天是星期六，下午没有功课，况且明天又是学校里开始放春假的日子，所以在燕琴的预料中，昨天逢春既然没有来，今天下午他无论如何一定要来的了。但是直到日暮西山，燕琴的一颗芳心依然是充满了失望的抑郁。虽然知道逢春是脱险了，不过彼此没有见过面，那似乎终感到有些不放心。柏村瞧着女儿柳眉颦蹙的意态，心中也有些理会她的意思，喷了一口雪茄烟，两眼望着一圈一圈的烟雾，说道："照理，逢春他今天终该来一次了，不知道他什么事情累忙了，却没有来。"燕琴听爸爸这样说，显然爸爸和我也有同样的感觉，这就微微地叹了一口气，正欲回答一句什么，忽然听到一阵皮鞋声响进室中来。燕琴知道是逢春来了，心中这一喜欢，立刻起身迎了出去，谁知待见到了那个来人后，一颗芳心不觉大吃了一惊，立刻又倒退了两步。你道来的是什么人？原来就是卫队长黄强。当时燕琴却不认识他，她以为又来搜抄什么革命军来的，一时倒愕住了一会儿。黄强见她含了满面的娇笑迎了出来，心里这就快乐得奇痒难抓，但是一见到了自己后，立刻又显出骇异的神情，一时不免有些失望，便很恭敬地弯了弯腰，笑道："你这位姑娘不认识我了吗？我就是那夜来捕捉革命军的卫队长呀。令尊大人可在家里？"

燕琴见他并无凶恶的神气，便点了点头，一面已是回身叫道："爸爸，有人来找你。"随了这一句话，黄强的身子已跨进到室中。柏村见是一个大兵，心头倒是一跳。黄强却已向他点头招呼道："老先生，你还认识我不？"

柏村却瞧清楚他就是那夜的卫队长，暗想：他做什么来？遂假装含糊地说道："我倒记不起了，你贵姓？"

黄强笑道："我姓黄名强，是田将军的卫队长。"

柏村知道这种人还是待他客气些比较好，遂慌忙把手一拢，含笑说道："原来是黄队长，请坐，请坐！"说着，在烟盒子了又递过一支雪茄烟，还亲自给他燃着了火。

黄强很是得意，连连说了两声"劳驾"，彼此便坐了下来。黄强笑道："老先生姓什么？我还不曾请教过。"

柏村又微微地一笑，说道："敝姓韦。黄队长大驾降临寒舍，不知有什么公事吗？"

黄强吸了一口雪茄笑道："韦老伯，你别担心，今日咱到这里来不是为了公事，完全为了私事。"

柏村和燕琴听他这样说，心里都是一怔，暗念了一声"私事"，彼此从未认识，哪里来什么私事呢？燕琴因为要听他究竟做什么来，所以坐在西首那张沙发上，表面虽然在翻报，实际却很注意东面桌边的黄强和爸爸的谈话。柏村在一愕之后，他立刻又镇静了态度，很从容地说道："是什么私事？"

黄强笑道："那天晚上的事情，咱实在深觉抱歉，咱自己也觉得脾气不好，错怪你老人家不算，还打翻了桌子。所以这一些损失，我理应赔偿你们的。"

柏村再也想不到他有这样地讲道德，一时倒愕住了一会儿，但脑海里立刻有一根神经告诉他道：这种强盗行为的人，绝不会有这样好心吧，在其中至少还有一层用意的。柏村心里既防到了这一着，遂慌忙说道："黄队长，你这话不是太客气了吗？些微的损失，那算得了什么？"

黄强道："不是那样说，假使我不赔偿的话，我心里就会感到不安的。"他说完了这两句话，就在袋外摸出一叠钞票来，看上去足足有三四百元光景。他把钞票放到柏村的面前，微笑道："这一些钞票，你请收下。回头我还有些事情跟你商量。"

柏村听他这样说，暗想：果然不出我的所料。于是把钞票立刻又拿了过来，还给了他，说道："黄队长，这个我万万不敢接受，至于你有事请跟我商量，假使我能力够得到的话，终可以答应的。"

黄强听他这样说，便把钞票又拿过去，笑道："我以为赔偿损失是一件事，跟你商量又是一件事。你得先给我收下了，那么我才可以和你说话。"

柏村沉吟了一会儿，摇了摇头，说道："只不过敲碎了几只碗，那能值多少钱？黄队长若一定要赔偿，不是反叫我心里不安吗？"

黄强见他又把钞票拿过来，一时也就不再送过去，但也不藏起来，把手指在桌上弹了两下，眨了两眨眼皮，笑道："韦老伯既然这样客气，这件事情我们且搁下别谈，现在我要跟你商量一件事情了。"

柏村那颗心是微微地跳动着，他把眼睛望着黄强的脸，显出很严肃的样子，说道："不知和我商量的是什么事情？你就请说吧。"

黄强因为柏村的脸很有些威严，因此倒有些不好意思开口了，支吾了一会儿，方才微红了两颊，说道："我自从二十岁当卫队起，至今已有八个年头了，田将军很瞧得起我，所以在第四年我就升做了卫队长。他还说我这人很有造就，将来也许有升做师长的希望。我想假使真有那样一天的话，我的前途就更光明了。"黄强说到这里，咳嗽了一声，同时又很安闲地吸了一口雪茄。柏村和燕琴听他这样地做一个自我介绍，都不明白他的用意所在，静静地坐着，却听他说下去。黄强喷去了口里的烟后，然后回眸又向柏村望了一眼，笑道："韦老伯，你觉得我这个人怎么样？"

柏村道："当然是个国家的人才，那还用说吗？"

黄强很得意地笑道："这是你老人家瞧得起我，我当然很是感激。现在我就和你商量一件事，因为韦老伯的令爱生得非常漂亮，我却还不曾娶过妻子，所以我的意思，欲向老伯求一个婚。我想老伯既然认为我这个人是国家的人才，大概你也不会不答应，是不是？"

柏村和燕琴听他说出这个话来，方才明白他是存了这一个念头，两人心的跳跃，几乎要从口腔里撞出来了。尤其是燕琴不但花容失色，而且全身不寒而栗，把报纸掩了脸，她心中的痛愤和怨恨真是难以形容。这时柏村就正了脸色，回答说道："像黄队长那样的人才，并且又有地位的人，照理，那是求之不得的事情，岂有不喜欢的道理吗？无奈小女已于去年许配人家了，所以这一点倒是相当遗憾。"

黄强一听这话，便脸现不悦之色，冷冷地说道："原来已许配了人家，不知夫家姓什么的？是哪儿人？在什么地方做事？今年几岁了？住在什么地方？"柏村听他一连串地就问出这许多话来，一时心慌意乱的，哪里就能够立刻回答一个详细，因此只说了一句姓张的，以下就顿住了，同时脸不免变了颜色。黄强所以很迅速地问了这许多的问题，就是试试他是否能够一一回答详细，今见他支吾不知所对的神情，显然他是说了谎。这就冷笑了一声，把桌子一拍，说道："原来你是瞧不起我，所以假说有人家了。你要明白，北京城里谁不晓得我黄强是不好欺侮的，如今你偏欺侮我，这胆量也太大一些了！"

柏村的脸由红已变成青的了，他手里虽然还是捏着那支雪茄烟，但因为手发抖的缘故，所以那支雪茄也不住地有些摇晃着。他听黄强这样说，便竭力壮着胆量，绝对不暴露一些懦弱的表示，说道："黄队长，这些请你不要误会，一个女孩家配人没配人的事情，也能够说谎吗？"

黄强听他嘴硬，便把皮靴在地上一顿，说道："韦老伯，一个人不能不识抬举，你到底答应不答应？"

柏村也站起身子，把雪茄也丢掉了，说道："一个姑娘既已有了人家，怎么能够再嫁你？你可也是吃饭的，天下真有这样道理的吗？"

黄强到此，不觉勃然大怒，猛可站起来，把腰间的手枪拔出，向他扬了扬，大骂道："你胆敢不答应，妈的，老子就打死你！"燕琴听他提起婚姻问题，已经预料到今天是大祸临头了，后来又听两人的话愈说愈僵了，她是吓得浑身瑟瑟地乱抖。不料此刻又见黄强拔出手枪来要行凶，她芳心这一吃惊，倒反而胆子大起来，一面极声地叫着，一面已是奔到柏村的面前，挡住了爸爸的身子。

诸位，这个当儿，就是燕士在小院子里要奔进来的时候。但燕士是个心细的人，他从窗口瞥见妹妹遮掩了爸爸的身子，忽然他立刻又停住了步，暗想：我若进屋子里去，彼此必定有一番厮杀，我们到底有着三个人，无论谁给他开了一枪，这可是玩的事吗？妹妹是个机警的姑娘，她绝不会吃眼前亏的。我且瞧着，她一定有解决的办法。燕士心里既然这样想着，他便在走廊下偷窥着。果然见妹妹含了满面的娇笑，向黄强秋波盈盈地逗了一个媚眼，说道："黄队长，你快不要发怒，有话大家可以商量。你假使把我爸爸一枪打死了，那么我还会情愿嫁你吗？"

黄强被燕琴这么一说，觉得这话倒是真的，顿时把怒火就消去了一大半，笑了笑，说道："韦小姐这话就中听，现在社交公开，男女自由恋爱，原是很普遍的事。我想这件婚姻问题只要问韦小姐自己，你到底愿意嫁给我吗？"

燕琴见他忽然又把凶恶的鬼相变换了一个笑脸，芳心虽然是恨得切骨，但不得不又柔声说道："黄队长，我要嫁给你原也可以，不过我得向你声明，爸爸是并没有说谎，我实在是已经许给姓张的人家，但既承黄队长这样地错爱，我自可以和姓张的解除婚约。然解除婚约必须经过法律的手续，那么办理这件法律手续的日期，至少要半个多月。所以我现在要求你，就是半个月以后，你再来听我的回话，好不好？"

黄强听她这样说，却唯恐有诈，便说道："我想一面只管办理解除婚约的手续，我们一面也只管结婚。姓张的小子他要不答应，我立刻送他的一条命！"

燕琴虽然暗暗地吃惊，便表面上仍浮着妩媚的娇笑，说道："好吧。那么三天后，我就准定和你结婚。好在你是个有势力的人，姓张的就是知道了，他也不敢强的，你说对不？"

黄强这才乐得耸了耸肩膀，打了一个哈哈，笑道："韦小姐，你这孩子就真可人意，我知道一个女学生也都喜欢军人的多。我相信你，那么准定三天后我来结婚，藏娇的金屋，就是你韦小姐的闺房，我算是个入赘女婿。韦老伯，你不用怪我无礼，现在是

78

你令爱小姐自己答应了，那你难道还有什么异议吗?"柏村听他这样说，气得脸色铁青，却再也说不出一句话来。这时黄强把手枪插入皮套，忽然想着六点钟军部里还有公事，因此只好和燕琴说道:"韦小姐，那么一言为定。我走了，从今你便是我的爱妻。来，大家握一握手。"说着话，已是伸过手来。燕琴在这个情势之下，那又有什么办法? 为了避免他起疑心，所以显出特别高兴的样子，笑盈盈地走上一步，和他手紧紧握了一阵。黄强生长二十八年来，可说从来没有和这样美丽的姑娘握过手，虽然有几次吃败仗中，曾经奸污过几个女人，但这种女人都是丑陋不堪的村妇，也无非作为临时的泄欲器具罢了。此刻他握了燕琴的纤手，只觉软若无骨，心里不住地荡漾，想着她的手有这样柔软，因此而更想到她的身体、她的乳峰、她的……黄强到此，真有些想入非非起来。燕琴见了他这一副涎脸的丑态，心头真痛恨得最好立刻一枪把他打死。但黄强还要低下头来，在她的手背上吻了一下，方才很得意地笑了一阵，匆匆走出去了。

燕士见黄强匆匆地走出，便急忙把身子躲过一旁，待黄强走远了，方才走进室中去，只见爸爸拍桌大骂岂有此理，妹妹此刻却又呜呜咽咽地在哭泣了。两人突然见了燕士，都不胜惊讶。一个停止了骂，一个停止了哭，不约而同地问道:"你这时候打哪儿来? 这个王八没有碰到吗?"

燕士道:"这王八的无理要求，强迫结婚的事情，我都知道了。"

燕琴听了，更加稀罕，奔上来拉哥哥的手，急急问道:"哥哥，你这话打哪儿说起? 莫非刚才你站在窗口偷听吗?"

燕士点头道:"不错，我见他拔枪行凶，当时也原想进来把他结果了。但仔细地一想，生恐事情闹大，反而害了爸爸和妹妹，所以却不敢冒昧。而且我也晓得妹妹会随机应变，不受眼前亏的，因此我是非常放心。"

燕琴听哥哥这样说，也就不哭了，先问他道："哥哥，你逃出已有两天了，这两天中你到底在什么地方？我们以为你已经动身到广东去了呢。"

燕士笑道："这事情说来话长，不过在未说之前，我还得先向爸爸请罪，爸爸千万要原谅我才是。"

柏村和燕琴听他这样说，都奇怪得目定口呆。柏村忙问道："你做了什么事情？干吗要向我请罪？"

燕士听了，两颊微微一红，也不详细地告诉，只约略说道："我自逃出后，便宿在一家旅馆内。第二天我到中山公园去玩，不料却被四个卫兵用汽车绑架到西山一个松云别墅里。这别墅原来是田将军的府邸，我正在叹息自己命途多舛，不料一会儿就有个姑娘来见我，她自称田将军的女儿名小冬，因为爱我的才，所以愿意和我订白首之约。假使我不答应，她便要把我交往军部处死。我到此地步，没有办法，为了保全生命，因此不得不答应她了。"

燕士就是这样简单地告诉他们，柏村和燕琴已经是感到万分奇怪。燕琴忽然又破涕笑道："哥哥，那你真是得到了意外的艳遇，不知道小冬姑娘可生得美丽吗？"

燕士偷望了爸爸一眼，却是含笑不答。柏村沉吟了一会儿，向燕士叮嘱道："不过你千万要小心，防着他们用的美人计。在这里你应该要郑重地考虑，切勿因了黄金与美人，而误了你终身的前途。"

燕士听了爸爸这两句话，不免羞惭满脸，点头说道："这个我自当理会，因为彼此不谈及政治作用，所以孩儿允许了她。假使她要我失节的话，那我宁可头断血流，而此志终不可辱的。"

柏村点头道："这样才是为人之道，我希望你还是努力一些事业是正经。"

燕士连连点头，一面又替燕琴打算说道："妹妹既已答应了这王八，我想三天后，他是必定来的。在我的意思，妹妹还是到逢春家里去避一避，爸爸最好也搬一个地方住。在他们的势力范围之下，除了让步外，还有什么办法呢？"

柏村点头道："我也这样想，还是让了他干净。要不然我和你妹妹就动身到上海去，看他这王八还有方法来作难我们吗？"燕士这次回家，原是告诉小冬的事情，不料家里又会发生这一种不幸的事，因此想到小冬假使来我家的话，恐怕我家也要变作一座空房子了，于是也不再管她，遂叫妹妹准定先到逢春家里去暂住，他便匆匆作别走了。柏村、燕琴因为他是有公务的人，遂也不敢强留。在匆忙之中，燕琴也没有告诉逢春昨夜也被捕去的事，就眼瞧着哥哥走了。

到了次日，燕琴以为逢春今天必来，所以便在家里等他，不料直到午后两时，却依然不见他的人影。燕琴这就等不住了，遂准定到华华中学里去望他。天下的事情，不凑巧起来就真不凑巧。学校里回说杨先生刚才走出一步，你早五分钟来就遇见了。燕琴见扑了一个空，心里自然十分懊伤，懒懒地回身出了校门。因为中山公园就在附近，她心里烦闷，便慢步踱进去散一会儿心。瞧了园中红男绿女携手偕行的对对情侣，想着自己后天的离开，真不晓得怎样才可以度了过去。一时万分悲酸，不禁纷纷抛下泪来。沿着那个挺大的湖边，在柳树的荫下，一步挨一步地踱了过去。忽然她的明眸瞥见前面树蓬下的长椅上有一个西服少年，拿了一本书，正在低头细阅，仔细一瞧，谁知正是自己的心上人杨逢春。燕琴芳心一喜欢，她掀着笑窝，顿时眉飞色舞，方欲急急奔了上去，不料突然又见一个年轻貌美的姑娘，服装华丽，她比燕琴更快地奔到逢春的椅旁，就在他身旁坐下，猛可抱住逢春的脖子，两人的脸颊便很亲热地偎住了。燕琴睹此情景，这仿佛兜头泼了一盆冷水，暗想：怪不得逢春不来我家了，原来他另有所爱哩！这时候的燕琴，她感到的痛苦，仿佛万箭穿心，长叹了一声，一面泪下如雨，一面便疯狂般地直奔到公园外面去了。

第六回

霞姑娘凄凉陈心事
田小姐哀怨赋新愁

　　话说夏霞和燕士在中山公园里见面之后，两人的心中是多么甜蜜和快乐，尤其在夏霞一颗处女的小心灵里，更是感到无限兴奋。她心里想着，燕士这么一个俊美而且又勇敢的青年，真是我理想中的夫婿，我应该把蕴藏十九年未曾爆发的火样的热情，完全爱到他的身上去，那么使他可以知道我是多么真心地爱上了他。但是在她这个感觉还没到十分钟后，骤然来的打击，真仿佛迅雷不及掩耳地突然竟把她的理想之梦打得粉碎。她觉得表姐小冬会把燕士用武力夺了去，这是做梦也想不到的事情。表姐平日虽然的确是待我十分好，不过有着今日这一种狠毒的辣手，十分的好也会变成十分的坏。在夏霞此刻的心里，她不相信小冬就是平日爱护自己的表姐，她只感到小冬是自己唯一的仇敌。不过世界上的事情，强权就是公理。夏霞虽然理直气壮地和小冬交涉着，但是因为她缺少武力做后盾，终于眼瞧着心爱的燕士给表姐硬生生地夺了去。当她见小冬不理睬地奔出了公园，她的脸由绯红已气得铁青，倒竖了柳眉，圆睁了杏眼，咬紧了银齿，恨得咯咯地作响，但无限的悲痛到底抵不住她内心无限的愤怒。于是她独个颓然地倒在椅子上，掩了粉颊，忍不住闷声啜泣起来。

夏霞默默地哭泣了一会儿，她终于停止了，把绢帕擦了眼泪。这时她的一颗芳心，除了怨恨外，同时又感到奇怪起来，暗想：小冬她说燕士是她的爱人，这岂难道会冒认吗？不过昨天夜里，燕士很真挚地和我说，他生平没有一个女朋友，今夜遇到了我，便认我是他唯一的知心人了。我相信燕士是个血性的青年，他绝不会瞒骗我的。那么他既然连一个女朋友都没有，哪里还来什么爱人吗？从这一点猜想，可见表姐仗着她的势力，存心夺爱。夏霞想到这里，她觉得可恨极了，想不到表姐的行为是这样卑鄙和无耻。她心头只感到无限的痛苦，仿佛那颗血淋淋的心已被表姐摘去一样了。到公园来的时候，是多么喜悦和兴奋，但回家去的时候，又多么伤心和惨痛。那天夜里，小冬和燕士在西山的别墅里享受着鱼水之欢，可怜的夏霞呆坐在灯下，如醉如痴地却是只管淌眼泪。她的脑海里浮映着昨夜的一幕，燕士突然在房中发现了，当时我是多么惊骇，同时为了自己还是一个光身，所以心头是更感到了害怕。我以为自己若不失掉女儿的清白，必定是死在他的手枪下了。不过当我晓得他是一个革命军的时候，我那颗紧张的心立刻又会松弛了许多。果然没有使我失望，他的人格是多么伟大，同时他的脸又使我感到多么可爱，因此我不知不觉地就热爱上了他。虽然我和他只有短短的一度谈话，我已明白他是一个有真性情的青年。因为没有真性情的人，他也绝不会替大众干这一种冒险的工作。他的确是我心爱的人，是我理想中的丈夫。但是我粉红色的美梦，被表姐击得粉碎了。"我恨！我愤！我痛！我……"夏霞连说了三个我字，待她说到第四个我字的时候，她再也说不下去了，伏在那张单人写字台上，忍不住又呜呜咽咽地泣个不停。

　　夏霞这一哭不打紧，把正推门进房的李妈倒是吃了一惊。李妈是夏霞幼时的乳娘，她因为夏霞房中的丫鬟银菊这两天为母丧请假回家去哭祭，所以她是很小心地自己服侍着夏霞。此刻正端了一碗银耳茶来给姑娘吃，忽然见姑娘呜呜咽咽地悲泣着，便三脚两步地走到她身旁，把银耳茶放在桌上，拍了拍夏霞的肩胛，低声说道："姑娘，你为什么伤心啦？有什么不如意的事情，你就和嬷嬷说吧。"夏霞也许还脱不了孩子气，听李妈这样问，这就抽抽噎噎地哭得格外伤心。李妈拉着她手，笑道："别孩子气了，一个姑娘可有那种小性儿吗？你心里有什么委屈，你只管和嬷嬷说，嬷嬷会给你想法子的。"

夏霞暗想：我的心事，你哪里知道？遂把手背擦干了眼泪摇了摇头，说道："我没有什么委屈，你别理我好了。"

李妈道："没有委屈会哭吗？你是我从小抚养长大的呢，你不和嬷嬷说，你还跟谁去说呢？"

夏霞秋波望她一眼，说道："我真没有什么事情可说，我心里喜欢哭一场，我就会哭起来的。"

李妈把手帕给她拭泪，又把银耳茶拿到她的面前，笑道："别说傻话了，什么事情终要想开些，你要是病了，我心里又要急得向天叩头了。姑娘，你快吃了点心，我服侍你睡吧。"李妈说着，轻轻拍了拍她肩胛，便拿了面盆到外面去舀水。

夏霞哪里就吃得下这些东西？对灯兀是淌泪。忽然听到窗外一阵风声，接着洒洒地落了一阵细雨。听了这凄风苦雨之声，夏霞浑身感到了一阵凉意，她觉得自己真仿佛做了一场春梦，她又想哭，但是喉间有骨鲠住着，满腹悲戚的情绪只觉得像潮水一般地涌上来。她把那碗银耳茶放过一旁，抽出一张素笺，提笔籁籁写道：

有 所 忆

乐只君子，骤入我室，纵彼逸去，欲留不得。

言念君子，负罪行役，心乎忧分，感集心曲。

视天梦梦，道路且赊，我忧我爱，其乱如麻。

人海茫茫，风波险恶，心随且远，何止何宿？

垂柳荫下，促膝话心，于今被执，中心如焚。

想彼小冬，实我情敌，剪我所欢，不知何冤何孽？

夏霞写到"何冤何孽"之句，她的眼泪早又滴湿了衣襟。这时李妈端着脸盆水进来，拧了一把毛巾走到她的身旁一瞧，不禁"哟"了一声，叫道："姑娘，你还不曾吃吗？冷了可不好吃哩。"

夏霞道："我不想吃，你拿走好了。"说着，接过了面巾，擦了一把脸。

李妈道："天在下雨了，气候冷了不少，你既不要吃，那么就睡吧。"

夏霞点了点头，把面巾放在桌上，说道："我自理会得，你也去睡吧。"

李妈却把笔套上，素笺藏入抽屉，拉了她手，到床边去，说道："夜已深了，你还写什么字，不听我的话，我心里就会不高兴。"

夏霞没法，只好让她脱了旗袍，钻身睡进绣花被里去。李妈给她把被塞塞紧，放下紫罗纱的帐子，关了房中的那盏大灯泡，给她单亮了床边那盏紫纱罩的台灯，向她笑道："你给我闭了眼静静地睡着了。"夏霞索性把身子转了一个侧面。李妈笑了一笑，方才悄悄地退出去。但是夏霞并没有熟睡，她两眼望着圆形的帐顶，心里想燕士不知被小冬捉到什么地方去了，刚才晚饭后我

86

曾去找小冬，不料小冬固然没有在房中，连丫鬟小玲也不见她影，这可奇怪吗？莫非她这不要脸的妮子，把燕士捉到松云别墅里强迫和他结婚了吗？也许是的吧。但是燕士和我虽未曾有个嫁娶的婚约，好在他是赤裸裸地曾经表示过爱我的，我想小冬虽强迫他结婚，大概他也一定会拒绝的。夏霞想到这里，芳心似乎安慰了一些。可是不到三分钟后，她脑海里立刻又浮上了一个感觉，小冬也是一个美丽的姑娘，假使她用种种柔媚的手腕打动他，那么燕士到底是个年轻的男子，难道会一些不动心吗？我和他究竟不是三年五年的认识，万一燕士答应了小冬，那我不是一场空欢喜吗？夏霞心里忽然既又忧虑到这一层，因此她忍不住又整整地哭了一夜。

第二天银菊从家里回到公馆，只见李妈愁眉苦脸地在叹气。银菊急问什么事，李妈嗔怪她道："都是你不好，回家去住了两天，姑娘就病了。"

银菊一听小姐病了，急得三脚两步地奔进房来，只见夏霞云发蓬松，两眼红肿，躺在床上，兀是暗暗地抛泪。一时又惊又奇，连忙走到床边，低低叫声："小姐，好好的怎么就病起来？"夏霞见了银菊，因为主婢两人平日的感情很好，所以夏霞说句"你回来了"，那眼泪更滚下了满颊。银菊把手去按了按她的额角，却并不感到有十分的热度，一时心里就觉得小姐的伤心至少还含有别的原因，遂柔声问道："小姐，你别伤心呀，到底有什么不舒服，也该请个大夫来瞧瞧才是。"

夏霞摇了摇头，把手背揉擦了一下眼皮，说道："我没有什么病，你给我倒盆脸水，我就起床了。"夏霞说着话，身子已从被窝里坐起来。

银菊似乎也感到小姐是并没有什么病，便附着她耳朵，低低地笑道："是不是昨夜的月水来了，所以小姐就赖在床上不肯起来了？"

夏霞听她这样说，两颊立刻泛起了一朵红云，俏眼瞅她一眼，嫣然笑道："你别胡说，给我橱里那件梅红条子花呢的旗袍拿来吧。"

银菊见小姐这样娇媚不胜的意态，心中暗想：也许我的猜想不错吧。遂很神秘地笑道："既然肚子疼着，就别起来了，我泡碗糖姜茶你喝吧？"

夏霞听她一味地只把自己当作女孩特种病来了，遂啐她一口，笑道："没有哩，你别胡猜了。"

银菊笑道："我是好意，你要起床我也阻不了你。"说着，便把旗袍从三门大橱里取出，放到她的床旁，便匆匆地到外面去舀脸水。待银菊把洗面水端来，夏霞已披上旗袍，并套上了一双软绸的皮底鞋子，她坐到梳妆台的面前，便慢慢地梳洗。银菊道："你喜欢先喝牛奶，还是银耳茶？我还是先把牛奶去给你煮了来好吗？"夏霞一面扑着香粉，一面毫不在意地点了点头。银菊于是又悄悄地退了出去。

夏霞梳洗完毕，把面巾在眉毛上揩了揩，回身站起的时候，只见门外推进一个姑娘来，满面春风地笑道："懒丫头！什么时候了，还只有起来吗？"夏霞见是表姐小冬，在平日她便会很亲热地迎上去招呼她，但此刻夏霞的心里，见小冬仿佛见到仇敌一般可恨，因此鼓着两腮，不理睬她。自管走到落地玻璃窗的面前，望着下面院子里的柳条，随着春风的飘荡，飞舞着可爱的绿波，呆呆地出神。小冬见她薄怒含嗔的神情，偏走到她的背后，拍了拍她的肩胛，笑道："霞妹，你这人好没道理，你夺了我的爱人，我不来责怪你，谁知你倒反而和我生气吗？"

夏霞听她这样说，气得柳眉倒竖，猛可回过身子，恨恨地啐她一口，说道："表姐，我和你说句老实话，一个人不能拿势力来欺压人的。燕士明明是我的爱人，你夺了去不算，还要拿这种话来反诬我，你只要对得住你自己的良心也就罢了。"夏霞说到这里，万分哀怨的目光，在小冬的粉脸上逗了那么一瞥。但她心中是觉得太受委屈了，终于把眼泪又沾上了两颊。

　　小冬听她骂自己仗势欺人，心里也很恼怒，意欲翻脸和她吵闹，但忽然又见她伤心地哭起来，这就把愤怒又消了下去，芳心暗想：表妹昨日在公园里向我说燕士是她从小的情人，今日瞧了她这样悲痛的神情，莫非这话是真的吗？因为燕士那夜我救他的时候，他就不答应我的婚姻，后来我说得口中出了莲花，他方才答应了。从这一点猜想，燕士所以不肯而情愿牺牲性命，就是为了表妹的缘故吗？小冬既然有这一阵子的思忖，她就凝眸含颦地问道："表妹，你这人实在好傻，假使我不认识燕士的话，我怎么会把一个陌生的男子架了去？现在我且问你，你和燕士到底是打从什么时候认识起的？你得实说，不能够说谎的。"

　　夏霞听她这样问，一颗芳心以为小冬一定又要想阴谋来陷害自己了，这就伤心到了极点，便猛可在她的跟前哭道："表姐，你不用问我，你要叫我犯法，可以不用绕这么一个圈子的，反正你是有军权的人，干脆地就拿枪来杀了我吧！"

　　夏霞为什么会说出这两句话？原来她是太聪明了，所以又引起了误会。在夏霞的心中，以为燕士把真心话全都告诉了小冬，所以小冬今天假意又来哄我说出那夜的真情，假使我自己招认了后，她立刻就可以和我翻脸，说我私通乱党，不是可以治我的罪了吗？我既犯了罪，她便可将燕士占为己有，这她就是一个斩草除根的狠毒办法。夏霞心中这个会误会的意思，小冬自然不知道。她想不到自己这样问两句，表妹就有这样悲惨的举动和说话，一时倒不禁怔怔地愣住了一会儿。想表妹十二岁就没了爸妈，父亲就把她收留在家，和我可说是个同病相怜，所以自小一块儿青梅竹马，仿佛同胞姐妹一样地亲热。如今为了一个爱人，姐妹的感情竟恶劣到如此地步，这对于良心上到底说不过去，因此她的眼皮也有些润湿。她亲手把夏霞的身子扶起来，哽咽着道："表妹，你这话算什么意思？不是太挖苦我了吗？我问你这两句，难道就算叫你犯法了吗？那我可有些不懂了。"

夏霞因为心里是把小冬痛恨到了十分，所以认为小冬的一举一动都是戴着假面具的，遂冷笑了一声，兀是怒气冲冲地说道："你不懂？哼！何必假惺惺作态？我绝不会挖苦你，你的阴谋瞒不了我，你要我死那是极容易的一件事。而且我也不想做人，在这种世界上受痛苦，倒还不如死了干净呢！"夏霞说到这里，伤心得呜咽不止。

小冬听她声声口口说自己要害死她，一时也急得涨红了两颊，说道："表妹！你这人变了，我怎会想害死你？我若要害死你的话，我怎对得住已死的姑爸和姑妈？同时我又怎能对得住自己的良心？"

夏霞听她提起了自己的父母，这就更加惨痛，便离开小冬的身子，奔到长沙发上坐下，伏在沙发的臂胳上，悲悲切切哭起来。小冬被她哭得伤心，忍不住也落了许多眼泪，望着夏霞一耸一耸的肩膀，呆呆地出了一会儿神，暗自想道：早知道燕士是表妹的从小情人，我也不该去夺她的爱了，但现在我的处女是已交给了燕士，这……这又如何是好呢？不过话又得说回来，燕士他被捕入狱，完全是个死罪，假使没有我把他救出的话，表妹就是要爱他，不是也无从爱起了吗？所以我这一层意思，倒要和表妹表白一番的，叫她明白我所以把燕士夺了去，也并不是没有理由的哩。小冬既然这样想着，她便凑近到夏霞的身边坐下，轻轻拍了拍她的背脊，低声叫道："表妹，你别哭呀，我还有许多话要跟你说哩。"

夏霞并不回过身子，一面哭泣，一面说道："还有什么可说的呢！左不过是要我死罢了！"

小冬听她还是这样说，也急得哭出声来，道："霞妹，你存的什么心肠？干吗老说我要害死你呢？假使我要有这样狠毒的心，我就立刻死在枪弹下面的。我发了这样的重誓，那你难道还信不过我吗？"

夏霞听她这样说，一时倒很奇怪，便回过身子来望她一眼，不料四目就接了一个正着，这就瞥见到小冬的脸上也是沾满了泪水。夏霞想不到小冬也会落泪，一颗芳心倒又软了下来。因此两人不说话，相对着扑簌簌地哭起来。正在这时候，银菊端了一杯牛奶走进房中，忽见自己小姐和表小姐都在默默地哭泣，一时倒吃了一惊，急忙问道："咦，你们这是为了什么啦？难道是在吵嘴不成？"夏霞、小冬并不回答，各人撩上手来，在眼皮上揉擦了一下，拭去了眼泪，却是低下了头。

银菊今年是二十三岁了，她凭着自己比两位小姐大了四岁，就很婉和地说道："二小姐是十二岁没了爸妈，大小姐也是自小没了妈妈的，你们从米都很亲热的，为什么今天就闹起嘴来了？不是我银菊说句老气横秋的话，两位小姐不免孩子气一些。好啦好啦！我银菊来给两位小姐赔个不是，千不好，万不好，终是银菊不好。你们瞧着银菊的脸上，就别生气吧。"银菊说着话，把牛奶放在桌上，向两人连连地弯腰鞠躬。夏霞、小冬见她这一副滑稽的态度，倒不禁破涕笑起来。

银菊见两人会笑，这才放下了一块大石，笑道："大小姐喝过牛奶没有？"

小冬这才抬头说道："我吃过点心，这可不是表妹喝的吗？拿来。"

银菊听了，遂把桌上的牛奶杯交给小冬，小冬又亲自递给夏霞。夏霞见表姐忽然对自己又这样要好起来，一面接过，一面把秋波脉脉含情地凝望了她一眼。银菊见两人的意态，仿佛是小两口子口角后又和好如初的模样，这就抹了嘴哧哧地笑起来。夏霞、小冬被她这么一笑，两人都感到了万分的不好意思，因此红了粉颊，也不禁为之嫣然了。夏霞喝完了牛奶，银菊把面巾给她拭了嘴，然后她拿了面盆水和玻璃杯又匆匆地走出去了。

夏霞见银菊走后，便握了小冬的手，很恳切地说道："表姐，你是素来爱我的一个人，你应该可怜我，那么请你成全我和燕士的一对，不知你肯答应我吗？"说着，又淌下泪来。

小冬见表妹这样说，同时她又淌泪了，显然她和燕士的感情是那么好，一时深悔不该在西山别墅里逼燕士结婚的，现在表妹的面前，说又说不出口，那可怎么是好？芳心又羞又急，两颊便会热辣辣地红起来。良久，方才说道："表妹，在这里我要和你详细地谈一谈，使你知道我并非无缘无故地夺你爱人，这实在我有不得已的苦衷，请你要特别地谅解我才是。"

夏霞听了小冬的话，当然非常惊讶，颦蹙了眉峰，说道："你有什么不得已的苦衷？我倒不解其故，你就告诉我吧！"

小冬望着她雨后海棠似的脸，叹了一口气，说道："前天晚上我们军部里不是捉获许多革命军的同志吗？其中有一个姓韦名叫燕士的，生得十分俊美，一表人才，看来是个有作为的青年。表妹，我不瞒你说，当时我就爱上了他。所以我把他从监牢里提到我的房中，向他表白我的意思，要他答应我的婚姻，我便可以放他脱险。在当初他是抵死不答应，说情愿死去的。我见他这样地勇敢和有志气，心里也就愈加爱他，问他为什么喜欢死去，是不是为了另有爱人的缘故，他却没有回答。因此我又劝他说道，你不能太愚情的，你为了忘不了心中的爱人，却情愿牺牲性命，那么我试问你，你死之后，你的爱人是否能够为你守一辈子的节，这当然是一个问题。况且你是有希望的青年，一旦死于非命，岂不可惜。我今爱你救你，全是一片痴情，你偏执意不允，那不是个傻子吗？他听了我一篇话，心里似有所悟，最后他终于答应了我。在我当然不晓得燕士就是表妹的情人，所以还和他海盟山誓地彼此发了咒。你想，我既和燕士有了嫁娶的婚约，次日就在中山公园发现了他又爱上表妹的事。你假使易身而处的话，那么心中痛恨不痛恨呢？"

小冬絮絮地说了这许多的话，听到夏霞的耳中，虽然是明白了，但却感到了万分的奇怪。因为小冬身为军部秘书长，她也居然为了儿女私情，而释放了革命军的少年，那么我当初以为她来设计引我入罪的事，倒是我的误会了。既然表姐自己也做了这种事，那么我也从实告诉她好了。夏霞想定主意，这就"咦咦"地响起来，说道："表姐，你这话可是事实吗？"

小冬见她脸部显出十分惊异的神情，便正了脸色，说道："表妹，我从来不说谎……"

夏霞不等她说完，便忙说道："表姐，你既然真心告诉了我，我也就从实告诉你。那天晚上，我在浴室里洗好浴，当我走到房中的时候，就发现房内有一个少年，那时我真吓得魂不附体，正欲大喊起来。不料他却阻止，并求我救他的性命。我知道他是革命军的人，一定误逃入我的房中来了。因为见他生得年少英俊，同时感激他的人格伟大，所以也和表姐同样起了爱怜之心，遂答应他在房中躲避一会儿，我忙拿衣服到浴室中去穿好了，然后和他彼此闲谈起来。在谈话中我俩就生出了感情，因此也订了互不相负的盟约，并且约定第二天在中山公园里相叙。不料却被表姐硬生生地绑架了去，那不是叫我心里怨恨和心痛吗？"

小冬听夏霞说到这里，方知他们也不是从小的情人，一时真奇怪得目定口呆，不禁"哟"了一声，说道："那么照你所说，这事情发生竟在同一个夜里。奇怪，奇怪！韦燕士的人难道有两个吗？这……这不是太奇怪了吗？"

夏霞的心里当然也同样感到骇异，忙蹙了眉尖，说道："世界上纵然有同姓同名，那么脸蛋难道也会相同的吗？"

夏霞这两句话把小冬提醒了，忙又说道："那么你可曾问过他详细的情形吗？我说出来，你听着，他不是二十二岁了吗？他不是清华大学毕业的吗？他不是还有一个妹妹的吗？"小冬问一句，夏霞听了点头。两人到此，都奇怪得面面相觑。

小冬似乎还有些不相信夏霞的点头，便追问一句道："表妹，你不可以含糊地乱点，到底是不是这样的事实吗？"

夏霞听她这样问，便急起来说道："表姐，你这是什么话！我如何会乱点头呢？他确实二十二岁，清华大学毕业的，只有一个妹子，并无兄弟，这我会听错的吗？"

小冬这就更加不胜奇怪，"啊哟"了一声，说道："如此说来，那么你遇到的韦燕士，和我救出的竟是同一个人了。哦哦，我倒明白了，莫非你把燕士放走了后，他又被黄队长捉了去吗？对了对了，一定是这样的，所以我当初叫他答应婚姻的事，他却无论如何不肯，这大概就是为了妹妹的缘故吧？不过我并没有知道妹妹也是爱上了他，所以对于这一点，你应该原谅我才好。"

夏霞听她这样说，凝眸含颦地沉思了一会儿，摇头说道："你这个猜想也不对的，我把燕士放出的时候已经十点半了。黄队长把燕士捉来的时候，可不是十点半以后吗？"小冬被她这样一说，心里又奇怪起来，把手在膝踝上一拍，"咦"了一声，说道："哟，那又稀奇了，黄队长把燕士捉来的时候，只不过八点左右罢了，那么燕士这人难道有分身术的不成？"两人到此心中都感到大奇特奇，虽然大家也有疑心彼此终有一个是说谎的，不过谁也没有证据。小冬道："你不过恨我夺了你的爱，在当初我原不知你们也是心心相印的，假使我早知道表妹这样爱他的话，我也决心放弃让给你了。"

夏霞见她硬生生地把自己的燕士夺了去，还要说这一种风凉话，便一面哭，一面冷笑道："表姐倘然果真有这个慈悲心的话，中山公园里也不会把他用绑票似的架去了。我以为这种现成的话，不说也得了吧。"

小冬听她讽刺自己，这就把嘴一噘，也冷笑道："不过话又得说回来，燕士到底是我把他救出的，他和我结婚，也没有什么对不住你吧！"

人家说，爱情这样东西是最小气的，无论怎样要好的朋友，往往为了一同爱上了一个女人，因此弄得变成了仇敌一样，甚至会发生了情杀的惨案。这两句话真是一些不错，两个男子爱一个女子既是这样，那么反转来说，就是两个女子爱一个男子也是这样的。试看本书的夏霞和小冬，她们还是十分亲热的姐妹哩！姐妹尚且如此，假使是朋友的话，那妒性不是更要厉害了吗？所以我认为世界上最神秘之事者，唯男女两性而已。当时小冬说完了这两句话，她便愤愤地站起，高跟皮鞋走在地板上更加响了一些，便恨恨地回到自己的房中去了。

夏霞胸口只觉有股子气愤塞住着，她若不痛痛快快地哭一场，她觉得自己立刻也许会闷死的。但是她这样放声一哭，倒把李妈和银菊都吓得奔进房来。只见小冬已不在房里，只有二小姐一个人在哭泣。于是一个倒茶，一个拧面巾，急急问道："霞小姐，你怎么啦？难道又和大小姐斗了嘴吗？刚才你们不是已经和好了吗？唉！这何苦来？"

　　夏霞却不回答，只管哭泣，约莫十分钟后，方才停止了，长叹了一声，说道："终是寄人篱下的苦……"

　　李妈听她这样说，心里有些不自在，便愤愤地说道："姑娘，你别说这种话，老爷太太死下来，家产差不多有五六十万，姑娘有了五六十万的家产，难道自己还不能过活吗？不是我说一句丢他脸的话，舅老爷假使没有这一笔巨款，他能够有今日的地位吗？谁不知道他是做什么出身的！小冬她敢欺侮姑娘，我和她爸爸去告诉，看他拿什么话来回我？"

　　银菊见她滔滔不绝地还要说下去，急得走上去把她嘴扪住了，秋波瞅她一眼，皱了皱眉尖，说道："李妈妈，你给我少说两句话吧！姑娘们年纪轻，吵几句终有的，你怎么把舅老爷也牵连到里面去？现在舅老爷是什么身份？你敢这样大嚷，那你真不怕死了。"

　　李妈听银菊这样责怪自己，她却认为自己理直气壮，便啰啰唆唆地说道："我说的句句是实话，可并没有编谎派他的丑，管他是什么身份，就是前清的皇帝，我也得要说上两句，凭着我这一条老命，看他将我怎么样办？"

　　夏霞听她愈说愈响，遂也阻止她道："妈妈你快不要说下去，银菊是为的你好，你怎么如此不明白？我问你有几条老命，可以和他去拼？"

李妈被夏霞一说，她才住了口，但尚有些不服气，兀是咕噜咕噜地骂了一会儿，这才走出房去了。这里银菊又低声安慰小姐一番，夏霞长叹了一口气，到此地步，也只好口念各有姻缘莫羡人了。

　　从此夏霞便郁郁寡欢。第二天下午吃过饭，银菊见小姐仍是长吁短叹，遂向她说道：“这样好的天气，小姐既然心里烦闷，何不到公园里去散一会儿心？却喜欢在家里呆坐吗？”夏霞也觉无聊已极，遂换了衣服，穿上一双高跟皮鞋，挽了一件夹大衣，便坐车到中山公园里来游玩。到了园里，只见假山旁、茅亭里、柳树下、池塘畔，无不坐着对对的年轻情侣，谈笑生风，真是异常快乐。夏霞睹此红男绿女，却是徒增惆怅而已。正在暗自伤神，忽然间前面那个湖旁的浓荫下坐着一个西服少年，低头瞧书。夏霞仔细一认，咦！那不是韦燕士是谁？自己正苦不知道燕士的住址何处，今日突然在这儿相逢，这真所谓喜出望外，于是便很快地奔了过去。其实夏霞所瞧见的并不是韦燕士，却是杨逢春，这在上回燕琴的眼中已经很显明地告诉了读者。因了夏霞错认了逢春，这使燕琴的芳心中又引起了绝对的误会，从此便引出下面更曲折离奇、可歌可泣的故事来。

第七回

换巢鸾凤事本离奇
入室豺狼势成玉石

　　杨逢春自从答应了小冬的婚事后，他的一颗心想起了燕琴的深情蜜意，种种的好处，终感到了极度的不安。所以他虽然想到燕琴家里去一次，但为了避免内心的痛苦起见，因此他始终鼓不起这个勇气。在这种万不得已的情形之下，他也只好忍痛割了燕琴的爱，心中暗想：好在我和燕琴是并没有什么婚约，所以这次我的答应小冬婚事，终也不能怪我负心的，况且这次我的被捕，完全是为了救燕琴爸爸的性命。我是因为爱燕琴，所以不愿他们父女拆散，不过我既然有了不死的希望，我终要做一个人。假使我为爱燕琴，终于情愿把性命牺牲掉，这真如小冬所说，不免太愚情了一些。死有重于泰山，轻于鸿毛，我若为了不肯忘记爱人而宁愿死于枪下，这到底是死得太没有价值了。我知道燕琴是个真心爱我的人，她当然也能够原谅我的苦衷，况且爱的范围极广，我和燕琴虽不能达到夫妻的爱，只要我心里爱她、精神爱她也就是了。逢春这一种思想，原是慰情聊胜于无的办法。不过他虽然有这一种譬解，内心到底还是感到万分的烦闷，所以这两天他在学校中教书，终有些局促不安，仿佛心中压着一块大石般地难受。今天是星期日，而且又是各学校开始放春假的一天，逢春原想回家里去望母亲，但是他又怕回家后也是感到同样的苦闷，所以他拿了一本书，匆匆走到中山公园来闲坐。既到了公园，心里依然是十分烦躁，于是他不得不借重手中这一本书来压制自己紊乱的情绪。他想把自己的思想和精神完全集中到那本书上去，借此解去了自己内心十分的苦闷，不过有心事的人，无论用怎样的方法来约束自己，始终还是没有效验。逢春名义上是在瞧书，但书中究竟说些什么，他简直可说一些也不知道。当他突然被夏霞抱住的时候，他的心里以为是燕琴。谁知抬头望的时候，却并非燕琴，是个毫不相识的女子，这就吃了一惊，倒是愕住了一会儿。

夏霞既把逢春认作了燕士，她就心酸十分地淌下泪来，呜咽着泣道："唉，燕士，你不能忘记我呀！你怎么跟别人结婚了？那你心中对得住我吗？"

这两句没头没脑的话听到逢春的耳里，当然是弄得莫名其妙，急忙把夏霞的身子推开了，向她脸细细打量了一会儿，实在并不认识。心中奇怪得什么似的，皱起了双眉，也急忙说道："你……你到底是什么人啦？我并不认识你呀！"

夏霞听他这样说，还以为他是和小冬结婚了后，所以便假装含糊不肯相认了，一时又气恨又悲伤，哪里肯依他？两手更紧抱了他的脖子，还把粉颊直偎到他的脸上去，泣道："你好狠心的人！忘记了我也罢了，为什么偏偏要装作不相识呢？唉，燕士，你有了我的表姐，你竟抛弃了我吗？"

逢春对于她第一声喊燕士并没理会，此刻他听明白了，心中这才恍然大悟，暗想：原来是韦燕士在外面闹的三角恋爱，因此缠夹二先生似的竟错认到我的身上来了。心里真是感到了万分的有趣，便慢慢地抬起夏霞的粉颊，只见那位姑娘倒也是个挺好的模样，此刻兼之泪珠沾满了粉红的两颊，更仿佛雨后海棠，颇令人楚楚可怜。夏霞被他这一阵呆望，还以为他的良心发现了，便把明眸脉脉含情地在他俊美的脸上逗了那一瞥哀怨的目光，摇了摇头，凄苦地说道："燕士，你不用望我，你难道还会不认识我吗？那天夜里，你对我说些什么来？我把心都交给了你，你到底还要变心啊！这不是太叫我伤心了吗？燕士，你说，你说，叫我怎么样地做人呢？"夏霞愈说愈伤心，她猛可地又把逢春脖子抱住了，脸偎在他的肩头上，又哭泣不停。

逢春听她还是一味地把自己当作燕士，便忍不住笑起来，低低说道："姑娘，你认错人了，我可并不是燕士，我乃是杨逢春呀！"

夏霞怎么肯信，还把身子扭捏了一下，表示怨恨的意思，说道："什么羊逢春马逢春，你不必假造名姓，我并不是瞎了眼珠，难道会不认识你吗？虽然我也明白自己和你的交情并不深厚，但我女孩的肉身是完全被你赤裸裸地瞧见过了，我就非你不嫁。你即使把我整个忘记，我也情愿为你终身一辈子的！"

逢春听她又絮絮地说出了这许多的话，心中虽然是感到十分可笑，但却觉得那位姑娘倒也实在是个多情的人，便把她脸又捧起来，噗地一笑，说道："姑娘，你且抬起头来仔细瞧瞧我，我到底是不是韦燕士啦？"

夏霞被他抬着粉颊，两人明眸就瞧了一个正着。因为夏霞和燕士的相遇一共也只不过两次，一次是在黑夜，而且室中灯光又特别地暗淡；一次虽在白昼，但两人还没有谈上几句话，燕士就被小冬绑架了去。所以在夏霞的脑海里，对于燕士脸蛋的印象，实在并不十分清楚。今听逢春这样说，她细细地把逢春脸凝望了良久，说也有趣，她自己也有些糊涂起来，这少年到底是不是韦燕士？

逢春被她这一阵子呆瞧，心里也奇怪起来，暗想：我和燕士的脸虽然酷肖，但她既然是燕士的爱人，两人的交谊当然不错，换句话说，他们友谊的时间至少在半年一年以上的。在一时之间，把我认作了燕士，也许这是可能的事。不过她现在瞧了我这许多的时候，还不能肯定我是不是燕士，这岂不是笑话呢？遂又笑道："姑娘未免太糊涂一些了，怎么连自己心爱的人也瞧不清楚了吗？我没骗你，我乃是真正的杨逢春。不过韦燕士这个人我也认识他的，你且告诉我，他怎么会负心了你？"

夏霞听他这样说，一时凝眸含颦地沉吟了一会儿，她似乎还有些信不过他。忽然她有了一个主意，立刻把逢春的左手拉起来一瞧，果然并没有纱布包扎着。但她还以为是三天的隔别，也许他的枪伤是痊愈了。所以她又把逢春的手翻来覆去地瞧了好久，却连一些的伤痕也没有。一时她有些奇怪了，芳心别别地一跳，两颊立刻便热辣辣地红起来。

逢春对于夏霞这一种举动，真是又奇怪又好笑，忍不住问道："你还不相信吗？把我的手瞧什么？难道我的手有什么花朵不成？"

夏霞这才明白是认错了人，她心中这一羞涩，立刻放脱了他的手，身子便猛可站起来，惊讶地问道："你……你真的不是韦燕士吗？"逢春见她满面娇红，仿佛万分羞涩的意态，这才知道她已明白错认了人，忍不住哧哧地笑道："姑娘，你这人真有趣极了，怎么把自己的爱人也会认错了？不过这也难怪了你，我和燕士的脸实在太像了。姑娘，我告诉你，燕士和我的分别是有一点的，我的眉角旁有一颗黑痣，他是并没有的，你快认认清楚，那么以后才不会发生错认的趣事了。"逢春说着，还把手指到自己的右眉角旁去给她瞧。

夏霞看他半认真半取笑地说着，一时想着搂抱他的情形，真羞涩得无地自容，最好此刻有一个地洞的话，她便立刻会钻了下去的，因为听他说眉尖旁有一粒黑痣，遂把俏眼随着他手指的地方偷瞧了过去，果然有一颗黑痣，隐现在他眉尖的旁边。这时候夏霞心中的难为情，真非作者一支秃笔能形容其万一的了。一个美丽的姑娘，错认了她自己的情人，这在无论哪个青年的心中都会感到十分有趣和甜蜜。何况逢春知道那个姑娘还是自己要好同学的情人，所以他倒要把这件事来明白一个详细，遂伸手把椅子的一端拍了一拍，望着夏霞不胜娇羞的脸，笑道："姑娘，你请坐下来，我也许可以给你知道一些关于燕士的事情。"

夏霞听他这样说，因为见他实在很像燕士，遂羞人答答地在他的身旁又坐了下来。可是这回她却坐在离逢春身子有五寸远的椅子上，无限娇媚地向他一笑，说道："杨先生，请你恕我冒昧，我实在觉得很不好意思……"她说到这里，低下头，却再也说不下去了。

逢春笑道："这倒没有关系，姑娘贵姓？和燕士不知是什么关系？"

夏霞这就又抬起粉脸，绕过媚意的俏眼，向他瞟了一下，说道："我姓夏名霞，和燕士是……"说到这里，顿了一顿，暗想：这叫我说什么关系呢？因此脸又热辣辣地发烧起来。逢春见她这个模样，心里不免感到了可爱，笑道："你怕难为情，那么就别说下去了。我觉得奇怪，燕士既然和你是十分亲爱，他怎么又会忘记你？你说燕士他又爱上了你的表姐，你表姐究竟是姓什么叫什么的？她如何会夺你的爱人呢？夏小姐，你能不能详细地告诉我吗？"

夏霞听他这样问，迟疑一会儿，方才低声说道："杨先生，我先问你，燕士你到底可真的认识吗？"

　　逢春知道她生恐我骗她，遂很正经地说道："夏小姐，你放心，我绝不是个浮滑的青年，你不信，我可以说证据给你听。韦燕士他是二十二岁了，清华大学毕业的，家里有爸爸和妹妹两个人，你听我说的可是？我和他是自小的同学呢，难道还有个不认识的吗？"

　　夏霞听他这样说，忽然乌圆的眸珠一转，心里立刻有了一个感觉，便秋波脉脉地凝望着他的脸，急急地问道："杨先生，那么你是不是也二十二岁？和燕士同校毕业的吗？家里可也有一个妹子？"

　　逢春见她十分惊异地问出了这三句话，一时也奇怪得了不得，定住了眼珠，反问道："咦，你怎么知道得这样详细？"

　　夏霞听了这话，心里已有七分明白，不过她还疑惑着，遂又急急问道："杨先生，我问你一句话，你别害怕，不用隐瞒，要老实地告诉我。"

　　逢春听到这里，一颗心忐忑地倒是乱跳着，但他竭力镇静了态度，脸不改色地说道："你只管问，凭我所知道的，我终可以告诉你。"

　　夏霞于是又挨近了一些身子，还把明眸向四下望了一眼，见并没有什么人走过来，方才凑过头去低声问道："杨先生，三天前的夜里，你是不是被人捉到军部里去过的？"逢春听她问出这个话来，脸也不免变了颜色，倒是顿住了。夏霞见他惊慌的神情，也就理会了他的意思，便又微笑说道："杨先生，你别害怕，我假使有什么歹意的话，何必和你说得这样轻呢？你放心，只管大胆地告诉我。因为其中有一件非常要紧而错误的事情，恐怕和你也有连带关系的。"

逢春听她这样说，一时真弄得莫名其妙，不过瞧她的意态，显然是并无恶意，遂在她粉脸上逗了那一瞥猜疑的目光，蹙了眉尖，也问道："夏小姐，你这话说得使我太不明白了。你不是为了燕士的负心，所以你心中感到怨恨吗？对于我这个姓杨的又有什么关系？"

夏霞听他兀是不肯实说，一颗芳心真是十分焦急。忽然她有个主意，便瞟他一眼，又问道："我爽爽快快地问你一句话吧，你和田小冬可不是订过嫁娶的盟约？"

逢春听了这句话，更加奇怪得目定口呆，说道："夏小姐和田小姐是个什么关系？"

夏霞见他守口如瓶，这样地仔细，真是又急又恨，遂说道："田小冬就是我的表姐啦！你那天夜里是不是被小冬放出的？"

逢春听了这话，猛可想起夏霞说的燕士又爱上了她的表姐，一时心里也焦急起来，暗想：果然和我也有连带关系的。遂忙说道："不错，田小冬和我有婚约的，但她……她……怎么也会去爱上燕士呢？"

夏霞听他说出这话，觉得这一件神秘的稀奇事情，立刻就可以明白了，不过她忽然想着小冬已和燕士结过婚的话，芳心这一焦急，她便把两颊涨得绯红，顿时柳眉紧锁，杏眼微睁，恨恨地伸手打了他一下肩胛，满面娇嗔地责骂他道："你这人真是个该死的东西！你既然名叫杨逢春，为什么在我表姐面前要冒名韦燕士呢？这你算什么意思？不是明明地来拆散我和燕士这一头美满的姻缘吗？"夏霞愈说愈气，她那柔和的明眸里几乎要冒出火星来。

逢春见她这样盛怒的样子，同时听了她这个话，到此方才猛可地理会过来了，不禁"啊哟"了一声，暗想：我这人太糊涂了，当初我以为自己必死，冒名韦燕士，原有一层深刻的意思。不过在小冬既放了我之后，理应和她说明才对，谁知心慌意乱的，竟把这个冒名的事情压根都忘记了，那可怎么是好？遂也急急地说道："夏小姐，你且别发怒，事情终会有明白的时候。我先问你，燕士难道在那夜也被捕了吗？"

夏霞听他倒说得安闲，便恨恨地啐他一口，淌泪说道："还说哩！现在明白又有什么用？你不知道吗？小冬和燕士他们已经结了婚啦！"

逢春这就也急得跳起来了，"哟"了一声，说道："什么？已结过婚了？统共也不过三天的日子，哪里有这么快吗？"

夏霞瞅他一眼，说道："我骗你干吗？谁不晓得小冬这妮子是多么武断，说干就干，肯放得过人吗？"

逢春道："纵然小冬认错了人，那么燕士可也有嘴哟，难道不可以辩白吗？"

夏霞听他这样说，更娇嗔满面，怒道："你还怪燕士吗？假使你不冒名的话，小冬如何会把真燕士当作假燕士呢？小冬问燕士的年龄并何校毕业，偏偏你俩固然是同庚，而且又是同学。燕士虽然不承认，小冬肯放得过他吗？你也该明白小冬是个军部的秘书长，又是田将军的女儿，她是多么有势力。燕士在她权威之下，你叫他不答应，他还有什么办法的吗？唉，这真是可恨极了！杨先生，我倒要问你一个明白，你既然被捉，为什么要冒名韦燕士？可不是存着不良的心肠吗？"

逢春听她这样说，一时想起小冬那夜握枪相逼的情形，也觉得小冬是个很有武断的姑娘，夏霞所说的话，真是一些不错。猜想过去，燕士的答应和她结婚，也不是用强迫的手段吗？不过仔

105

细想来，事情虽然是误会的，但也可见田小冬是那样真心地爱我，只可惜是弄错了人罢了。逢春正在叹息，忽然又听夏霞说自己冒名是存着不良的心，这就又急得涨红了脸，便仍旧在椅子上坐下了，明眸望着她带雨梨花似的粉颊，长长地叹了一口气，说道："夏小姐，请你原谅我所以冒名的苦衷，我可以告诉你一个详细。我和燕士的感情仿佛同胞手足，他的确是革命军部下工作的，不过我倒并不是对于政治有关系的人。那天晚上，我在燕士家里吃饭，忽听枪声四起，不一会儿，见燕士受伤逃来，谓机关破获，街上正在大肆搜抄，所以他逃进家里来躲一躲。不料我们正在惊慌之间，外面有卫兵叩门而入，前来搜查乱党。所以我和燕士的妹子急叫他从屋顶逃出，而我却被卫兵捕去。我因为反正自知必死，假使他们捉人有名单的话，所以我冒认燕士，原意是代他牺牲，那么燕士便从此不会再遭他们的捕获了。夏小姐，你想，当初我不是一片好心吗？但哪里晓得我这人会被小冬爱上了，她便把我提到房中，要我答应她的婚姻，便情愿放我出险。我不瞒夏小姐说，我实在是爱上了燕士的妹妹燕琴，所以绝对地不肯答应。后来经不住田小姐的劝说，一个人性命终要的，因此我在万不得已的情形下终于答应了她。不过我这人太糊涂了，在答应婚姻之后，照理是该把真姓名告诉了她，但是我竟忘记了，唉……这……这可如何是好呢？"

夏霞听了他这一篇话，方才明白他和燕士竟是个生死之交，一时对于他的人格，也不免肃然起敬。同时觉得表姐倒也不能怪她无理夺爱，因为昨天她和我所说的话也都是实在情形。千错万错的也都是逢春冒名的错，但是小冬和燕士生米已煮成了熟饭，这难道还有什么挽救的办法吗？夏霞这样想着，那满眶的眼泪忍不住如雨一般地落下来。逢春见她这样悲伤，心头虽然也很难

106

受，但对于燕士如何会被小冬瞧见的事情，却仍茫无头绪，遂又急急问道："燕士既然逃出了，他如何又会被小冬捉获了呢？夏小姐，这事情你也得告诉我一个详细。"

夏霞听了，遂也从实地把燕士如何逃入自己房中，又如何订互不相负的誓约，并约在次日公园相晤，被表姐误会架往西山别墅成亲的话，详详细细地告诉了一遍。说完了后，又眼泪鼻涕地哭道："现在事情已到这个地步，推其原因，都是你的不好。今天我既遇到了你，那你就跟我一块儿去见小冬，把这件错误的事情弄明白了。我只要燕士仍旧归还我，那我就什么都不管。"

逢春听她告诉后，方知她是为了救燕士而认识的，此刻又听她要和自己去见小冬，这就大吃了一惊，暗想：那事情可糟糕透了。便急得两颊绯红道："夏小姐，你是一个明白的人，虽然事情的错误原是为了我冒名而起的，不过我之所以冒名，完全是为了一片真挚的友爱。假使我那时候果真为燕士而牺牲了性命，夏小姐是否赞扬我？还是痛恨我？"

逢春这两句话，倒是把夏霞问住了，不禁呆呆地出了一会儿神。逢春见她回答不出，便又接着说道："所以我说最有缺点的人是小冬，第二是燕士。小冬纵然恨燕士不该去爱上了你，但也没有这样性急地就结婚了。燕士既然和夏小姐有着互不相负的盟约，他又如何能够可以轻易地答应小冬？夏小姐，你仔细想想，这话可对吗？"

不料夏霞听了，却立刻反对着说道："你怪小冬太性急，那你简直是个没有良心的人。在小冬的心里，她把燕士这个人完全当作了你，生恐你要不爱她、负心她，所以她急急地一定要和你先结了婚，使你和她的身子变成了一个。她既把处女都交给了你，那么你还能负心她吗？所以我在未明白这事的真相以前，我

107

是非常痛恨表姐。但我已明白了之后，我却又和她表示万分的同情，一个女孩家其所以出此下策，也无非是一片痴心罢了。可怜小冬是多么爱你，你不给予以同情，还要责怪她，那你还能算是个人吗？至于燕士的答应小冬，我却也认为情有可原，我猜想燕士当初一定不答应的。不过他愈不答应，这是更给小冬疑心他要负自己的误会，所以小冬的手段一定软硬兼施，说不定这妮子会拿枪来威逼他。真如你所说，一个人的性命终要的。你既然会答应她，那么燕士难道就不该答应她了吗？所以照我的意思，说来说去，最大缺点的人还是你自己，你想想到底是不是？"

夏霞这一大篇的话也是把逢春问住了，红了两颊，呆了一呆，但立刻又辩解道："夏小姐，我之所以答应小冬，因为是并没有和人订过盟约。但燕士既和你有互不相负之誓，岂能够再和小冬结婚吗？"

夏霞听了，乌圆的眸珠一转，把手背去擦了一下眼皮，说道："不过我心中能够原谅他的苦衷，所以你只管和我一块儿去见小冬，我们四个人不是又可以成为原有的两对美满姻缘吗？"

夏霞说着话，便去拉了他手，要他站起来。逢春听了她这几句话，心中一急，这就急出满头大汗，绯红了两颊，赖着屁股不肯站起，急道："这……这……如何可以呢？他们不是已做过夫妻了吗？"

夏霞鼓着两腮，雪白的牙齿微咬着殷红的嘴唇皮子，听他这样说，便"呸"了一声，秋波恨恨地逗给他一个白眼，说道："哼！你这是什么话？我既能够原谅燕士的苦衷，你难道就不能够原谅小冬的苦衷吗？小冬虽然已被燕士做过了妻子，但她的心灵中是只有你一个人。当她和燕士新婚初夜的时候，燕士只不过代你做个肉身罢了。我相信小冬的精神上、灵魂上还完全是爱着你，你岂能够因了她并非完璧而遗弃她了吗？我告诉你，小冬还是你的妻子，她并没有一些错处，她也并没有一些罪恶。她是纯洁的，她是可爱的，你不能负她，你应该仍旧履行你们的盟约，你得跟我一块儿到表姐处去说明了，那么燕士的人他依然是属于我的所有。"夏霞怒气冲冲地又说出了这一篇理由，一定要逢春仍旧娶小冬做妻子。同时她把逢春的手拉得更有力一些，叫他站起身子一块儿走。

逢春虽然觉得夏霞的话未免近乎有些荒乎其唐，但未始没有相当的理由。小冬的确是太爱我了，她所以肯把处女交给了我，就是来换我一颗爱她的心。可惜她是弄错了人，把燕士当作了我。唉，这真是一件遗憾的事情虽然在特殊的情形之下，对于女子的贞操问题，是不应该有严格的考究，不过我生平是个守身如玉的青年，绝对不赞成犯二色的人。现在要把已做过人家妻子的姑娘来做自己的妻子，这当然是使自己心有未甘的一件事情；就是以田小冬那样身份的姑娘而说，她也未必希望把一个女孩家清白的身子，去嫁给两个男子的。逢春这样想着，他便用了一些气力，欲反而把夏霞的身子拉了过来，说道："夏小姐，你且不要性急，坐下来我再和你说几句话。"

夏霞想不到自己费了许多气力，却一些拉他不动，谁知他轻轻一拉，自己身子就被他拖了过去，一时站脚不住，几乎倒向他的怀里去，不免红晕了两颊，就在他身旁坐下了，秋波逗给他一个娇嗔，恨恨地说道："你还有什么话可说的吗？那么你就说吧！"

逢春见她兀是薄怒含嗔的神情，这是更增加她妩媚的意态，便笑道："夏小姐，你这话虽然说得不错，不过田小冬她也是学校中人，当然也明白一女不事二夫的话，虽然现在的时代不同了，但廉耻两字绝不会变更的。所以我想田小姐恐怕也未必会喜欢这样子，倒不如索性将错就错地给他们成功了一对好吗？"

夏霞听了这话，以为他放着和尚面前骂贼秃，一时气愤得柳眉倒竖，啐他一口，说道："是不是你骂我不知廉耻？其实对于你们的事情我原不管账的，我完全是为了我自己的终身问题着想。小冬所以把我的燕士夺了去，这就是你冒名的罪恶。你倒说得好容易的，给他们索性成功一对？那么你把我这人将怎样安排？我现在什么都不管，只要你给我向小冬去声明一声，把燕士归还了我，对于你们的结合不结合，这可不干我的事。"

逢春听她这样说，一时倒愣住了一会儿，暗想：这事情可怎么办？不免把两手搓了一搓，凝望着夏霞的粉脸，说道："你何必这样专心地爱燕士？难道除了燕士之外，就再没有别个好的青年了吗？燕士既然会答应小冬结婚，可见他也未必真心地爱你。"

逢春所以这样地和夏霞说，他就是希望夏霞能够不要把自己拉到小冬那里去；但是听到夏霞的耳里，她却是引起了误会，以为逢春这两句话至少是含有些神秘的意思，一时芳心不免忐忑了一下，低了头，暗自想道：本来逢春和小冬、我和燕士原是两对美满的姻缘，现在小冬硬生生地把燕士夺了去，就是再可以换回来的话，逢春当然也不再情愿和小冬结合。我虽然和燕士再可以结婚，但到底也有些遗憾。听逢春这两句话，莫非他愿意和我俩成功一对吗？假使他果然有这样的意思，那倒也未始不是一件好事。因为像逢春这样俊美的少年，实在可说是燕士第二，我能嫁逢春，也不是等于嫁燕士一样吗？不过这样羞人答答的事情，叫我一个女孩家怎好意思先开口呢？夏霞心中既然有了这一个存心，她当然感到万分难为情，两颊就热辣辣地红起来。

逢春见她听了自己的话，垂了粉颊并不作答，好像在想什么心事般的，遂又说道："夏小姐，我想燕士和小冬既然已成夫妇了，那么我们又何苦一定要拆开他们？像夏小姐这样才貌兼备的姑娘，要再配一个如意郎君，那也不是一件困难的事情。所以我的意思，你就别和他们办交涉去了，不知你肯答应吗？"

夏霞听他这样说，芳心不免荡漾了一下，慢慢地抬起蠍首，在淡淡的春阳光芒下绕过无限媚意的俏眼，向逢春的脸上逗了那一瞥多情的目光，嫣然地笑道："杨先生，你这个话说得有趣，像我夏霞那样才貌丑陋的女子，要再找个像燕士那么勇敢俊美的少年，恐怕是很不容易。我想除非你杨先生给我介绍一个吧。"说到这里，很羞涩地一笑，却又盈盈地瞟了他一眼。

逢春再也想不到她会和自己说出这一句话，一时倒望着她愕住了一会儿，窥测她娇羞的意态，似乎她末一句话是含有神秘的意思，心中也不觉荡漾了一下。但是他脑海里立刻有一个感觉，自己第一次答应小冬的婚事，实在是出于万不得已的，因为我的良心，终感到很对不住燕琴，这真是老天可怜我的，所以小冬会把燕士错认了我，那么使我不是仍旧和燕琴有结合的希望了吗？现在我和夏小姐若再发生爱情，这不是明明地在自寻烦恼吗？逢春心中这样一想，他便假装木人似的呆了一呆，望着夏霞又笑道："夏小姐，你这话真太客气了，像你这样美丽的姑娘再说是丑陋的，那么丑陋的姑娘不是更多了吗？至于你要我介绍一个勇敢而俊美的少年做朋友，这我一定可以答应你的。因为我的同学大都和燕士一样俊美的。"

夏霞听他并不表示一些意思，芳心好生怨恨，暗想：我和你说的话是再明显也没有了，不料你这人好呆笨，难道一些也不懂我的意思吗？假使要我再说得明白一些，这我一个女孩家到底太不好意思了。夏霞心中正在猜想逢春所以不表示意思，还是真的

111

不敢冒昧呢？抑是故意装作含糊来刁难我？谁知逢春却站起来，说道："夏小姐，我还有一些事，要先走一步了，对不起，我们改天再见吧。"

夏霞突然听他要走了，这才理会他是假意敷衍，其实原明白自己的意思，不过有些奇怪，像我这样的姑娘，哪一处长得不好，他要不爱我？就在这个疑问之后，她猛可理会了。因为刚才他自己也告诉过我，说所以答应小冬婚事也是万不得已的事，他最心爱的人还是燕士的妹子燕琴。夏霞既明白了后，她一颗芳心真有说不出的怨恨和羞惭，一时也管不得许多，伸手立刻把逢春拉住了，说道："慢着，你且坐下，我还有许多话要跟你说。"

逢春是个多么聪明的人，他所以要走了，还不是为了避免她的缠绕吗？不料她竟拉住了自己，一时觉得走又不好，不走又不好，那可为难极了，眸珠一转，忽然计上心来，笑道："夏小姐还有什么话要跟我说？我想改天再谈吧。这儿我可以给你留个地址，因为今天我实在还有些要紧事。"

夏霞虽不知他是否真有要紧事，不过猜想起来，终是虚构的成分多，心中由怨恨不免变成恼怒起来，柳眉倒竖，杏眼向他一瞪，娇叱道："你不要推三阻四地骗我，快给我坐下，我只和你说几句话，就准定给你干要紧事去！"

逢春被她动了怒，心中不知怎的也会害怕起来，只好又在她身旁坐下，对她赔了笑脸，说道："夏小姐，你切勿误会，我真的有要紧事情在四点钟的时候。现在三点三刻，我就和你再谈一刻钟的话。"说着，还把手腕伸到夏霞面前，给她瞧表上的时间。

夏霞却并不作答，冷笑了一声，说道："杨先生，我老实地和你说一句话，一个年轻人不能太无人道。我和燕士原是一对美满姻缘，现在小冬给我拆散了，换句话说，就是你杨先生给我们

112

打开的。杨先生没有小冬做妻子，反正还有一个燕琴小姐在着。不过你也该为我终身着想，叫我到哪里再去找一个燕士来哩？今天我不遇到你也罢了，既遇到了你，这个问题就得你给我解决，不然，我就死在你的面前。"

逢春听她说到这里，见她眼泪盈眶地似乎欲掉下来的神气，一时真急得满头大汗，说道："这……这……我有什么解决的办法呢？你不能向我交涉，你应该向小冬去交涉呀！"

夏霞见他这样无情，把要淌下来的眼泪又收住了，哼了一声，鼓着小腮子，怒气冲冲地说道："你把干系都脱尽了，天下没有这样容易的事情。我现在给你两条路，任你走哪一条。第一，我和你一块儿到小冬那里去说明，把燕士仍旧归还我。第二，你假使不肯去说明，那么我就代小冬的地位，依然履行你俩所定的盟约。你说，你到底喜欢走哪一条路？"逢春见夏霞手紧紧捉住了自己，微侧了粉脸，把两眼又盯住着自己，要自己回答她一句话。心中这一焦急，把两颊便涨得绯红，望着夏霞的娇容，却再也说不出一句话来了。夏霞见他不答，真是又羞又恨，便说道："逢春，我告诉你，我这个意思，你绝不能怪我无耻。燕士既代了你的地位，我当然便代了小冬的地位，这是一个很充足的理由，你岂能不答应？你若不答应和我结婚，那你就是不答应和小冬结婚，换句话说，你就是遗弃我。遗弃这是法律所不允许的，你难道要犯罪吗？"

夏霞这种近乎滑稽的理由倒也说得十分充足，把个逢春竟说得无话可答。良久，方说出一句道："她是她，你是你，这怎么可以呢？"

夏霞见他兀是不答应，一时觉得女孩家在一个年轻男子面前有这一种要求，实在已是很失了姑娘的身份，现在被他一口拒绝，这叫我怎能丢得下脸呢？因此心里悲酸已极，猛可投入逢春的怀里，呜呜咽咽地哭得很伤心道："逢春，你害了我！你害了我的终身！我不要再做什么人，我就死在你的面前好了！"

逢春被她这么一来，真也弄得啼笑皆非，暗想：像你这么一个美丽的姑娘，照理我是很喜欢答应你。不过我既一错在前，岂可以再错在后？以前的答应小冬，这我在燕琴那里还可以说一句情有可原；这次我若答应夏霞，那我真太对不住燕琴了。逢春既然这样想着，所以夏霞无论哭得怎样伤心，他除了可怜她的痴心外，却再也不肯答应和她结婚。

不过公园是一个公众游玩的场所，他们两人这样地一哭闹，不免有许多游客来注意。逢春这一焦急，真是非同小可，急忙扶起她身子，柔声说道："夏小姐，你快别哭，这是公园里呀！被人家瞧见了，那可不是笑话吗？"夏霞抬头向四下一望，果然有许多游人在停步注意，这就慌忙收束泪痕，不免也羞得两颊绯红。逢春因为游人们并不走开，而且还在窃窃私议，因此拉了她手，站起身子，说道："夏小姐，我们到外面去谈吧。"夏霞也觉得再不好意思让人家注意下去，于是点头答应。逢春便夹了书本，和夏霞一同步出了中山公园。

两人出了公园，夏霞道："我们且到万家春馆子里去吃一些点心，你不能拒绝。"逢春因为她已声明在先，叫自己开口不得，只好含笑答应。于是坐车到万家春，两人携手登楼，侍者招待入座。夏霞点了虾仁水饺、鸡肉大包等点心，然后又向逢春说道："你到底答应不答应？"

逢春握了茶壶，先向她杯中倒了一杯，望着她粉脸笑道："你且别性急，我好好和你谈一谈。"说着，便自己也倒了一杯，很安闲地喝了一口。因为见夏霞兀是呆望自己，便笑道："夏小姐，你话也说得许多，你快喝杯茶。”

夏霞听他这话，倒又像很多情，不过瞧他态度，似乎在想什么计划，因又急急地道："逢春，我不渴，你既然好好要和我谈一谈，那么你就快谈啊！"

逢春见她性急到这份模样，不免扑哧地一笑，说道："像夏小姐那样的人，我实在也很爱你。"

夏霞听这话，两颊一红，不禁嫣然一笑，但立刻又娇嗔道："我不要你说那种虚伪的话，你到底愿不愿意答应我的要求呢？你说，你快说！"

逢春笑了一笑，瞧着她那种娇媚的神情，心里倒也荡漾了一下，遂很正经地说道："夏小姐，我认为结婚是人生最最重大的一件事。对象的选择，必须有个郑重的考虑，并深刻的认识，那么才有幸福的家庭。假使盲从的爱情，那实在很不合理，所以你叫我立刻答应你，这我如何能够答应得下？至于我的答应小冬，燕士的答应你，这是因为我俩得你们的相救之恩，所以这个又作别论。就是小冬的强迫燕士结婚，也是小冬的误会所致。说到我和夏小姐，既无一些交情，又没一些误会，那么你怎可以强迫要我答应？这个我觉得不近人情。但是话得说回来，夏小姐所以要嫁给我，也因为我和燕士的脸、年龄都相同，这一半是你的痴心，一半是你的多情，我既不是木石，我怎能不动心？不过和你完全是泮水之交，一切还都是茫然。若贸然和夏小姐订了婚约，我固然不知道你是否是我理想中的妻子，就是你也不知道我到底可是你理想中的丈夫。所以我的意思，结婚的事情且慢谈，我们先结个朋友，假使果然情意相投的话，我们再谈婚约的事情也不迟，你说我这话对不对？"

夏霞听他说出这一篇的话，觉得也很有道理，不过他是爱上了燕琴的人，这话也许是缓兵之计，因此也说道："你这个意思假使真心的话，我当然也很赞成，但我所怕的，你也许是假意敷衍，因为我知道你是很心爱燕琴的。"

逢春听她这样说，觉得夏小姐真的也痴心得可怜，遂沉吟了一会儿，说道："我虽然爱燕琴，但我也不忍不爱你。假使你信不过我，我可以和你立一个约，就是在三年之内，我绝不和任何一个女子结婚。那么我们有了三年的认识，不是终也可以知道彼此是否有结婚的可能，你说对不？"

夏霞听他这样说，一颗芳心倒也甚为感动，不免淌泪说道："你这话是否真心？假使骗我，那你怎么样？"

逢春因为她淌泪，一时被情感所冲动，遂忘其所以地把那根象骨筷拿来，一折为二，说道："我假使骗你，我就和这筷子一样。"夏霞见他这样子，索性把眼泪更淌了下来。逢春既把筷子折断了，倒又懊悔起来，不过事既如此，我就三年内守约是了，于是反劝慰她说道："夏小姐，你别伤心，现在你终信得过我了，我写给你两个住址，你以后要找我，就请常来玩玩好了。不过我在家的日子很少，所以你还是到我校中来比较好。"一面说着，一面撕了一页日记簿，取出自来水笔，写了两个地址，交给夏霞。夏霞听他这样安慰，芳心这才相信了，便把纸藏入袋内，明眸脉脉地凝望着他，表示很感谢的意思。

两人从万家春馆子吃毕点心走出，时已入夜，于是彼此握手分别。逢春回到家里，见母亲躺在床上，经妹妹告诉，方知母亲有些寒热，一时不免又愁上眉梢。玉春见哥哥忧形于色，便悄悄地说道："哥哥，您别发愁，母亲这病不要紧的。我告诉你，琴姐来过了，她说当你被捕那夜，她哭了整整一夜，几乎不愿再活下去。后来她一听哥哥已脱险，她又喜欢得什么似的回家去了。"

逢春听了这话便拉了玉春的手到窗旁，也低低地说道："妹妹，你可曾把田小姐的事情告诉过燕琴吗？"

玉春乌圆的眸珠一转，摇了摇头，抿嘴笑道："母亲和我都没有告诉她，我想着琴姐假使得了这个消息，她心里真不知要伤心得怎么样哩，唉！"玉春说到末了，似乎很悲哀地还叹了一口气。

逢春听妹妹说没有告诉，心里真是十分喜欢，便悄声笑道："妹妹，你不用代琴姐伤心，现在我和她又有结合的希望了。"

玉春听了，好生不解，便凝眸含颦地问道："哥哥，你这是什么话？你不是说已经答应田小姐的婚事了吗？"逢春很欣慰地笑了一笑，便把自己遇见夏霞的事情，向妹妹低低告诉了一遍。玉春掀着笑窝，咮地一笑，说道："天下哪有这种有趣的事情吗？不过夏小姐要缠绕着你，那你不是又要左右为难死了吗？"

逢春沉吟了一会儿，笑道："我想这且别管她，反正我没答应夏小姐的婚事，那么将来终有个解决的办法。"

兄妹俩说了一会儿，杨老太也醒来了。她见儿子回来，似乎很安慰，问学校里可放春假了吗。逢春坐到床边，说道："学校是今天放春假的，母亲怎么会病了？"

杨老太道："没关系，明天就好了。黄妈呢？她晚饭做得怎么样了？玉儿到院子里去瞧瞧她，也许你们都饿了吧？"

玉春道："黄妈正在烧菜，一会儿就舒齐了。妈妈，我告诉你，田小姐被韦大哥做妻子了呢，你想有趣不有趣？"杨老太听了，也不明白，忙问这话怎样讲，玉春这就絮絮地照着逢春说的再告诉了母亲一遍。杨老太听了这情景，也不禁好笑起来。一会儿，黄妈把饭菜端上。兄妹两人便坐下吃饭，杨老太只喝了一口稀粥。

一宿无话，到了次日，逢春原想今天去望燕琴，不料母亲的热势很盛，一时不敢离开床边，意欲请个大夫瞧瞧，无奈杨老太肉疼金钱，所以不要瞧，幸喜第二天热度倒又退去了。这日下午，逢春见母亲睡着了，妹妹坐在桌边温习功课，于是叮嘱她好生侍候，他便抽空到燕琴家里去。门役阿三告诉道："杨少爷，你来得正好，快快进去瞧瞧我的老爷，比你早一步，那个姓黄的卫队长又来了呢！啊哟！不过你也不能进去，他不是认识你的吗？"

　　逢春一听姓黄的卫兵到这儿来，猛可想着他莫非在转燕琴的念头吗？一时也管不得许多危险，说声"不要紧"他身子便飞样地奔了进去。不料到了室内，却是静悄悄地一无人声，正在奇怪，仆妇朱妈急急从楼上奔下，脸无人色，一见逢春，便忙叫道："杨少爷！你快到楼上去救我老爷的性命，那个大兵要用枪杀死我的老爷了呢！"

　　逢春一听这话，也不问她详细，就直奔楼上。既到了楼上，他却又放轻了步伐，悄悄地移到柏村的房门口，只听有人大骂道："好大胆的老东西！你敢欺骗我吗？我若不结果你，怎消我心头之恨？"

　　逢春听了这话，心如小鹿乱撞，跨步入室，只见柏村躺在床上，黄强握着手枪，背着自己站在床边，对准了柏村预备开枪的神气。柏村脸似死灰，颤抖着道："我是有病的人……"柏村话还未完，逢春就奔到黄强的身后，将他一把抱住，同时把手捏着黄强那只握枪的手腕狠命地向下掀去，只听砰砰两声，那枪弹早已由楼板直穿到楼下而去，齐巧落在朱妈的身旁。朱妈心里这一吃惊，吓得魂不附体，她的身子便跌到地下去了。

第八回

避祸殃全家人涣散
起误会痛挖一寸心

　　燕琴在中山公园里突然瞧见一个美丽的姑娘，把自己的心上人紧紧抱住了，当时她的芳心里，不但是酸溜溜地难受，而且是更觉十分心痛。她心里想着，怪不得逢春脱险后，他就一次不来，原来他已结交了一个美丽华贵的女朋友了。唉，我一片痴心对待他，不料他竟忘记我了。可见世界上的男子，都是见一个爱一个的多，绝没有一个肯讲真正爱情的人的。燕琴今天去华华中学找逢春，原是和他商量解救黄强强迫结婚的办法，不料无意中被她发觉了逢春另有爱人的秘密，一时她万念俱灰，便回身急急地奔出公园去。燕琴奔了四五步，忽然她又停住了，暗想：莫非我瞧错了人吗？因为在我的印象中，似乎逢春绝不是那样一个爱不专一的青年。所以她把身子躲在树丛里，俏眼又偷偷地张望过去，只见那个西服少年还不是杨逢春吗？旁边那个少女的举动，真是十二分的肉麻。

　　诸位，你道燕琴瞧见了什么？原来正是夏霞抱住逢春当作燕士的当儿，夏霞把脸紧紧地偎着逢春的颊边。你想，这种亲热的情形瞧在燕琴的眼里，不是要气得妒火中烧了吗？所以她恨恨地啐了一口，暗自骂声"好不要脸的东西"，遂转身真的奔出公园去了。燕琴走在归家的路上，脑海里兀是映出逢春和那姑娘脸偎脸亲热的情景，真是愈想愈气，愈气那心也愈悲伤，因此那泪珠终于抛了下来。燕琴觉得自己和逢春的认识，足足已有五个年头。在这五年中，我们虽然心心相印，但连握手的时候也很少，想不到他和那个姑娘竟有这种亲热的表示。从这一点猜想，很显明地他们感情要比我深厚得多了。逢春往日对我所说的话，可见也全都是虚伪的了。燕琴心中既然有了这一层误会，觉得自己被黄强看中，已经是受了一重刺激，如今在一度刺激后又加上了一重刺激，她那颗脆弱的小心灵怎能经受得住？所以她的神经有些模糊，她只觉心是有人在摘一样地痛，她想哭一场，但是在大街上她又怎能够哭得出？因此她把无限的悲痛只好闷在心坎里，把伤心郁闷着，那是一件最痛苦的事情。这时候的燕琴，她倒有死的念头，她想：反正自己的知心人又被人夺去了，后天若不逃走，必定要遭黄强的侮辱，那叫我做人还有什么趣味呢？燕琴低了头一路急急地走，一面胡思乱想地忖着，自己也不晓得到底走了多少路，同时也不知道走的可是回家那一条路。直等有人拉住了她，她方才清醒过知觉来，连忙回眸去望，不料却是自己的要好同学钟雪影。

雪影见她面颊含泪，心中倒暗吃一惊，急忙问道："燕琴，你到什么地方去？干吗这样地伤心？莫非家中发生了什么事情吗？"

燕琴听她这样问，向四周望了一眼，原来自己是走错了方向，若再走下去离家的路就愈走愈远了，这就愕住了一会儿。因为在一个同学面前，终不好意思把自己爱人变心而所以淌泪的话告诉。于是她且不作答，先长长地叹了一口气，抬上手去，在颊上擦干了眼泪，然后方说道："雪影，这事情说来话长，我真气糊涂了。"

雪影凝眸含颦地望着她一会儿，似乎有些奇怪，又问道："昨天上午你不是还好好来学校读书的吗？到底为了什么事情呢？你竟气得这个模样。"

燕琴说道："这儿大街上不是说话的地方，我们且找个坐处谈吧。"

雪影忙道："那么你就到我家去坐一会儿吧，我家离此不远哩。"

燕琴点头道："也好，我也好久没来拜望你的爸妈了。"

两人说着话，已是携手转入一个胡同，约莫四五十步路，走到一个石库门的面前。雪影伸手按了电铃，不多一会儿，老妈子来开门，一见燕琴，便笑道："韦小姐好久不来玩了。"燕琴含笑点头，一面跟雪影到书房间，只见钟老太和雪影的嫂子陈月英都坐在里面。月英手里拿着活针，还在刺绣。她见姑娘和燕琴进来，便笑盈盈地站起，把活针放过一旁，说道："韦小姐，今天是什么风吹过来的？莫非姑娘到你府上来请的吗？"

燕琴一面向钟老太请安，一面向月英逗了一个娇嗔，笑道："大嫂又要挖苦人家了，你问问雪影，前几个星期学校里功课忙不忙？"

月英一面抿嘴笑，一面亲自在白铜暖壶里开了四杯玫瑰茶，一杯给钟老太，两杯放桌上，一杯又亲手捧给燕琴，说道："我和你开玩笑，你怎么就给我白眼看了？快喝杯茶，消消你的气。"燕琴忙着接过，连说多谢，忍不住嫣然笑了。

钟老太这时笑问两人怎么遇见的，雪影道："我路上遇见她的，不料她走路上，一个人暗暗地伤心着。燕琴，到底为了什么事？你现在不是可以告诉我了吗？"

钟老太和月英听雪影这样说，一时都很奇怪，四道目光都向燕琴脸上望来，只见此刻她的柳眉果然颦蹙了，同时粉颊上还笼罩了一层忧容。燕琴坐在桌旁，放下手中的茶杯，低低地又叹了一口气，方才说道："那天晚上为了搜查革命军的人，不是挨户地都来抄搜过吗？"

　　雪影忙道："是呀，第二天报上我也瞧到这一件消息，但我们这一段却没有来搜查过。你且说下去，后来怎样？"

　　燕琴道："到我家来搜查却有二十多个卫兵，其中一个卫队长叫黄强的，他当时见了我，便起了歹意。过了几天，他便来和我爸爸商量，说要娶我做妻子。我爸怎么肯答应，所以推说我已许配了人家的。不料这个毫没人格的强盗，便拔出枪来威吓爸爸，说不管许人不许人，他终要娶我做妻子，假使不答应，便一枪把我爸爸打死。我因为恐怕这种蛮不讲理的王八真的下了辣手，只好假意先答应他，叫他三天后来成亲，他方才冷笑着走了。不过答应是答应他了，现在用什么方法来避过后天的难关呢？我和爸爸商量之下，便决定大家暂时到外面去躲避一下。但我想着自己一个很自由的人，为什么要受这样的束缚呢？岂不是叫我心里伤心吗？"

　　三人听了燕琴的告诉，大家都不胜愤怒，连骂岂有此理，一个军队里可以那样倚势欺人，这还能成功大事吗？雪影更倒竖了柳眉，咬着银齿，恨声不绝地道："那么你爸不会到军部里去告他的吗？这种事情若给他做惯了，北京城里年轻的姑娘也不是都要胆寒了吗？唉，这还成什么世界？他们真比强盗土匪还凶恶哩！可杀！可杀！我就希望革命军能够早一日到北京，这真是我们小百姓重睹天日的时候了。"

　　月英也很生气地道："唉，想不到田将军部下的军队竟有这样地腐败。韦小姐，那么你预备到什么地方去躲避呢？不知你们在北京可有什么亲戚吗？"

燕琴摇了摇头，叹了一口气，说道："北京城里我们就没有什么亲戚，照爸爸的意思，他说索性迁居到上海去，看他还有什么办法吗？不过时间又这样局促，所以我心里焦急真像热锅上的蚂蚁一样哩！"

钟老太听燕琴这样说，便很忧愁地说道："韦小姐和我雪影不是这学期都可以毕业了吗？你若到上海去，就不能毕业了，这是多么可惜。所以我的意思，假使韦小姐愿意到我家来住的话，这我倒很喜欢的。"

雪影原也有这个意思，只不过自己不敢做主，不料听母亲这样说，心里便十分地喜欢，拉了燕琴的手，瞟她一眼，笑道："燕琴，你就准定住到我家里来，我一个人正苦没有做伴哩。"

燕琴想不到雪影母女俩有这样的热心，遂笑盈盈地站起身子，走到钟老太的面前，深深地鞠了一个躬，说道："多承伯母这样见爱，我心里感激还来不及，哪里还会不愿意吗？"

钟老太忙说道："韦小姐，你别客气，不过你虽然有住处了，你的爸爸怎么办呢？"

燕琴凝眸沉思了一会儿，说道："爸爸倒有法子可以想的，因为在北京他也有许多的好朋友，想来终可以去躲避几天的，而且他也许要到上海去一次。"

钟老太点头说道："这样很好，那么我也不留你吃晚饭，你此刻快回家去告诉你的爸爸，整理一些衣服和书本，明天就一早到我家来好了。"燕琴点头答应，于是作别而去。雪影亲自送到门口，燕琴握着她手，很感激地说道："你待我这一份情意，我心里感激着你是了。"雪影笑道："你别说这样的话，我们同窗多年，原像自己姐妹一样的。"燕琴连连摇撼了她一阵手，方才坐车回家去。

到了家里，柏村问道："你可是在逢春的家里吗？碰到了他没有？"

燕琴听爸爸还提起逢春这个人，心里这就十分地怨恨和愤怒，不过爸爸既不知逢春已另有爱人，他如何晓得我心里痛恨他呢？遂装作毫不介意的模样，绝对不显形于色，说道："我没有在杨先生家里。爸爸，刚才我曾到同学钟雪影家里去，和她们谈起这件事情，钟伯母很同情我，她叫我住到她家里去。我想这学期是可以毕业了，若就此辍学，那很可惜，所以我已答复她明天早晨过去，爸爸的意思怎样？"

柏村听了，很是欢喜，说道："我心里担忧的就是你一个人，现在你既然有安身之所，我一个人就什么地方都可以去。不过那姓钟的同学家境怎样？平日和你是否很知己？"

燕琴点头道："我们一级里两人算最要好了，她家是住在南城紫金街第一胡同里，爸爸是银行里做经理的，家里有母亲有哥哥嫂嫂和她自己，一共五个人，是很富裕的。"

柏村道："那很好，你就准定住到她家里去吧。不过人家这样好，我们该拿什么谢谢他们呢？"

燕琴道："这个以后再说吧，反正他们是有钱的人家，她所以留我住，完全是彼此感情好，岂要我什么谢她们吗？"

柏村吸了一口雪茄，点了点头，低头又沉思了良久，忽然他抬头说道："那么你此刻该快去理衣箱了。"

燕琴见爸爸仿佛在计划以后的事情般的，正欲动问，忽听他这样说，于是站起身子，走了两步，但立刻又回头说道："那么爸爸预备怎么样呢？"

柏村道："我想先到朋友家里去暂时住两天，然后预备到上海去一次。唉，在这暗无天日的北京城里也没有什么可以留恋的了。"柏村说完了后，又连连叹气，若有无限扼腕之意。

燕琴听爸爸要到上海去，一时也不晓得为什么，心里只觉得十分悲酸，眼皮一红，也深深地叹了一口气，暗想：好好的一个家庭，为了环境的不良，使我们三个人各自东西，哥哥那天走后，不知又在什么地方？是否动身到广东去了？自己在不幸遭遇之后，又受到了一重失恋的打击，这仿佛屋倒碰着连夜雨，思想起来，觉得无一不是伤心的资料。因此她满眶子里的眼泪，便再也忍不住淌了下来。柏村见女儿淌泪，也暗自伤神，说道："你别难受，我们暂时分离，将来终有长聚的日子。我希望着，终有那么一天，光明会显现在我们的眼前。"燕琴没有话说，呆住了一会儿，方才到楼上整理衣箱去了。

这天晚上，燕琴躺在床里，脑海里不免又浮起公园里逢春和那姑娘亲热的一幕，一颗芳心只觉疼痛异常，抱着被子，却是暗暗又哭了一夜。因了这一夜的哭泣，第二天早晨就起得迟了一些。燕琴还只有在对镜梳妆，见爸爸已蹀进房来，他手里拿着一个存折，向燕琴说道："这是一千块钱，琴儿，你拿着，万一有什么急用，也不至于发生什么困难了。"

燕琴把面巾拭了一下嘴唇，当她回身过来的时候，父女俩脸就瞧了一个正着，于是各人的脑海里都有一个感觉。柏村心里想：女儿的脸上虽敷有一层香粉，但到底掩不住她红肿的眼皮，显然昨夜是哭了一夜。在柏村虽不晓得女儿的哭是为了多种的刺激，但自己的心灵上就会更感到十二分的惨痛。燕琴心里也在想，只不过三天的时间，爸爸的脸不但是瘦，而且是黄，可见他老人家表面虽没有什么，内心的煎熬真比我们做儿女的更加厉害

125

着十分哩。说起来当然是很伤心的，一年以前，哥哥和我都在他老人家那里依依膝下；一年以后的今日，却要各奔东西，劳燕分飞。也不晓得到什么时候，再能够父子兄妹相聚在一块儿呢？两人心中既然都有悲思的情绪，各人的眼眶里也就贮满了不少的泪水。柏村见女儿并不来接存折，只管呆望自己出神，仿佛盈盈泪下的神气，为了避免彼此心痛起见，他是竭力忍住了眼泪，很自然地说道："琴儿，你不用伤心，在同学家里住着，一切都自己小心。回头你到我房中来吃早点……"

柏村说着，把存折已塞到她的手里去。他似乎不敢和燕琴多说话，为的是又怕引起各人的伤心，所以他又很快地走出房去了。燕琴虽然也要说几句保重的话，但喉间始终有骨鲠住着。她也明白父亲所以急急退出房去的原因，于是在柏村身子消失了之后，她那泪珠便像泉水一般地涌上来。燕琴和柏村临别的时候，是紧紧偎在爸的怀里。柏村抚着女儿的头发，虽然是竭力镇静了态度，但喉间兀是有些颤抖，说道："孩子，不要难受，假使我在到上海去之前，一定还会来望你的。车子等着，你快去吧。"燕琴在万分依恋不舍之下，只说得一句"爸爸也快离开家吧"，便洒泪走了。

柏村待燕琴走后，他便把门役阿三和仆妇朱妈喊来，说道："我预备到上海去一次，家里就由你们两人好生看管，切勿有误。明天假使这个黄队长来，你只说这座房子已让渡给别人家是了。"阿三和朱妈听了，连声地答应。这里柏村正预备动身到朋友家里去，谁知忽然头晕目眩，一阵泛漾，顿时把早晨吃下的点心全都呕了出来。经此一呕，脸色灰白，身子有些摇摇欲倒。急得阿三连忙把他扶住了，急问"老爷怎么了"。柏村这时头晕更剧，两眼昏暗，自知难以支撑，遂忙说道："你快扶我上楼去睡吧。"阿三朱妈于是把柏村扶到楼上，给他躺到床上。谁知这一睡下去，柏村肌身发热，竟病了起来。

那时柏村心里固然焦急，就是阿三和朱妈也急了起来。朱妈道："老爷既然病了，要不要把小姐去喊回来？"

柏村摇头道："她已脱离虎口而去，这怎能把她再喊回来？你千万别去喊。"

阿三道："我想请个大夫来瞧瞧吧，吃些药水，也许明天就好起来，那不是大幸吗？"

柏村对于阿三这个主意倒很赞成，便点了点头，说道："那么你快去请章伯云西医，他和我是认识的，你说是我病了，他就立刻会来的。"

阿三答应一声，便匆匆去了。约莫一个钟点，章伯云果然来了。因为是相识的，所以免不得先问候了一番。然后诊过脉息，用听筒听过胸部，说这病是因为内受积郁，外感风寒，所以是没有什么危险。只不过要放开胸怀，静静休养，自然愈可。说着，又配了两瓶药水。因为医务很忙，所以就匆匆别去。

柏村吃了药水后，满想预备第二天终可以好了。不料头晕虽瘥，而全身无力，要想勉强起身，也是万不可能。一时心中倒又暗暗焦急，今天是黄强来结婚的日子，他见燕琴不在，万一发起兽性来，我的性命不是要完了吗？不过仔细一想，觉得国有国法，军有军法，无论黑暗到如何地步，难道他就不怕军法惩办吗？他若将我打死，他自己恐怕也是犯了死罪哩。柏村这样一想，他心里就胆壮不少，不过在黄强未到之前，他那颗心就会别别乱跳着。

时间这样东西也很会作怪的，假使你嫌它过得慢，它真像爬一样十分慢；倘然你嫌它过得快，它偏偏像飞一样快。所以在柏村心中只觉一刹那间，时钟已是当当敲着下午二时了。这时候柏村的心是到了极度的紧张，身子睡在床上仿佛有针刺，他觉得浑身都感到不舒服。已经是生病的人，再要加这一阵子的恐怖和焦急，你想柏村的痛苦，还能够形容得出其万分之一的吗？但是魔鬼一样可怕的黄强的身子，终于由朱妈伴到了柏村的眼前。柏村既见到了黄强，他的心倒反而安定了许多。只见这王八今天还新剃了头，把面部上的胡子都修光了。他见柏村躺在床上似乎还不信他真有病，伸手把他摸了摸额角，果然有些烫手，这才退到椅子上去坐下了，向柏村望了一眼，似乎很关心的样子，问道："韦老伯，你好好的怎么病起来了？大夫可曾瞧过没有？"

柏村把手指着桌上的药水瓶，很吃力似的说道："大夫瞧过了，可是也不见什么效验。"

黄强却并不注意他这几句话，他把朱妈倒出的茶杯拿着喝了一口，那双贼眼斜溜了过来，说道："韦小姐呢？她可是躺在房中怕难为情吗？"

柏村听了这话，心头开始又跳了跳，把眼睛望望对过橱门边站着的朱妈，只见她也在皱了眉发急。柏村在这一急之下，倒是急中生智，便微笑道："黄队长，这事情很抱歉，为了我的病，女儿已到上海去请有名的医生去了。所以对于结婚的日期，不得不延期几天，待我病愈之后，我还预备好好地热闹一下哩。"

黄强听他这样说，便凝眸做个沉思的样子，心中暗想：这老东西病倒是真的病，不过北京城里的医生可也不少，难道偏要到上海去请的吗？从这一点猜测，这事情就有些靠不住。便瞪他一眼，说道："你别胡说，北京城里难道就没有好的医生了吗？韦老伯，我关照你，彼此说好了的婚约，你不能赖的。否则，哼！任她生了翅膀，可也逃不出我的手中。"黄强说到这里，把右拳在左手心里一击，表示很有把握的神气。

柏村竭力镇静了态度，微微地一笑，说道："黄队长，你不要发怒，小女已经动身到上海去了，那又有什么办法？就是要结婚，不是也要等她人回北平来吗？"

黄强一听这个话，他心里开始焦急起来了，觉得在北京城里固然是自己的势力，可是出了北京城，那事情可就糟啦！于是他猛可站起身子，把皮靴在地板上狠命地一顿，大喝道："什么？你把女儿放走到上海去了吗？那你这老王八蛋不是存心毁约吗？我当初可给你五百元聘金的，你既不答应了，何以却把聘金收了？真是该死的东西，你难道是不怕死的？"

柏村听了这话，不禁冷笑一声，把手又指到床边的那张梳妆台去，说道："聘金？那可不是笑话？你瞧，放在这儿，分文未动。假使你信不过我，那么你请拿去。"

黄强一听这话，真是火星穿顶，立刻把手枪拔出，走到他的床边，对准了他的脑袋，骂道："妈的！你这老狗贼！要死要活？快快把实话说出，你到底将女儿藏到哪儿去了？"

朱妈睹此情形，知道事情不好，遂悄悄溜到楼下来，不料齐巧遇见逢春，因此又救了柏村的一条性命。

且说逢春抱住黄强身子，使劲地把他枪口向下一掀，枪弹便从楼板穿下，刚刚落到朱妈的身旁。朱妈这一吃惊，真是魂飞魄散，大叫一声"啊哟"，身子跌到地卜。但是她又觉得身上并没什么痛苦，想来没有受伤。这时楼上却发出砰砰蓬蓬挺响亮的声音，仿佛是在打架的神气。朱妈猛可想起杨少爷奔上楼去，大概一定和这个王八在厮打了，但杨少爷是个文弱的人，怎能敌得过他似黄牛那般的身子？心里一急，她便翻身爬起，急急奔到门房间去喊阿三。阿三一听杨少爷已和他在动手，于是骂声"妈的"，便飞一般地直奔到楼上去了。待阿三和朱妈奔到了楼上，只见逢春和黄强扭作一堆，滚在地上，都在想抢离他们身旁约五六尺远的手枪。朱妈急得跳了跳脚，把阿三身子推了推，说道："你快上去呀！你快上去呀！把手枪去拾起来！"阿三这才奔到橱旁，把手枪拾起来，意欲向黄强开去，但不懂如何开法，因此握了手枪，那只手却是瑟瑟地抖着。还是朱妈有主意，她便向阿三拉了拉衣袖，急道："你开不得，你还是拿别的东西。"

这一句话把阿三提醒了，他把手枪交给朱妈，立刻走到花架子旁，把上面那盆花捧来，回头去一见，只见杨少爷正被黄强压倒在下面了，黄强用两手扼住了逢春的咽喉，真是性命交关的当儿。阿三这就不慌不忙地奔了上去，把手中捧着的那盆花，仿佛敲木鱼似的，直向黄强的后脑敲了下去，这一下子敲去，至少有二十斤的分量。你想，一个肉做的脑袋，怎禁得住如此打击？黄强只觉一阵昏黑，他便翻身跌到地下去了。逢春这就一骨碌站起来，抢过阿三手中尚捧着的那盆花，立刻向黄强头部掷了下去，只听哗嗒的一声，那盆花和黄强的脑袋同时敲得粉碎。在血肉模糊的脑袋上，再加上了一片泥土，更是惨不忍睹。逢春既把黄强打杀了，他心中却开始又感到万分的恐怖和害怕。但是他还顾虑到床上的柏村，便猛可回身奔到床边，把柏村紧紧地抱住了，只见柏村脸如死灰，眼睛也定住了。逢春倒又误会了他的意思，便说道："老伯，你别害怕，我虽把他打死了，一切都不会累到你的身上来的。"

柏村听他还说这一种话，他的眼泪便落了下来，凄然说道："杨先生，我……我……是害怕你被他杀死呀！现在既然杀死这狗贼，我心里只觉万分痛快，我是有病的人，留此残生又有什么用？所以一切都由我去承当，我绝不能害你的。"说到这里，也

130

许感动得太厉害了，所以泪如雨下。

逢春听了这话，方知他是为了恐怕我的被杀，一时也情不自禁地淌泪说道："老伯，原来你还有着病吗？那么燕琴她到什么地方去了呢？你别这样说，我们终得想法子，脱掉这个罪名的。"

柏村道："燕琴到同学家里躲避去了，昨天我原也想走的，不料却病起来……"说到这里，忍不住又一阵咳嗽，把脸呛得血红。

逢春道："老伯，你且静静地躺一躺，我问朱妈的详细情形吧。"说着，把柏村的身子放到床上，回身向朱妈、阿三望了一眼，问道："这王八就是那夜捉我的一个贼子吗？究竟是怎么一回事，我却还不明白哩，你们告诉我吧。"

朱妈于是一五一十地把黄强强迫结婚的事情，向逢春告诉了一遍。逢春这才知道黄强见色起歹心，一时恨得咬牙切齿地说道："我今把他打死，真是为民除害哩！贼子死有余辜，可恨！可恨！"

这时阿三说道："杨少爷，事既如此，我们终得想一个解决的办法。"

逢春愤愤地道："也不用想什么办法，现在我就到军部去自首，把他恶劣的行为完全呈报上去，看军部把我怎样发落？"

柏村听了这话，在床上先急得连嚷"去不得"。阿三沉思一会儿，方才说道："杨少爷，你何苦凭一时之愤怒，去自投罗网，这可不值得。如今我倒有个万全之计，老爷是有病的人，你此刻先把他车送生生医院里去住院医治。这王八的尸身，在今夜十二时后，我可以设法把他抛到街上。没有人瞧见，当然是大幸；就是给人发觉，我情愿去抵罪。想我阿三跟随老爷十有八载，蒙老爷多少恩惠，今日我以为正是报答的时候了……"阿三说着，脸不改色，声音洪亮，显然是非常激昂慷慨。

柏村和逢春听了这话，心里感动得什么似的，却是说不出一句话来。柏村叹道："事到如此，也只有这个办法。阿三，你肯冒这样危险，我感激不尽，但是我终希望你能够不给人发觉。"

逢春凝眸想了一会儿，忽然说道："我写几个字贴在他的脸上，免得连累路人。"

阿三点头说道："这话倒也说的是。"

于是逢春在写字台上取过一张西式信笺，挥笔写"奸盗诈伪，杀不可赦"八个大字，下面又写"革命军示"几个小字。阿三接过，便贴在黄强的脸上。一面打电话去喊汽车，柏村勉强披上衣服，逢春负他下楼，朱妈提了一只皮箱，跟着下楼。

不多一会儿，汽车到来，逢春于是伴柏村到生生医院，住在头等病房，先由医师诊治一过，注射了一枚定心针，给他静静休养。逢春道："老伯，我此刻就给你去喊燕琴好不好？也好叫她放心你老人家是住在医院里养病了。"

柏村点头道："好的，不过你别叫她立刻就来，同时把这件事情也可以悄悄地告诉了她，说我这病是极轻极轻的。"

逢春说道："我理会得，那么我走了。"

柏村见他已步到门口，忽然又问道："那姓钟的同学家里地址可知道吗？"

逢春回头道："朱妈刚才告诉过我，我已经晓得了。"说着，便急急地出了生生医院，坐车到南城紫金街跳下，付了车钱，转入第一胡同，只见有个石库门，黑漆的大门上有一块铜牌，上书"钟寓"两字。逢春知道这家不会错的，遂叩门而入。

不一会儿，有个老妈子出来开门，见逢春并不认识，便望他一眼，问道："你找哪个？"逢春含笑道："这儿不是钟雪影小姐的府上吗？我是来找她的同学韦燕琴小姐的，请你通报一声，好不好？"

老妈子把逢春打量了一下，又问道："你先生可有名片吗？"逢春听了，点了点头，遂在袋内摸出一张名片，交给了她。老妈子方才请他入内，到会客室坐下，便对他说道："请坐会儿，我到楼上去告诉小姐吧。"

逢春点头，只见那老妈子便匆匆地走上去。约莫五分钟后，方才有阵皮鞋声响到耳中。逢春心里虽然觉得燕琴的架子太大一些，但也不得不站起身子来。不料逢春发觉那进来人的时候，心里倒是呆住了一会儿。你道为什么？原来不是燕琴，也不是别个女子，却是一个很风流貌美的西服少年。他见逢春十分奇怪的神情，便向他微微地一笑，弯了弯腰，说道："这位就是杨先生吗？"

逢春虽然稀罕，但人家已在招呼，遂也不得不微笑道："正是姓杨，请问你贵姓？"

那少年已走到逢春面前，说道："敝姓钟，号师梅，雪影就是我的妹妹。杨先生，你请坐。"他说着，又把手一摆，请逢春坐下。这时就有丫鬟送上香茗，逢春略欠了一下身子，表示谢谢。师梅也递过一支烟卷，还亲自划了火柴，给逢春吸烟。

逢春连说了两声"劳驾"，他的心里真有些奇怪，暗想：我是找燕琴来的，为什么却叫雪影哥哥来招待我呢？因此再也忍不住问道："钟先生，不是有一个韦燕琴小姐住在你们府上吗？我因为有一件要紧事情跟她告诉，不知她可在府上吗？"

师梅说道："不错，韦小姐是住在舍下，但她今天出去了，不知杨先生有什么要紧事？请你不妨告诉了我，我可以给你转达的。"

逢春听了，这才明白，原来燕琴出去了，刚才我怪她架子大，倒是误会了。他说要我把事情告诉他，这倒有些为难了。因此故意"哦"了一声，装作不理会似的说道："韦小姐出去了，不知她什么时候可以回来？"

师梅见他不肯告诉，遂也不一定要他说出，说道："韦小姐和舍妹一同出去的，什么时候可以回来，这倒不知道。"

逢春站起道："那么我想晚上再来吧。"

师梅跟着站起，微笑道："那也好，晚上大概终可以回来了。"说话时，忽然间刚才开门的那个老妈子匆匆走进来，手里拿了一张字条，说道："韦小姐临走的时候，曾有一张字条留出的，大概是给杨先生的吧。"

逢春接了那张字条，倒是愕住一会儿。他是个多么聪明的少年，心里立刻有了许多疑问，燕琴既然和雪影出去了，那么老妈子在开门的时候干吗不先回绝我？燕琴在出去之前，何以就知道我今天要来望她？这不是一件稀奇古怪的事情吗？从这两点猜想，燕琴的人是在楼上，并没有出去。她为什么不肯接见我？这当然有个缘故，但究竟是什么原因，在未瞧那张纸条之前，当然不会知道。逢春为了迫切地要明白一个详细，于是他立刻把纸条展开，低头瞧道：

杨先生：

　　那天夜里，承蒙你搭救我爸爸的性命，这真使人感到心头。在未得到你脱险的消息之前，我曾为你痛哭流涕，我也曾为你不想再活在这个世界上。不过我想着你的老母亲和弱妹，我觉得我还有重大的责任，所以我是不能死，我应该还得好好努力做一个人。但我虽不死，

134

我亦必将终身侍奉着你的老母，以报答你为我老父代去牺牲的大恩。我是有这样的存心，但这存心是悲惨的，是心痛的，也许老天可怜着你一片真挚的友爱的心吧，所以军部里的秘书长会把你释放了。啊！我得到了这个欣慰的消息，我是多么快乐！我是多么兴奋！我为你感谢苍天，我为你喜欢得流泪！不过人心是不可捉摸的，你待我怎样好，在我只有增加无限的惭愧。现在我祈祝你有光明的前途、幸福的乐园，让我那颗破碎的心灵，永远尝着酸苦的滋味，永远沉溺在这黑暗的世界中，过着无聊的生活。祝你俩双安。

韦燕琴手启

即日

杨逢春一口气念完了这封信，他的心是别别地乱跳，他的两手有些颤抖。但他还有些不明白燕琴的意思，她说我有光明的前途、幸福的乐园，同时还说祝我俩双安，这不是太奇怪了吗？难道她已知道田小冬的一回事了吗？不过妹妹既然告诉我并不曾向她说起，她哪里会晓得？况且她信上也没写明有田小冬的事，假使真为了小冬的事，那我倒可以和她说明的。逢春这样想着，偶然抬头望见了师梅站在旁边，还微微地笑着，因此一望，逢春这就恍然大悟了。但是很可惜，因为逢春这个大悟也是误会的。他想：原来燕琴瞧见师梅比我漂亮，比我有钱，所以她就负了我，爱上了师梅。这信中的话，显然全是挖苦我、气我。唉！想不到女子都是水性杨花的多，我为了燕琴，不答应夏霞的婚姻还是小事，我连性命都愿意为她牺牲，可见我是多么痴心，谁知她竟狠心到这个地步！燕琴，燕琴，我真错认你是一个有思想有人格的女子了。逢春想到这里，内心的痛愤真是到了极点。但他表面上犹竭力镇静了态度，向师梅点头说声再见，便匆匆地奔出了大门。当他奔出大门的时候，方才把那张纸条撕得粉碎，捏成一团，恨恨地掷到路旁去。在一抹斜阳淡淡的光辉下，逢春苍茫的人影就慢慢地消失了。

第九回

心灰意懒不尽相思
人去楼空诗成泪血

　　"爱"这样东西若到了极顶的时候，便会产生出一个"妒"字来。所以燕琴瞧到逢春被别个姑娘拥抱亲热的情形，因为本身也是一个爱逢春的人，于是由爱生妒，由妒而变成了恨。她为了逢春的另爱他人，曾经痛哭，也曾经至于不想饮食地痛哭。唉，燕琴这个可怜可爱的姑娘是多情的，是痴心的，但是为了太多情的缘故，往往也会使对方发生感到她不情的误会。所以逢春接到了这封信，他便误会燕琴是爱上了钟师梅，因为师梅有的是金钱，比自己富裕得多。逢春这才感到爱情的可贵，还是金钱的魔力。于是他又想到有金钱才能博得美人的爱和热情，换一句话说，美人也只配有钱的人去享受。他由爱燕琴而变成恨燕琴，更至于痛和愤的地步。他不想和燕琴再明白地解释，他认为燕琴这一封剪刀似的信，是有意挖苦他，是存心打击他，所以他十分痛愤地奔出了钟家。在大街上发狂似的奔了一阵，当他和街上一个摩登太太撞个满怀，摩登太太认为他是有意调笑，量他一下耳刮子的时候，这仿佛是给他吃了一颗清醒丸，逢春的心里这才清醒了许多。他感到自己究竟太可怜了，他又觉得这一记耳光也许便是恋爱的结果。他又瞧见街上的小百姓，被这班虎狼似的大兵欺侮着、辱打着，于是他想：我不能把我心头火样热的爱火，专门爱到女人的身上去。我要爱大众，我要爱人群，我至少要步燕士的后尘。逢春既然有了这个猛省，他亦觉得这个北京城绝不是自己所留恋的地方。

本来男女间的爱情，最怕的是一个误会。这不但是书中燕琴和逢春的不幸，同时也是世界上有情人的一件憾事。不过造成这件憾事的由来，还是为了彼此太爱了的缘故。燕琴正在万分痛愤之余，忽然听到逢春来望她，她觉得这种虚伪的敷衍，还是索性不见面的好，免得使自己一颗脆弱的心灵更感到了伤心。所以她请雪影哥哥去招待逢春，自己立刻写了这封信。虽然雪影在旁边是曾经劝她不要误会，但燕琴并不肯听从，她犹愤愤地说道："这是我亲眼目睹的事情，我怎么会弄错？传闻的消息也许是不可靠，不过这是事实，我绝不冤枉他。"说到这里，心中一阵悲酸，几乎又要淌下泪来。雪影没有话说，只好把信叫老妈子拿下去。等师梅回到楼上，雪影先忍不住开口问道："杨先生来找燕琴有什么事情？这封信可曾交给他吗？"

师梅点头道："杨先生说有要紧事情和韦小姐面谈，我叫他告诉自己转达，他却不答应。后来韦小姐怎的又送下一封信来？杨先生也是个挺性急的人，他就急急展开看了。我见他瞧毕时候的神色非常不好，似乎有万分的愤激之意，便匆匆地走了。这到底是怎么一回事？信中写了些什么？我给你们做了一个木人，此刻终该告诉我明白了。"

燕琴听师梅说逢春有要紧事情和自己说，一时芳心倒又怦然一动。雪影却把这事情向师梅告诉了，回眸又向燕琴瞟了一眼，埋怨她道："你这人也未免太拗执一些了，我叫你自己下去招待，你偏不答应。就是他另爱了别个姑娘，你不是也可以向他直接责问吗？现在杨先生瞧了这一封信，我知道他心里一定很不高兴的，所以他脸上才有愤激之意呢。"

燕琴被她这一顿的埋怨，心里因此更加懊悔，愈懊悔也就愈伤心。但是碍着师梅在旁，所以她又不得不镇静了态度，装作毫不介意的样子，说道："管他呢！况且这个年头，也不是我们年轻男女谈情说爱的时候，我想着，我终要替国家出一些力。"

师梅既明白了后，倒又很抱歉地说道："那是我的不好，我实在不应该给你下去代招待。不过我当初实在不知底细，以为杨先生必是个品貌不扬的少年，所以韦小姐不愿接见。不料我一见之后，我心里就觉得奇怪，原来是韦小姐生气他的另爱他人，我想那一定是你误会了，假使他果然另有爱人的话，他又何必要来找你？韦小姐，照我意思，你还是赶到他家里去向他解释一番，那么误会不是立刻就可以消灭了吗？"

雪影见燕琴听了哥哥的话，垂下了粉颊，并不作答，知道她是为了害羞的缘故，遂向师梅丢了一个眼色。师梅会意，便悄悄地自管退了出去。雪影这才走到她的身边，和燕琴一同在沙发上坐下，拍了拍她的肩胛，低声说道："燕琴，哥哥的话你听到了没有？我想哥哥这意思很不错，你应该到杨先生家里去解释一次的。他不是还有要紧事跟你说吗？"燕琴依然不答，良久，方才抬起粉颊，长长地叹了一口气，说道："事到如此，也只得算了，反正我觉得应该努力的事情正多着。"雪影见劝她不醒，因事不干己，遂也罢了。

夜里，燕琴躺在床上，听着旁边雪影微微的鼾声，显然是睡得很熟。但自己无论如何却不能合眼，想着白天里拒绝接见逢春的事情，正是愈想愈不该，觉得自己给他这一封信，尤其是大错而特错的事。假使不给他的信，我明天到他家里去望他，这是一些也没有关系的事，也许逢春心里还很喜欢。因为我既出去了，回来得逢春望我的消息，所以我第二天便赶了来，这不是很合乎情理的事情吗？但是我偏会写这么一封信，那仿佛斩钉截铁地和他绝了交，我如何再有脸去见他呢？于是又想起他有要紧事情和我说，不知是什么事？照师梅说，他见了这封信，脸上便显出愤激的颜色，那么他不是仍旧很爱我吗？唉！想到这里，忍不住又叹了一声，那眼泪便像泉水一般滚了下来。燕琴低低地哭泣了一会儿，忽然又想起中山公园里的一幕，于是她开始疑惑起来。假使逢春不变心的话，这个姑娘又是他的谁呢？除了心爱的情人外，哪里来这种亲热的举动？逢春对于她这种举动，为什么并不拒绝？他不拒绝，就是他爱上了那姑娘。一个男子，岂可以爱上两个姑娘？有了她，就要没了我。我和逢春既没亲热到这种地步，显然他们的感情是较我好了十倍，那么我终是个失败的人。与其是将来成个情场的失意人，倒不如现在爽爽快快割断了情根不好吗？燕琴左思右想地忖了一会儿，想来想去终是一件伤心的事，当然结果还是泣了半夜。

不料雪影却被她泣醒了，便偎过了身子，把她的脖子搂住了，说道："燕琴，你还不曾睡吗？唉，这又何苦来？假使你爱他的，你就听我的话，明天和他去解释。不然，你也得想明白一些，自伤身子，那是智者所不取的。"

燕琴听她这样说，便假装从睡梦中哭醒似的，好在室中灯光熄着，雪影也不会晓得。她便含糊地说道："雪影，你别误会了，我是梦魇呢。"

雪影道："就是梦魇了，还不是为了白天里杨先生的事情吗？"

燕琴芳心一跳，脸微微地红了红，眸珠一转，便辩着道：

"不，我是为了黄强到我家来的事，可怜爸爸他不知逃出了没有？黄强见我们都逃跑了，不知他又有什么手段来害我们呢？"

雪影虽不明白她的话是否说谎，不过这一件事也确实很忧愁，遂安慰她道："你放心。老伯一定是早躲避到朋友家里去了，至于黄强见你们都逃脱，他当然愤怒，所以这几天里我倒认为你不要走到外面去才好。"

燕琴说道："可不是，幸好这两天放着春假，我们是不上学校去的。"两人谈了一会儿，这次燕琴和雪影又都沉沉地熟睡去了。

次日起身，燕琴和雪影姑嫂俩正在房中闲谈，忽见师梅拿了一张报纸进来，口里连声喊"奇怪、奇怪"。月英秋波斜乜了他一眼，笑道："有什么奇怪？北京城里可不是又出了一桩新鲜事情了吗？"

师梅且不答话，把报纸摊在百灵桌上，向三人招了招手，说道："你们快来瞧，黄卫队长昨夜被刺在军部门口，你想这事情可奇怪吗？"

燕琴听了这话，又惊又喜，遂慌忙拉了雪影的手，一同到桌旁，向报上瞧去，只见有挺大的标题道：

军禁森严之地殊骇人听闻之血案
卫队长黄强遇害

昨夜一时三十分，军署附近约二十码街旁，巡逻队突然发现身衣军服尸体一人，头部血肉模糊，细认之下，乃田将军之卫队长黄强。时在昨夜，街上一无行人，故而凶犯无从捕获。当由巡逻队将黄氏遗体车送蓝十字会。田将军闻报，即亲往验视，并发现黄氏身上尚有一纸，知系遭乱党所害属实。因念黄氏为国牺牲，田将军特以厚礼葬之。各界得讯，均莫不为之扼腕，闻当局已从严侦缉凶犯云……

　　当时三人瞧毕这则新闻，都不胜奇怪。燕琴口里虽不说话，心中却暗暗地想着：这事情就显见得十分稀奇，黄强忽然昨夜遭人暗杀，那么他昨天是否到我家去过？暗杀他的人究竟是谁？报上登的是乱党，所谓乱党者，就是指革命军而言。这……这莫非是我的哥哥吗？也许不错吧，因为那天我哥哥是知道这一回事的，他心里痛恨黄强的无耻，所以动手把他结果了吗？但是我奇怪的，黄强遇害的地点却并不在我的家里，会在军署的附近，那不是太令我稀奇了吗？燕琴想着，这时月英早笑道："为国牺牲四字那才是笑话，韦小姐，真是你的幸运，这种贼子死了，不是大快人心吗？"

　　燕琴凝眸含颦地沉思了一会儿，说道："不过我有些不明白，这贼子昨天不知道到我家里可曾去过？所以我想回家去问一问详细。"

　　雪影听了忙拦阻她说道："这个你是去不得，我想事情在未明白真相之前，你是应躲避几天的。反正有什么消息，你爸爸不是也会到这儿来告诉你吗？"燕琴听了这话，倒也不错，于是在雪影家里静静地住了四天。在这四天之中，真是今日等明日来，明日等后日来，但是等来等去终不见爸爸到来。

　　在第五天的下午，她心中这就非常焦急，因为再过两天，校中也要开课，自己早晚要出外的，所以也管不得许多，就再也忍不住地坐车回家去探问。阿三见小姐回来，便很惊讶地问道："小姐，你怎么回来了？外面捉凶手可紧呢！"

燕琴听他这样说，倒是愣住了一会儿，忙也问道："又不是我打杀他，他们捕捉凶手，干我甚事呢？"

阿三听了，倒笑起来，说道："这话也是，不过这事情原是我干的，所以我心中终有些提心吊胆地感到了害怕。"

燕琴一听这话，大吃一惊，粉脸变了颜色，急道："什么？是你干的吗？这……你用什么方法打死他？爹爹现在可在家里吗？"

阿三道："这事情说来话长，小姐且到里面坐着，我慢慢地告诉你吧。"

两人说着话，已由院子里步入会客室。朱妈见了燕琴，也连忙招呼了，一面接过燕琴的大衣，一面便絮絮地先告诉道："小姐，真危险哪！两颗子弹直落到我的身旁。若再歪斜一些，那我今天还能够和小姐见面吗？"

朱妈这几句没头没脑的话，听进燕琴的耳里，当然不会明白，但是那颗芳心的跳跃却愈加快速了，急急地道："朱妈，你这是什么话？我可听不懂，你还是快快地详细告诉我吧。"

阿三道："朱妈，你还是给小姐去倒一杯茶，详细的情形还是我来告诉吧。"

燕琴于是把脸又转向阿三，显出很惊慌的神气，说道："那么你快说呀！"

阿三这才告诉道："那天早晨小姐走后，老爷忽然会病起来了，因此他只好躺在家里，没有到外面去躲避。"

燕琴听到这里，先急得说道："那么你为什么不来通知我？后来黄强到我家，爸爸怎么样办呢？"

阿三道："你别急，后来真危险哩！我见老爷病了，便和他说，原要来告诉小姐的，老爷却不答应，说小姐好容易脱离虎口，怎么再可以叫她回来？也许睡一夜明天就好了，那么一早不是还可以避开了吗？谁知到了次日，老爷病既没有好，那狗贼倒来了。这时候我心里真焦急，但又有什么方法想？幸喜不多一会儿，杨家少爷也来了。他听我告诉这个消息，便气愤愤地奔进里面去了。"

燕琴听到这里，"啊哟"了一声，急又问道："什么？杨少爷来过这儿吗？"

阿三点头道："若不是杨少爷赶了来，老爷的性命就恐怕没有了。"

阿三这两句话仿佛是两枚利箭，听到燕琴的耳里，她一颗芳心顿时感到了万分的疼痛，她懊悔极了，她觉得自己是太对不住了逢春。逢春既然是另爱了他人，但他到底是救过我爸爸两次性命的恩人，我不该写这一封信去打击他。燕琴悲酸极了，她的眼泪便扑簌簌地滚了下来。阿三对于小姐的淌泪，似乎有些感到意外的奇怪。老爷既然被少爷救了性命，你应该欢喜才是，怎么反而伤心起来？所以他望着燕琴海棠着雨一般的脸庞，倒是怔怔地愕住了一会儿。

燕琴被阿三这一阵子的呆瞧，她有些理会过来了，便抬上手去，揉擦了一下眼皮，问下去说道："你且说下去，后来怎么样？"

阿三方才说道："我见杨少爷奔了进去，心头才算安慰了一些。不料没有五分钟后，朱妈就气急败坏地奔进来告诉道，楼上已经在开枪了，有两颗子弹落到楼下，几乎打中了朱妈的身子。想来杨少爷一定已和那王八格斗了，叫我去帮忙。我一听这话，遂和朱妈急奔楼上。到了楼上老爷的房中，却见杨少爷和那王八扭作一堆，在地上滚来滚去地都要抢那支手枪。我急忙先把手枪

144

拾起，待要开放，不过怎样开法也不知道，同时又怕误伤了杨少爷，所以放下手枪，在花架上捧了那盆花，直向那王八的头顶敲了一记。经此一敲，他便昏厥过去。杨少爷这就立刻翻身爬起，把我手中那盆花抢过，望着那王八的脑袋掷了过去。只听哗嗒一声，那王八就命赴幽冥了。"

燕琴听到这里，倒又破涕为笑，说了一声"该死的东西，那就叫人痛快"，一面又问道："那天报上登着这王八是军署附近遇害的，还说是革命军把他杀了的，这到底又是怎么一回事呢？"

阿三笑了一笑，说道："杨少爷既把黄强打死，他又恐怕连累老爷，所以愿意去自首。你想，老爷如何肯答应他？我见杨少爷这样义重如山，叫人感动，所以出了一个主意，请杨少爷伴着老爷到生生医院去养病。到了夜深的时候，我就把这王八的尸体移到街上去，假使没有人发觉，那固然是大幸，就是被人瞧见，我就前去认罪，那么老爷和杨少爷不是都可以安然无事了吗？杨少爷还深恐连累街上的行人，所以写了张纸，贴在他的脸上。真是老天爷保佑，那晚我把王八尸体移到军署附近的街上，却是无一人知晓，那不是天大的幸事吗？"

阿三说完了这篇话，他内心是非常痛快和兴奋，所以忍不住哈哈地大笑起来。不料笑声未完，突然见小姐伏在沙发臂胳上，却是呜呜咽咽地啜泣不停。阿三既不明白小姐的心事，他自然奇怪得呆了起来。可是燕琴却愈哭愈伤心，她心中明白，逢春这天来找我，便是和我告诉这一件事。他为了爱我，不惜任何重大的牺牲，两次拼命相救我爸爸的性命。在他意思，救我爸爸，即是救我一样的。可怜他这一份情分对待我，我还要疑心他另爱他人，唉，这叫我良心上如何说得过去？他连自己的性命都不甚看重，他难道还会去爱上别个女人吗？不过所奇怪的，我在中山公园里瞧见的是事实，当初我也曾为了恐怕瞧错所以又仔细瞧一会儿，不是逢春还有谁？那实在太令人稀奇了，唉，难道是魔鬼在捉弄我吗？像阿三那样人，他也晓得杨少爷义重如山，这何况我是逢春唯一的知己呢？唉，枉为有了五年相识的历史，我竟写了这封没情没意的信去刺激他，他如何不要痛愤到心头？他如何不要怒愤于形色？燕琴想到这里，仿佛她本身已由自己变成了逢春，她同情逢春，她可怜逢春，同时她又怨恨燕琴，怒骂燕琴。要不是阿三和朱妈站在旁边的话，她会撩上手来打自己的额角。

朱妈见小姐哭了多时，还不肯停止，遂去倒了一盆脸水，给小姐擦眼泪，说道："现在我们都没有什么干系了，小姐，你还伤心做什么啦？"

这两句话终算把燕琴提醒了，暗想：这话倒是真的，我不能太伤心让两人看着笑话。于是拿面巾拭去了泪水，又取皮匣子里的香粉，扑上了一层，向阿三问道："爸爸现在仍在生生医院里养病吗？"

阿三点头道："不错，在头等病房十四号房间，小姐这时候去瞧老爷吗？"燕琴点了点头，她已站起身子，披上了大衣，挟着皮匣，又向两人叮咛了几句，她便坐车到生生医院里去。

找到了十四号病房，推门进去，只见爸爸已经起床了，他背着自己，似乎在整理什么东西般的。燕琴这就开口叫道："爸爸……"在燕琴的意思，她叫了一声爸爸后，下面还要说句什么话，但她喉间仿佛有骨鲠住着，便再也说不下去。

柏村听了喊声，立刻回过身子，一见燕琴，脸上显出欣慰的微笑，叫道："琴儿，你来得正好，否则，我也要来瞧你了。"燕琴早已奔向柏村的怀里，偎着爸爸的身子，也不知道为什么要这样伤心，她竟是淌下泪来。柏村抚着燕琴的美发，抬起她的粉颊，见了她带雨海棠似的脸庞，便笑道："孩子，别伤心，爸爸的病是好了，对于这件事情，逢春大概一定来告诉过你，第二天报上又登着这种消息，我知道阿三大功告成，我心里真喜欢得什么似的，所以病占勿药，立刻好起来。"

燕琴听爸爸这样说，可见逢春来瞧我，爸爸也是知道的，一时叫自己说什么好呢？所以她表面上虽然是点着头，眼眶子里的眼泪却只管不停地滚下来。柏村见女儿这样伤心，似乎也有些奇怪，便拿手帕给她拭了泪，说道："杨先生他可曾告诉你详细的情形？唉，我的性命可说完全是杨先生的所赐。我觉世界上具有侠肠的人，除了杨先生外，恐怕再也找不出一个了。燕琴，对于杨先生这样的大恩，我们真不知道应该如何报答他才好呢。"

燕琴的芳心是只觉刀割一样地疼痛，她想抱住爸爸的身子痛哭一场，但是她又不敢哭。她觉得女孩家闹这种醋瓶的事，是失了姑娘的身份，而且羞人答答的，又怎好意思给父亲知道？因此她又不得不竭力熬住了伤心，忍住了眼泪，点了点头，乌圆的眸珠在长睫毛里滴溜地一转，说道："可不是，他救了爸爸两次性命，这样大恩哪里报得尽呢？爸爸，我本来原早想来望你的，因为外面风声很紧，雪影叫我在家里躲避几天，不要出外。我生恐又闹出是非来，所以只好静住了几天，可是我今天无论如何忍不住了。爸爸，你心里不知怪女儿没来看望你吗？"燕琴忽然又想着我既得了逢春的告诉，为何直到今天来看望爸爸呢？那爸爸不是要怪女儿一些也没有心吗？所以她又不得不撒了一个谎，微含了笑意向柏村说着。

其实一切的事情，燕琴可怜还只有从阿三口中说出方才明白。假使她和逢春曾经有一度谈话的话，外面风声无论如何紧，她会不立刻就来探望柏村吗？所以燕琴虽然表面装作微笑，她内

147

心的痛苦真甚于刀割。柏村听女儿这样说，便忙也微笑道："不，爸爸原也希望你不走出外面来，所以我曾经关照杨先生，告诉你的时候，要说我没有什么大病的，那天杨先生不是这样地告诉你的吗？"燕琴听爸爸这样问，点了点头，却是逗给了他一个含泪的微笑。柏村当然不知道女儿心中的事情，所以他又说道："琴儿，这贼子虽然已经死了，不过我也不想再留恋在北京，因为北京的空气太秽浊了，所以叫我有些闷得透不过气。我已叫这儿侍役购好了五点班火车，预备动身到上海去一次。原想此刻就来告诉你，不料你先来，这倒叫我省跑了一趟。我想你依然可以住到家里去，假使怕寂寞的话，也不妨到雪影家去住玩两天。"

燕琴突然又听到爸爸今天就要动身的话，她这才把久熬住了的眼泪，让它痛痛快快地淌了下来，说道："爸爸此刻就要到上海去吗？这……"

柏村见燕琴哭了，自然也引起了伤心，眼皮一红，叹了一口气，说道："反正留在北京也没有事，我以为多住一天，也许使我寿命能减少一天。我想待你毕了业，那时候我一定可以接你同到上海去……不过看时局怎么样，也许我仍会回北京来……"

说着，又回身转去整理刚才还没有舒齐的衣箱。燕琴于是蹲着身子，也帮同整理。一切舒齐，见时钟已四点十分了。柏村遂叫侍役代喊一辆汽车，燕琴便送爸爸上火车站去。

在火车将开的时候，经柏村连连地催促，她是在万分依恋不舍之下，就只好含泪跳下车厢。当火车的影子已在眼帘模糊了后，燕琴的两颊是早沾满了无数晶莹莹的泪水。踏着淡淡的斜阳，走在归家的途上，燕琴想着爸爸的远去上海，哥哥的不知何处，逢春又被自己斩钉断铁似的绝了交，思想起来，觉得自己的身世，此刻已变成了一只失群的孤雁，她一路走，把眼泪一路滴了过去。晚风是吹得很紧，把她的云发都吹得丝丝地飘起来。她用手按着鬓发，两眼望着落日的余晖，心头会感到无限的凄凉。燕琴觉得逢春不管他是否另有爱人，我对待他的态度终是错的，但是这封信已经发了出去，可不能再收回来，我将怎样才可以挽救我和逢春的感情呢？那除非去向他解释自己的误会，请他原谅自己给他这封信的过错。不过他是否能够原谅我呢？我想只要我肯向他认错，他是绝不会再生气的。燕琴打定了主意，便鼓足了十二分的勇气，决心向逢春去赔个不是。顺路先经过华华中学的大门，燕琴于是弯了进去。到传达室，就有校役上前问道："请问找谁？"

燕琴微微点头，说道："找杨逢春先生，他可在校里吗？"因为这几天春假已将结束，有大半先生都已回校了。

校役不晓得杨先生是否也已回校，遂凝眸想了一会儿，说道："这位小姐贵姓？你且随我到会客室去坐一坐，我给你到教务室问一声吧。"

燕琴一面告诉了姓字，一面就跟他到会客室坐下。校役便匆匆自去，不多一会儿，只见校役伴着一个西服的中年男子进来，他唇上还留了一小撮胡须，望着燕琴微微一笑，说道："这位是韦小姐吗？"

燕琴起初还以为是逢春，及至瞧明白了，已经是很奇怪，现在听他向自己招呼，于是不得不站起身子，点头道："不敢，请问贵姓？杨先生没有在校吗？"

那人笑道："敝姓陆，原是这儿教务主任。对于杨先生的人，我也真感到奇怪。在三天前，他忽然给我一封辞职信，只说有要紧事情到外埠去，未能执教至学期终结，他是非常抱歉的话。所以不知为了何事，是否嫌这儿待遇不好？我还莫名其妙呢。"

燕琴听了这话，心中早已明白，她只觉有尖刀剜自己的心一样痛苦，便"哦"了一声，也不说什么，就匆匆告别出来。待她步出华华中学大门的时候，那泪珠就直抛了下来。她想哭一场，但是在大街上，她又怎能哭得出？她明白逢春的辞职，完全是为了自己的一封信。可怜他突然遭到了这个刺激，心中真不知道是多么悲痛呢。一个人也要替别人想想的，假使他给我这样的一封信，那么我心里又将怎么样呢？陆先生说他要到外埠去，唉，不知道他动了身没有？但愿老天爷保佑他还没有动身，那我一定留住他，央求他，请他饶恕我的罪恶，千万别生气了。假使他不答应，我宁愿跪死他的面前，那么他难道会一些不动心吗？我想不会的，逢春是个温文多情的人，他见我跪在他的面前，他一定会可怜我，他一定会饶恕我的。不过所忧虑的，不知他已经动身了吗？万一他果然已经动身，那我一个人留在北京，真变成一只孤雁了。燕琴想到这里，她便迫不及待地跳上人力车，立刻叫他拉到逢春家里去。

　　待到了逢春家里的时候，天空盖上了一层灰霭的夜色，街上已经是万家灯火了。燕琴跨进大杂院，她那颗芳心是跳跃得厉害，心里想着：假使在杨老太的面前向逢春求饶，这到底有些难为情，不过为了爱，我也顾不得羞涩两字了。大杂院里是这样黑暗，燕琴为了避免自己不好意思先见逢春的面，所以连连地喊了两声玉春。谁知却并没有人答应，在平日玉春是早已笑盈盈连奔带跳地跑出来了，今天却不见她活泼的影子。燕琴还以为她也代哥哥生气，所以故意不理睬我，一时停住了步，倒是愕住了一会儿。就在这个时候，忽然西面屋子里奔出一个十二三岁的男孩子来，他向燕琴道："你找玉春吗？玉春……她……她已经搬家了呢。"

这消息仿佛是晴天中的一个霹雳，把燕琴惊得呆住了。那孩子见燕琴出神，便又说道："你不相信吗？我可以伴你去见见，已变成了两间空屋子哩。"他说着话，已抢先奔到玉春从前住的屋子里去。燕琴心中真有些不相信，待她跟着步进屋子里的时候，那孩子已开了屋中的电灯，在十五支光的灯泡下，只见果然是个空房子了，剩下的是满地的报纸和灰尘，在暗沉沉的光芒下瞧来，更觉凄凉得动人。燕琴到此，心里的难受真是难以笔述。她奇怪着，在这短短的五天日子中，逢春会有这样迅速的举动，学校里既然辞了职，而且又搬了家，这到底算什么意思？辞职到外埠去，这是受到了刺激后的一种愤激的办法，那是为了我，不过搬家难道也是为了我吗？就是怨恨我的负心，也没有搬家的必要呀！燕琴含了满眶子的眼泪，只管呆呆地出神。忽然那孩子从破报纸堆里寻出一张图画来，交到燕琴的手里，说道："你瞧，这就是玉春画的呢。"

燕琴接来一看，只见里面画的是个半身小像，还有一行小字，写的是："这是我的哥哥，玉春画。"燕琴仔细瞧那个面目，果然是很像逢春，因此她那眼眶子里的泪水再也忍不住滴了下来。回眸瞧那孩子，只见他脸上似乎也有泪痕，一时不免怔了怔。忽然想起他口口声声地念着玉春，这就猛可理会那孩子和自己倒是个同病相怜的人，不免长叹了一声，把那张图画已从手中落到地下去，懒懒地回身步出了大杂院。

大街上很是静悄，春天的风虽然是那么温和，但燕琴却感到无限的寒意。回到雪影的家，他们正等着燕琴吃晚饭。燕琴因为在同学家里，所以依然装作毫没事的模样，只划了半碗饭，就匆匆到雪影的房中去。大家等燕琴走后，纷纷议论她今天一定是痛哭过的。雪影也无心吃饭，就急急跟她上楼，只见燕琴伏在枕上，呜呜咽咽很低声地哭着。雪影见了，心里当然很难受，便坐到床边，轻轻拍着她的肩胛，叫道："燕琴，你今天不是回家里去吗？伯父可曾碰见吗？为什么又要这样伤心呢？"燕琴见了雪影，便也从床上坐起，虽然是停止了呜咽，但眼泪兀是淌下来。女孩家终是心肠软得多，雪影见她伤心得厉害，不免也落了几点泪水，说道："你别伤悲了，叫我瞧着不是也心酸吗？你快告诉我，到底为了什么事情呢？"

燕琴听她这样说，心里很感激，遂止了泪，说道："爸爸今天下午已动身到上海去了，我想明天仍住到家里去。"

雪影忙道："你一个人在家不是更会寂寞吗？反正我家又不多着你一个人。假使你不放心，就每星期回家去望一次好了。"

燕琴握着她手，明眸脉脉地凝望着她脸，很感激道："承蒙你如此爱我，我真不知如何感谢你才好。"

雪影忙道："你别说这样话，世间最难得者知己也。我和你情同骨肉，你千万不要客气。不过我瞧你今夜的伤心，绝不单为了父亲的远别。假使你认我是个知己的话，你就应该告诉我一些知道。"

燕琴听她这样说，也就含泪把黄强被杀的真相以及逢春辞职迁家的事情告诉了一遍，并说道："你想，他救了我爸爸的性命，我却还给他这封信，叫他怎么不痛愤到心头呢？现在既不知他是否到外埠去了，又不知道他家搬在何处，我怎能不伤心？"

雪影听了，良久，方长叹道："若早肯听从妹妹的话，岂有今日的事情？"燕琴听了这话，更加伤心，便又呜咽而泣。雪影被她一哭，倒又焦急了，含泪忙又劝了一会儿，这才把燕琴劝住。

这夜燕琴如何睡得着？她见雪影熟睡了，便索性悄悄地起床，坐到写字台旁，瞧着桌上那胆瓶里几枝桃花，花瓣已散了半桌子，还有水盂上也漂了几瓣，颜色是非常憔悴。燕琴睹此落红，因此而想起身世的可怜，一时百感丛生，遂提起笔来，一面哭，一面地写着。当燕琴在写的时候，雪影也醒来了，见她对灯伏案而坐，仿佛在写什么东西。因为在静夜的缘故，还听到她细细的抽噎之声。本欲喊她，但生恐惊断她的思潮，遂索性假装熟睡。只听燕琴低低地哭一会儿，念一会儿，其声凄切若午夜鹃啼，一时蒙着被，也不禁簌簌泪下。约莫一个钟点后，方才听燕琴移步到床上睡了，雪影不理睬她。燕琴只道她是睡着，也就熄灯安睡。因为是倦怠过了度，所以燕琴这一睡下去，她就沉沉地熟睡了。雪影这才开了电灯，披衣偷偷地起来，走到写字台旁，又扭亮了台灯，抽开抽屉，果然有一张粉色的信笺，取出一瞧，芳心顿时大吃一惊，只见信笺上斑斑点点的也不知是泪是血。雪影叹了一声，遂偷偷地瞧着道：

悲落花有所感也

湿云不飞花欲落，树枝憔悴胭脂薄。怨白愁红泣暮春，昼长无奈飘帘幕。处处啼残杜宇声，落红片片别春行。行不得也唤哥哥，报道一声去北平。袅袅垂杨拖翠线，天涯芳草蝶梦边。公子金鞍嘶落日，谁怜红袖泣啼鹃？鹃啼日落春茫然，凄凉哀怨晚风前。桃花枝上更多情，游丝千丈绕树迎。蔷薇架上迟新月，芍药阑前度晓莺。晓莺啼不歇，梦破关山月。风月暗销魂，憔悴悲华发。妆镜偷窥双鬓蓬，花开争如夕阳红。夕阳千里还相送，花落空随逝水东。东流逝水日悠悠，流尽春燕一片愁。锦字不传红叶恨，燕剪春愁空自忧。我偏多愁不忍

看，可堪春去众芳残。风前历乱吹肠断，落尽苍苔泪滴
丹。明岁逢春能再发，燕儿莫要泪偷弹。

雪影偷偷瞧完这首古风，见末两句把逢春和自己的名字嵌在
里面，觉燕琴不但多情，更属痴心，真可谓颦儿复生。一时内心
不免也勾引起无限悲哀，在已经洒满了泪血的笺纸上，又加了几
点晶莹莹的泪珠。正在如醉如痴地出神，忽听床上燕琴"唉"了
一声，身子便转了一个侧。雪影生怕她醒觉，遂把笺纸藏入抽
屉，也就熄灯睡着了。

第十回

夺妻盗车中欣携手
劫夫犯阶下旧情人

杨逢春到底为什么要搬家呢？对于燕琴的负心固然也是其中的一个原因，而大半还是为了自己的打死黄强，恐怕连累了家庭，所以在他未出走之前，把家中一切都安排舒齐了。逢春奔出雪影家里的时候，他心里是充满了万分的愤怒，但他有了一度深切的觉悟以后，跨进大杂院的时候，他胸中的气愤完全平静了，装作毫没事的样子，慢慢地步进屋子里去。当他还没有步入屋子以前，就听妹妹和一个女子的声音在谈话，心里有些奇怪：这女子是谁？玉春在房中听到外面有皮鞋脚步声，便探首来望，见是逢春，便笑叫道："哥哥回来啦？夏小姐等候你好多时候了。"

逢春这才知道是夏霞，遂加快了几步，只见夏霞已笑盈盈地站起身子来。因为夏霞的服饰是非常华贵，瞧着自己屋子的家具又那样简陋，所以在逢春心里很感到有些局促。这就红了脸，搓了两搓手，笑道："原来是夏小姐，家里不成样，你别见笑，请坐请坐。"

夏霞听他这样说，便把秋波微含嗔意地逗给了他一个媚眼，笑道："你说这话，可不是不愿意我来吗？"

逢春听她这样说，便弯了腰，连声地笑道："哪里哪里，我说的是实话，夏小姐喜欢来，我就高兴还来不及呢，哪里会不愿意你来？"

夏霞才嫣然一笑，便退身到桌边坐下，问他道："妹妹说伯母有些贵恙，不知可曾瞧过大夫吗？"

逢春道："原是受了一些感冒，大概不要紧。"说着，回头又问玉春道，"母亲还不曾醒过吗？"

玉春道："醒过一会儿的，我问她怎么样，母亲说好多了，后来她又睡着，此刻没听什么动静，想来还不曾醒。"

夏霞道："上了年纪的人，身子到底衰弱些，我说该进些补药才是。"

逢春道："可不是，偏母亲平素就不赞成吃药的，她说拿了钱去换苦味，这无论如何也不情愿的。"

夏霞听逢春这样说，倒又忍不住微微地一笑，说道："你刚才在什么地方？学校里大概放春假了吧？"

逢春顿了一顿，说道："去瞧个朋友的。"

夏霞见他微蹙了眉尖，仿佛有什么心事般的，自己问一句，他才答一句，这未免有些冷淡了自己。这就感到他一定在燕琴那儿，心里因此也有些怨恨，慢慢地垂下头，明眸望着自己高跟皮鞋的脚尖，却是愣住了一会儿。玉春见他们都没说话，觉得空气是太沉寂了，便悄悄地和逢春说道："哥哥，要不要叫黄妈去买三毛钱的瓜子来？"

逢春这才理会自己那样子对待一个客人，叫人心里会生气，便一面点头，一面回过脸来，向夏霞的娇靥望了一眼，搭讪道："夏小姐怎不脱了大衣？"

夏霞抬头见玉春已不在房中，遂把哀怨的目光向逢春脸上掠了过来，说道："你是不是愿意我多坐一会儿？"

156

逢春知道她已经有些生气了，遂走到她的身边，把两手伸过来，意思是亲自给她脱大衣，说道："当然希望你多坐一会儿。假使你不嫌地方小，我就希望你吃了晚饭去。"

夏霞见他这个举动，方才回过笑脸来，也就老实不客气地站过身子，让他把自己的大衣脱了，挂到衣钩上去。当逢春转身过来的时候，瞧到了夏霞的人，眼前仿佛会亮了一亮。她穿着一件百蝶绸的旗袍，袖子是短短的，那两条粉嫩白胖的玉臂，确实有一种勾人的魔力，所以逢春自不免出了一会儿神。夏霞被他瞧得不好意思，秋波羞涩地瞟他一眼，微红了两颊，掩嘴笑道："干吗老望着……"夏霞还未把"我"字说出，忽然又想着床上还睡着一个杨老太，万一她已醒着了，给她听了这个话，那不是太难为情了吗？因此她把"我"字也就咽了下去，却送给了他一个甜笑。

逢春当然也感到自己态度有些不对，慌忙笑了一笑，走了过来，说道："夏小姐，你坐着，茶凉了，我给你换一杯吧。"

逢春把手去拿玻璃杯的时候，不料夏霞却把纤手先来和他握住了，明眸含了无限的柔情蜜意，凝望着他俊美的两颊，笑道："你别忙，我不喝茶。"因为两人的距离是很近，所以彼此的脸就瞧了一个够。逢春见她会来握自己的手，可见她心中确实是很爱我。一时又想起中山公园以及万家春馆子的一幕，虽然当初她原是认错了人，不过后来她所说的一片话，不是和我也生出真正的爱情来了吗？我为了燕琴的缘故，所以任她怎样地相爱，我终漠然无动于衷。早知燕琴是个嫌故喜新的不情女子，那我不是可以答应夏霞的婚姻吗？夏霞又不是一个丑陋的姑娘，为什么我不爱她呢？这不是太辜负了人家一片深情了吗？逢春既然这样想着，心里不免荡漾了一下。瞧着夏霞的剪水秋波、淡淡春山，尤其那张殷红的小嘴，更令人感到了十分的可爱。握着手，正在含情脉脉的当儿，忽然玉春笑盈盈地走进来了，瞥见了哥哥和夏霞的神情，心里倒是一怔，但在一怔之后，却又忍不住咪地笑了。两人慌忙分开了手，都觉得十分难为情。尤其是夏霞一颗处女的心灵，真羞涩得连耳根子都通红起来，退到椅上坐下，握了杯子，凑到嘴边去喝一口。夏霞这举动是聊以解羞的意思，幸亏这时黄妈已把一盆瓜子拿到桌上，逢春这才有了手势，把瓜子抓了一把，放到她的面前，说道："夏小姐，别客气，解个闷儿。"

夏霞绕过娇媚的俏眼，瞟了他一下，笑道："杨先生，你这不是太客气了吗?"说着，又向玉春招手，叫道，"妹妹，你来，大家嗑几颗吃。"玉春因为夏霞这人还生得不讨厌，同时又因为她很亲热地叫着自己妹妹，所以也会表示好感起来，遂笑着挨近到她的身子边。夏霞把她拉到怀里，抚摸着她白胖的小手，说道："妹妹今年几岁了?"

玉春笑道："十三岁，姐姐呢?"

夏霞红晕了脸，笑道："十九岁，比你要长六岁。"

玉春道："可是你比我哥哥却小三岁。"

夏霞听了这话，芳心真有说不出的喜悦，把秋波向逢春偷窥了一眼，不料逢春也在望着自己憨憨地笑，一时把刚才怨恨逢春冷淡自己的意思，早已抛到九霄云外去了。她想着，只要自己对他真挚，也许逢春真会感动得爱我的。夏霞有了这个希望之后，她一颗芳心是甜蜜无比。玉春见她凝眸憨笑的意态，和燕琴相较，真有一样的妩媚可爱，遂把瓜子拿着交到她的手里，笑道："姐姐，你吃呀。"夏霞这才从甜蜜的幻想中惊醒过来，于是笑着，一面自己嗑了一颗，叫玉春也吃着。逢春回家的时候，已经很不早，此刻房中已笼罩了一层薄暮，显然夜色将降临了大地。

夏霞觉得第一次就吃饭，那可不好意思，何况人家的母亲又病着，所以她瞧了瞧手表，便起身道："我走了，吵扰了大半天，伯母回头醒来，就请你代问个安吧。"

逢春笑道："吃了晚饭走，也许我母亲就可以醒来了。"

夏霞听他这样说，倒是迟疑了一会儿，但她不知又有个什么感觉，就笑道："反正明后天我还可以来的，学校里放春假，你不是终在家里吗？"

逢春一面点头，一面也不和她客气，就在衣钩上取下大衣，提着衣领，笑道："那么我不和你客气，你有空常来玩玩。"

夏霞说声"劳驾"，就他手里穿上了大衣，一面和玉春握手说声"再见"，一面身子已跨出房门去。逢春当然是跟着送出大门来。在大门口，夏霞很亲热地又把逢春手握了一阵，笑道："逢春，我很感激你，你进去吧。"说着，很羞涩地嫣然一笑，便匆匆地走了。

逢春听她说很感激自己，一时有些不解她的意思，眸珠一转，似乎有些理会了，觉得夏霞这位姑娘真有一片痴情向着自己，心里不免怦然地一动。但他心中因为已经受到了一重刺激，觉得女子大半都是崇拜金钱的多，像燕琴和我有五年相识的姑娘尚且如此，那更何论夏霞一个仅仅只有两次见面的姑娘，当然更谈不到爱情两字了。于是他想着和夏霞不能结合的理由有三：第一，她是田将军的外甥女；第二，她平日是个享受惯的姑娘，只怕我没有能力养活她；第三，她原是燕士的爱人，燕士虽被小冬强迫结婚，也许他还爱着夏霞，我不能夺他的爱。逢春心中既有了这三个感觉，他把一颗荡漾的心立刻又平静下来。于是他决心预备实行他出走的计划。

玉春见哥哥反剪着双手，低了头慢步地踱进来，便咯咯笑道："哥哥，母亲并没睡着，她躺在床上故意不作声，因为睡在床不便和一个陌生的姑娘见面哩。"

逢春抬头望去，果然见母亲已倚在床栏上了，这就抢步坐到床边，先摸着母亲的手，问道："妈可没有病了？"

杨老太笑道："你摸我手不是已没有热度了吗？"逢春点了点头，却不作答。杨老太又问道："这个夏小姐不是昨天在中山公园遇见的一个吗？玉儿告诉我，说很美丽的。"逢春"唔"了一声，依然不回答。杨老太瞧他这个态度，似乎感到了奇怪，又问道："你刚才到哪里去的？为什么一脸愁容？可不是为了既丢不了韦小姐，又抛不得夏小姐吗？"

玉春听母亲和哥哥这样说，一时向逢春逗了一个媚眼，便咯咯地笑得弯了腰。逢春红了两颊，不免也好笑起来，说道："这个年头还谈得上这些？母亲，你别误会了，我现在正有一件事，要想和母亲告诉，但却又不敢告诉。"

杨老太听他这样说，脸上显出惊异的神色，说道："什么事情？你就告诉我吧。"

逢春沉吟了一会儿，方才说道："我想离开北京，到外面去干一些事。"

玉春挨近身子来，也急急地问道："那么哥哥要到什么地方去呢？"

逢春道："我要到广东去，假使不离开北京的话，将来也许有杀身之祸。"

杨老太更吃惊了，忙又说道："你这话说得奇怪，你到底干了什么事？我们好好的小百姓，如何会有杀身之祸？你快告诉我吧。"

逢春道："母亲，你别害怕，因为我打死了一个军部里的卫队长……"

果然，杨老太和玉春的脸都变了颜色，愕住了一会儿，急道："什么？你……打死了卫队长……他们不是要来捉你吗？"

逢春拍着母亲的肩，笑道："你别怕，我详细地告诉你吧。"说着，便把自己到燕琴家里去的经过事情，细细地向母亲诉说了一遍。

杨老太这才明白，原来他又救了燕琴爸爸的性命，遂说道："那么韦小姐你可曾碰见她？"

逢春摇了摇头，又叹了一口气，说道："人各有志，从此以后，我们就别再提起韦小姐了。"

逢春这两句话听到杨老太和玉春的耳中，当然又感到万分奇怪。玉春先忍不住开口问道："哥哥，你和琴姐吵过嘴吗？为什么你又恨她了呢？"

逢春强装笑颜，说道："我并不恨她，我只有感激她给我一个教训，使我可以明白女子的心理，就是这么一个。"

杨老太听逢春这样说，心知两人一定吵过了嘴，不过逢春既然救了她爸爸的性命，照理，就是逢春有十分的错，韦小姐也应该忍耐三分才是。杨老太因为心里有了这个感觉，不免也有些生了气，说道："说得来，大家多走动；说不来，就远开些。只要你待他们一家都不错，你也对得住自己的良心了。"

逢春点头道："母亲这话不错，而且在目今这个局势之下，我觉得应该抛弃儿女之情，至少有一个最后的挣扎不可。"

玉春偎在哥哥的膝踝旁边，眸珠眨了两眨，似乎还有些奇怪，说道："哥哥，我想琴姐是个温柔的人，她如何会和你吵嘴？不要你对她有什么错处吧？"

逢春握着妹妹的手，摇了摇头，笑道："你别胡猜，你不懂

161

这些的。"

玉春噘了嘴，说道："你自己不说出一个原因来，怎么反说我不懂呢？叫人闷着，心里不是难受吗？"

逢春笑道："这妮子，要你管什么闲事呢？我告诉了你，琴姐她已爱上了别人哩，那么你终可以知道了。"

杨老太叹了一口气，很感触似的说道："所以我说人心难料。你和韦小姐认识的日子也可说长了，而且你不惜生命危险，救了她爸爸两次性命，她也不该再去爱上了别人，所以女孩家的心肠硬起来也真硬。我想不到韦小姐这么一个姑娘，会使人感到绝对的失望。上次对于田小姐的事情还没和她明说哩，否则，她不是早和你绝交了吗？"

逢春这时心里倒并不十分气愤，他已看穿爱情两字的不值钱，所以他正了脸色，说道："不过我和燕士的友谊也太好，所以你们倒不要以为我之相救柏村性命，是为了燕琴的缘故。我觉得除暴安良、锄强扶弱是每个青年应尽的责任。"

杨老太点了点头，心里仿佛很得些安慰，说道："看你有志气，母亲心里当然喜欢。那北京城里你确也不能再住下去了，我想你要走的话，还是早些走。教员的生活，也不是一个青年一辈子的出路。所以我不应该为了爱惜你，而误了你终身的前程。"

逢春对于母亲这两句话，倒是出乎意料之外的，忍不住投入母亲的怀抱，笑道："我知道母亲是无时不希望她的儿子有进展的一天。所以我这次到广东去，假使还能到北京来的话，是绝不会使你老人家感到失望的。"杨老太听了儿子的话，心里真是又喜悦又悲伤，抚着逢春的背脊，忍不住眼皮有些润湿起来。

母子亲爱了一会儿，逢春又坐正了身子，说道："我因为是已成了杀人犯，我走之后，万一破了案，那是要连累母亲和妹妹吃苦的。所以在未动身之前，我终得想一个万全的办法，不过我想来想去，唯一的办法是只有搬一个家，不知母亲的意思以为怎样？假使你认为好的话，我连夜地就去找房子，明天一早便搬，安排舒齐了后，我就可以立刻动身到广东去了。"

杨老太听儿子既然这样考虑着，当然是小心一些的好，遂点头说道："事到如此，除了这个办法，还有什么好想呢？"

逢春见母亲答应，心里很喜欢。这时黄妈把晚饭端出，逢春携了玉春的手，两人到桌边坐下，低头吃饭。这里黄妈又盛了一碗饭，拣了一些菜，给杨老太就在床上吃了一些。逢春兄妹吃毕饭，只用手巾拭了一下嘴，便要去找房子。黄妈倒了面水进来，笑道："少爷小姐到什么地方去？脸洗了去吧。"逢春这时一颗心，只觉无牵无挂，他也不要洗什么脸，早已和玉春匆匆地奔出去了。

约莫两个钟点后，逢春和妹妹这才回家来，向杨老太告诉道："房子寻好了，在南车站路一个胡同里，房东是个四十多岁的妇人，她很慈和的。西首一间统厢房，倒也很清洁，给母亲、妹妹和黄妈三个人住，也就很舒服了。"

杨老太忙道："房金贵不贵？"逢春道："贵不了什么，每月十四元，较这儿还便宜一块钱哩。"杨老太听了，很是喜欢。于是当夜兄妹俩和黄妈三人就整理一切，包扎舒齐。

到了次日，杨老太的人也完全好了，于是向房东告诉了。房东因为他们原没有住足，自然没有话说。这儿逢春已把搬家的车子喊来，由脚夫把家具一件一件地搬了上去。逢春又到屋子里来望了望，见并没遗忘了什么，遂和母亲、妹妹、黄妈坐了人力车，一同押着到新屋里，再由脚夫一件一件地搬进来。直待把房中一切都布置完毕，时已下午三时左右了。逢春怕母亲累乏了，催促她躺在床上休息了一会儿。他自己坐到写字台旁，写了一封辞职信，出外去丢入邮筒。忽听街上行人在议论道："革命军可真了不得，在军署附近，胆敢把卫队长暗杀了，那真是惊人的事。"逢春听了，知道昨夜阿三的计划成功了，心里又惊又喜，因为自己忙着搬家，所以忘记了看报。于是他走到报贩旁，买了一张报，把这则新闻看了一遍，心里暗暗痛快，遂回家里去。

玉春见逢春回来，便拉了他手，似乎想起了一件什么似的，乌圆的眸珠一转，说道："哥哥，我们搬了家，夏小姐她可没有知道呢，你不是应该写封信去告诉她吗？"

逢春笑道："告诉她做什么？"

玉春含了微笑，望着逢春的脸，说道："琴姐负心了你，夏小姐不是很爱你吗？你为什么不和她要好呢？"

逢春笑道："那么琴姐从前不是也很爱我吗？所以我说女孩家都靠不住的。"玉春听哥哥这样说，因为本身也是个女孩家，这就红晕了双颊，却逗给了逢春一个白眼。逢春仔细一想，忽然理会过来，忍不住哧地一笑，抚着玉春的手，笑道："妹妹，你干吗给我白眼看？可不是我得罪了女孩了吗？不过我希望妹妹将来长大了，爱上了一个人，千万别三心两意的才好。因为一个爱不专一的女子，是绝不会得到一个忠实的丈夫。"

玉春听了这些话，她那苹果般的两颊也就更红晕得好看了，俏眼瞟他一眼，笑道："我不懂得这些，哥哥别向我胡说。"说着，立刻挣脱了哥哥的手，一骨碌转身，便逃进里面一间房中去了。

晚上，逢春和杨老太说道："母亲，我明天准定动身走了。孩儿在外面应省的地方就省，绝不会浪费一个金钱，有可以寄钱回家，我终会寄奉的。所以母亲在家，是只管放心是了。"

杨老太听他这样说，倒反而安慰他道："我以为应用的地方就该用，寄钱不寄钱并不是个问题。只要你能努力工作，为人群谋幸福，为国家争光荣，那我虽然三餐薄粥，也觉心满意足的了。"

　　逢春听了，正色道："母亲金玉良言，已深铭我的心版，孩儿绝不有负你老人家的期望。"杨老太这时忽然眼皮又红起来，似有泪下的神气。逢春不敢勾引母亲的伤心，所以不再多谈，就道声晚安，脱衣就寝。

　　次日起身，漱洗完毕，用过早餐，逢春提了昨夜整理好的一只皮箱，向杨老太拜别，说道："母亲，我走了，你老人家千万保重！"说着，又携玉春的手，说道，"妹妹好生侍奉着妈，哥哥心里是很感激你的。"

　　玉春听了这话，要想祝颂哥哥几句，却是再也说不出来，心中一阵悲酸，泪珠先滚下了两颊。逢春见妹妹哭，自己也不免伤心，眼皮有些润湿，回头见母亲，也早老泪纵横了。但她见儿子回过头来，立刻拭了泪水，还竭力镇静了态度，向玉春说道："玉儿，你别勾引哥哥的伤心，这是一件喜欢的事情，你应该向哥哥说几句祈祝的话才是。"

　　玉春听母亲这样说，把小手抬上来，立刻在眼皮上揉擦了两下，挣出一句来道："哥哥，妹妹祝你鹏程万里……"那个"里"字是勉强说出来的，她喉间已是哽咽住了。

　　逢春也不禁破涕笑道："多谢妹妹，我也希望妹妹永远跟黄莺一样活泼。"杨老太听了兄妹俩的话，这才略为开颜一笑。逢春虽然有依恋之情，但也不得不硬着心肠，放了妹妹的手，匆匆地走了。玉春含泪站了一会儿，见哥哥的身子在门框子里消失了后，她忽然急急地赶了出来，站在大门口，举起手来摇了摇，叫声"哥哥"。逢春回头来望了一眼，只见妹妹的身后，母亲也颤巍巍地走出来。逢春有些心酸，他只装没有瞧见，很快又回转头去，放大了步伐，急急赶到车站里去了。

当逢春到车站的时候，正是夏霞又到他家里来的当儿，谁知一脚跨进院子，却是人去楼空。一时还以为自己走错了路，后来由房东告诉，方知逢春已在昨天搬走了。问搬到什么地方去了，房东却是不知道。夏霞心中只觉得十分奇怪，只不过两天的工夫，他就搬了家。那么前天我来的时候，他为什么不告诉我？莫非临时发生了什么意外的事情吗？觉得这是不会的，找房子不是也要一天的时间吗？可见他是故意不告诉我。为什么要故意不告诉？那当然是无意于我。想到这里，不免深深地叹了一口气。自己是太痴心了，他心里并不爱我，我如何只管去缠绕他呢？这就无怪他要迁居了。夏霞感到自己痴心得太可怜了，眼泪这就像泉水一般地涌上来。但是她还原谅逢春心中一定有什么苦衷，所以她又到华华中学去询问。不料逢春的辞职信齐巧寄到校里，因此校中也已知道逢春辞职的事，把这消息再触送到夏霞的耳鼓，这叫夏霞一颗芳心更弄得莫名其妙。不过细想起来，我的对待逢春，真所谓落花有意，流水无情，其实我心爱的人原是燕士，对于逢春根本毫不相关。现在我要把逢春来当作燕士，那原是自己的傻，何必怪人家无情？脸纵然相同，他的心也怎么会一样呢？夏霞既然这样一想，她不再伤心，倒反而感到可笑起来。

回到家里，意欲把逢春的事情再向小冬办交涉，无奈这几天小冬特别忙碌，整日未获一面。过了三天，她又去找小冬，不料丫鬟小玲告诉，说小姐奉老爷之命，已动身到广西省陆将军那里祝寿去了。夏霞知道陆将军是小冬的舅父，和自己舅父田将军原是一只裤脚管的。想着自己这次美满的姻缘，完全被小冬硬生生地破坏，心中真是又气又恨，这夜躺在床上，忍不住暗暗地泣了一夜。

逢春乘的是三等车厢，当火车在青青的草原中驶行了后，他望着田野间一株一株倒退的树，心里想着慈母弱妹，同时又想起燕琴的负心、夏霞的痴情，真是有说不出的感触。不料就在这个当儿，忽然见前面一节三等车厢里走来一个面戴黑眼镜的西服少年，他慢慢地在逢春身旁的座位上坐了下来。逢春的脸是因为望着窗外，所以也并不注意他。但那戴黑眼镜的西服少年，却伸手拍了拍逢春的肩胛，说道："喂，老兄，你到什么地方去？"

逢春冷不防被他一拍，倒是大吃了一惊，立刻回过眸来向他望了望，却并不认识他。因为他还留了一小撮的胡须，看来是个阴险之人。自己原是心虚的，一颗心这就别别地乱跳。但他犹竭力镇静了态度，瞪了他一眼，说道："你管我到哪儿去！你是谁？"

那少年冷笑了一声，说道："哼！你瞧我是谁？"他说着，便立刻把黑眼镜脱下了。

逢春仔细一认，这就"扑哧"的一声笑起来，猛可把他手握住了，笑道："啊哟！我道是谁？原来是你，真巧！真巧！那夜分手后，想不到会在火车里见面了。你这人真恶作剧，为什么不好好地招呼？可把我唬了一大跳哩！"

诸位，你道那戴黑眼镜的少年是谁？原来就是韦燕士。燕士此刻奉上峰密电，所以也到广东去。谁知两人会遇在一起，那不是叫逢春心里喜欢吗？燕士听逢春这样说，便哈哈地笑起来，说道："你这人好糊涂，怎么连最要好的同学都不认识了呢？还要问我是谁，那可不是笑话吗？"

逢春知道他为避人注目起见，所以故意化装这样子的，便笑

167

道："我到四方之首去，你呢？"

燕士听他这样说，知道是广东的意思，便点了点头，也笑道："我和你是相同的，不过我奇怪，你干吗也会到那边去呢？"

逢春噘了噘嘴，笑道："这才是笑话，你去得，我就去不得吗？"

燕士笑道："不是那样说，因为你家里的母亲和妹妹怎么办呢？"

逢春道："没有关系，这回母亲特许的。我一个人正苦没伴侣，不料会遇到了你，那真是叫人感到一件喜欢的事。"

燕士笑道："可不是，我就和你有同样的感觉。"说到这里，又凑过嘴去，低低地说道，"关于我爸爸和妹妹的事，你可知道一些？本来我原想去家里探问一次，后来因时间局促，也就来不及了。还有那只黄牛的死，我也感到十分奇怪，不知你可晓得详细的情形吗？"

逢春点头笑道："为什么不晓得详细呢？我这次的出走，也就是为了黄牛的死呀。"

燕士听了这话，心里已有几分明白，便点了点头，笑道："原来如此……"说着，向四周望了一眼。逢春见没有什么人对自己注意，兼之车轮轧隆轧隆的声音很响，谅来说得轻一些，别人也不会听见的。于是悄悄地把黄强被杀的一节事情，向燕士告诉了一遍。对于自己和燕琴爱情破裂的话，却瞒住了。燕士方知黄强是逢春杀死的，并且又救了我爸爸的性命。一时既感激又痛快，握了逢春的手，紧紧地摇撼了一阵，表示感谢的意思。逢春这时忽然想起了一件事，便哈哈地先笑起来。燕士倒愕住了一会儿，望着他脸，问道："你为什么这样高兴？可不是想起一件得意的事情了吗？"

逢春"呸"了他一声，笑道："得意两字休提起，一提起，我痛哭还来不及哩。"

燕士这就更加奇怪，蹙了眉峰，又问道："既然要痛哭，为什么偏大笑呢？"

逢春笑道："哭不出，只好笑。你不知道，那笑可是苦的哩。"

燕士见他这意态，不像有什么悲伤的事情，于是摇了摇头，有些不相信，说道："我却有些不信，你还有什么伤心的事呢？你倒给我说出来听听。"

逢春正色道："谁骗你？我的妻子被人家抢去了，安得不伤心吗？"

燕士听他这样认真地说着，反而咯咯地笑弯了腰，说道："亏你想得出这一句话，你的妻子在哪里？别说笑话了。"

逢春哼了一声，说道："你以为我和你说笑话吗？我的妻子真被人抢去了。"

燕士把黑眼镜又戴起来，向他"呸"了一声，笑道："你这话只好让我黑眼镜戴起来说才对，你既不曾结过婚，哪里就来妻子？"

逢春道："这个你且别管他，我的妻子真的被人夺了去。假使你是个法官的话，应该把夺我妻子的人怎样处罚？"

燕士笑道："若真有这样的事情，我先量他几个耳刮子，怎样老弟的媳妇可以给人家夺了去？"

逢春听了这话，倒也忍不住哧的一声笑出来，把手去握着燕士的手腕，叫他自己量自己的耳光，笑道："凭你所说，你就先给我自己打了两记耳光再作道理。"

逢春这个举动和话，燕士真所谓丈二和尚摸不着头脑了，凝

169

眸含颦地望着逢春脸，怔住了一会儿，问道："你这是什么话？我夺了你的妻子吗？你的妻子是谁呀？"

逢春望着他很神秘地笑道："我的妻子就是田小冬，现在不是已经做了你的妻子吗？"

燕士听他说出田小冬的事情，一时觉得其中必有蹊跷，便急急问道："什么？田小冬是你的妻子吗？你别胡说吧！你和她怎样认识的呢？"

逢春却不肯立刻就说，笑了一笑，道："你要我告诉，我慢慢地自然可以告诉你。不过你得先打自己两下耳刮子，因为这是你自己说的。"

燕士听他这样说，只好握了他的手，央求道："我的好兄弟，你别为难我了，到底是怎么一回事？你快快告诉我吧！"

逢春道："我问你，你既然爱着夏霞小姐，你为什么可以答应田小冬的结婚呢？"

燕士听他连夏霞的事情也知道了，一时真奇怪得目定口呆，暗想：我是一个干情报工作的人，不料所做的事情，却都被他知道了。假使他是我敌人的话，那我还干什么情报工作呢？因此他又把黑眼镜除了下来，放入西服袋内去，望着逢春急道："奇怪极了，你什么全都知道了？哦哦，是不是我妹妹和你说田小姐的事情吗？不过夏小姐的事情又是哪个和你说的？因为这事情我并不曾向任何一个人告诉过呀。"

逢春听他这样问，也奇怪地说道："燕琴她怎么知道？你告诉过她吗？"

燕士点头道："是的，我曾约略和她说起。不过你说小冬是你的妻子，这我可实不明白，你快快告诉我一个详细吧。"

逢春沉吟了一会儿，方才低低地道："事情是这样的，那夜你走后，黄牛把老伯拖着走，我心中一急，便冒认我是老革，所以他便把我押去了……"

燕士不等他说完，立刻又握着他手紧摇了一阵，说道："啊哟！原来你是曾给我做过替身的，那么妹妹怎的却不曾和我说起呢？莫非当初因时间局促，就忘记告诉了吗？后来怎么样？你快告诉我。"

逢春听他这样说，暗想：原来燕琴并不曾把自己被捕的事情向他告诉过，这就无怪他一些也不接头的了。遂把小冬救自己及私订婚约的事，向燕士又告诉了一遍。燕士听了这话，因此也急得直跳起来，说道："这就奇怪了，小冬她认得我是燕士，把我架到西山别墅，强迫我结婚，当初我原不答应，谁知我愈不答应，她却咬定我负心，一定要我结婚，否则便把我送往军部处死。我没了办法，因此只好忍痛答应了她。可是直到现在，我还莫名其妙呢。如今听了老弟的话，方知小冬那夜订婚的是你，她原认错了我。不过这儿有一点疑问，就是小冬为什么不说杨逢春，却说韦燕士呢？难道是你冒我的名吗？"

逢春把两手一拍，哈哈笑道："对啦！事情的误会，就在这个冒名的上面。不过我之所以冒名，也有相当的用意。可惜在答应她婚姻之后，依然没有告诉她真姓名罢了。"说着，遂把所以冒名的意思，又向燕士说了一遍。

燕士这才恍然大悟，一时又感激又惭愧，握了他的手，紧紧不放，说道："老弟，原来是这么一回事，那我真太对不住你呢！不过我原没想到你也被捕的事，否则我也会想到小冬一定是误会了。现在我为了性命关系，所以只好答应。老弟，我告诉你小冬当时对待我的情形，真叫人有些哭笑不得呢。"说着，遂也把小冬一会儿要拿枪打死自己，一会儿又叫自己拿枪打死她的情形，向逢春告诉，并又说道，"从这点看来，小冬确实是爱你到极点的人，所可惜的是弄错了人。不过我还奇怪，妹妹既不曾把小冬的事告诉你，你又打哪儿知道我和小冬已结婚的事呢？"

逢春忍不住哈哈笑道："你听着，还有更滑稽的事情给我碰到哩。小冬见了你，就会当作我；那么夏霞见了我，她就不会把我当作你吗？"

燕士听到这里，完全明白了，也不禁为之失声笑道："哦哦，这样说来，你不是也夺了我的妻子吗？"

逢春啐他一口，笑道："我可没有像你那样脸皮厚，夏小姐把我认作燕士，当时我就跟她说明，我并不是燕士，乃是杨逢春。不料她听了，似乎也明白了，就大骂我不该冒名，现在她表姐把她爱人燕士抢去了，而且已结了婚，说着，便向我又大哭起来。那时我听小冬已和你结婚，心中也很焦急，但事已如此，那又有什么办法？夏小姐她虽有爱我之意，不过我觉得我们既已明白事情的真相，岂可以将错就错呢？所以我和夏小姐是依然十分纯洁的。"

燕士听了，笑道："事情原是误会的，不过夏小姐既然有爱你的意思，你为什么不答应她呢？现在叫我怎么对得住你并夏小姐？唉，这事情真离奇得极顶了。"燕士说到这里，忍不住又深深地叹了一口气。

逢春笑道："其实说起来大家都没有错，所以事情既已错误，也就索性错误到底了，反正我的答应田小姐婚姻，也是出于强迫的。现在你们能够成功一对，这也未始不是一头美满姻缘，所以你一些不必抱歉，我以为这是你们的缘分，绝不是偶然的事情哩。"

燕士道："不过我心里对于夏小姐和你终感到万分的不安，

172

所以你也索性和夏小姐结成一对好吗？这样我才感到安慰一些呢。"

逢春笑了一笑，说道："得了吧，现在我以为还不是谈这个事的时候呢。"

燕士听他这样说，猛可想起逢春是爱我妹妹的一个人，所以田小姐虽和我结婚，他并无一些恨意，对于逢春倒反而成全他的愿望了，只是夏霞小姐面前，我真太对不住她了。燕士这样想着，彼此心里便很不快乐。但逢春兀是向他取笑，说他抢自己的老婆，要他打自己两个耳刮子，燕士到此真有些哭笑不得了。

在遥长的旅程上，彼此有了道伴，自然解去了许多的寂寞，所以在不知不觉间，火车已到上海。由上海乘船，竟已到了广东。逢春由燕士的介绍入党，先担任宣传部的工作。燕士却转入特别训练班，努力军事上的学识。光阴是非常迅速，不知不觉已有半年多了。逢春得上峰所看重，已担任军部重要职位。燕士亦已毕业，在白师长部下任旅副之职。这日，燕士随白师长开拔出发，向汉口而进。逢春前往送行，和燕士握手而别。燕士走后不到一个月，军部里忽然捉获一个女间谍。时逢春已任军法处处长，当他审问那女间谍的时候，一见之下，顿时怔了一怔，原来这女间谍不是别人，却就是田小冬哩！

第十一回

夜半凄其情过手足
书中委婉胜若夫妻

　　四时皆如夏，一雨便成秋，这是说广东的气候终年没有寒冷的天气，所以这几天虽然已到暮秋的季节，逢春在忙碌的办公事当儿，兀是满身大汗，连连呼热。不料这时外面忽报捉获一个女间谍。逢春遂命拿进来审问，谁知一见之下，那女间谍不是别人，却是自己旧时的情人田小冬。心头一跳，脸上顿时显出万分惊异的颜色。田小冬当步进法庭来的时候，她的脸是低垂着，懒懒地移着步子，精神是非常颓丧。当她抬头瞥见座上的逢春，她那两个滴溜乌圆的眸珠定住了，脸上和逢春同样地显出了惊喜的样子。她那颗芳心里，在万分悲哀之余，立刻又掺和了喜悦的成分，暗想：原来燕士已在革命军那儿做上级官员了。她情不自禁地向前奔了两步，口里几乎要喊出"燕士"两字来。但她的身子立刻被两个卫兵拉住了，喝道："站着，别动！"小冬这才如梦初醒，意识到自己是已做阶下囚了。我怎么能够在庄严的法庭上前去认我那亲爱的丈夫呢？于是她又站住了，明眸盈盈地只管向逢春脸上瞟了过来。

　　逢春在她奔上两步的时候，一颗心的跳跃真仿佛是小鹿般地乱撞。此刻瞧着小冬的目光，是包含了无限的哀怨的成分，心中这就暗想：真有趣，难道小冬还没认出那夜合欢的人究竟是谁吗？不过订婚的那夜是我，结婚的那夜是燕士，两人就是这样地给她见了一次面，可怜也无怪她始终是模糊着了。这时旁边的执法委员以及秘书等见处长并不开口审问那女间谍，却是呆呆地向着她出神。同时那女间谍的两道秋波，也向处长脉脉含情地注视着，一时还以为那女间谍的脸蛋生得太美丽了，所以使这位年轻的处长有些神魂飘荡了哩。大家心中既然有这么一个感觉，当然都暗暗地好笑。逢春也觉得自己这态度，未免有些给人家引起了误会，遂正色问道："你姓什么？叫什么？"

小冬骤然听了这两句问话，猛可想起八个月前燕士被捕的时候，我也曾经这样问过他。但是当初我问他，原是真的不知道，而今天他问我的，可不是明知故问吗？想到这里，心中一阵悲酸，眼眶子里已是贮满了晶莹莹的泪水。不过仔细一想，我审问他的地点是在自己的闺房里，而他审问我的地点，却是在庄重严肃的法庭里。他身为长官，纵然我是他的爱妻，不过我现在到底是个罪犯，叫他怎么好意思立刻就相认呢？小冬这样一想，她倒又原谅燕士内心的苦衷了，竭力忍住了辛酸的悲泪，哽咽着道："我姓田名小冬。"

逢春听她话声有些颤抖，他心里也感到有些凄凉，遂又问道："你是什么地方人？今年几岁了？"

小冬含泪道："原籍河北，今年十九岁……"

逢春道："既是河北人，到广东来做什么？可是来探听军情的吗？"

小冬摇了摇头，说道："不，我平生不干政治的工作。"

逢春把案上的一个徽章翻了翻，凝眸含睇地望了她一眼，又问道："这个军部秘书长的徽章就是一个证据，你打哪儿来的？"

小冬听他追问得这样地急，一颗芳心真有说不出的哀怨和伤心，说道："这徽章不是我的，我到广东来是找丈夫的。可怜我和丈夫结婚只有一夜，他便一去不回，连信息都杳然，我现在倒给他怀了八个月的身孕。你想，我是一个有身孕的弱女子，怎么还会来做间谍的工作呢？况且我是个有思想有理智的女子，平日对于革命军是素来十分敬仰，我认为革命军才是我们国家的救星。我老实告诉你，我的丈夫也是个革命军的人，他现在在军部里是已做一个高级的军官了。唉，我恨他薄幸，我恨他狠心，他得意了，连一个字都不寄给我，我还有什么话好说……"小冬滔滔地说到这里，她的满眶子热泪这就滚滚地落了下来。

　　逢春起初倒没有注意，及至听她说出已有身孕的话，遂向她身上打量一下，果然见她腹部是微微地耸起着。因为她穿了一件元色绸的旗袍，老远地望下去，却也不能十分瞧得出。对于小冬这两句话，虽然明白她的用意所在，不过她到底又认错了人，此刻把我却又认作燕士了。望着她海棠着雨般的脸庞，听着她口骂自己薄幸的话，脑海里忽然想起和她在闺房里定情接吻的一幕，虽然她已不是自己的爱妻，心里也很感伤，所以两颊一阵一阵地红了起来，半晌再也说不出一句话。那时旁边的众人瞧了这个情景，心中都已经有些明白，那田小冬一定是处长的恋人了。也许两人没有正式地结婚，便发生了肉体的关系。因为那田小冬的话，不是明明放着和尚骂贼秃吗？逢春靠右的公案上那个秘书，他记录到这里，觉得今天的情形真仿佛是都察院里的三堂会审，这就回眸向逢春望了一眼，不禁微微地一笑。逢春被他这一笑，心里的焦急像热锅上的蚂蚁一样，因为今天大家的误会，我完全是受冤枉的。于是心中一急，不免情急智生，便又问道："那么你的丈夫叫什么名字？"

众人听逢春会问出这一句话来，倒是愕住了一会儿。其实逢春是个胸有成竹的人，他因为知道在小冬的心里是绝没有"杨逢春"三个字，假使小冬说出丈夫名叫韦燕士的话，那给众人听了，我不是可以卸脱这个干系了吗？逢春这意思是想得很好的，不料听进小冬的耳里，她的一颗芳心便有了一层考虑，暗想：燕士这句话实在可以不用问的，难道他希望我告诉出"韦燕士"三个字来吗？这给众人听了，他如何下得了面子？我虽然怨恨他审问得太过认真，但我到底要顾全他的面子。可怜小冬她倒是一片好心，所以她垂下了粉脸，却是默不作答。逢春见她不答，心里的跳跃愈加快速，暗暗叫苦。那时众人的心里，感觉那田小冬真是一个多情的女子，她所以不回答，当然有她深刻的用意，反觉逢春这人倒有些不情了。逢春见小冬忽然又抽抽噎噎地哭起来，同时众人的目光又很神秘地注视着自己，一时两颊发烧得厉害，真是再也审问不下去了。只好就此告一个段落，吩咐押下，明日再审。

众人待卫兵押着小冬走后，便故意议论纷纷。逢春为了要避免大家误会起见，便向众人告诉道："你们不用议论，这件事情我可以告诉你们一个详细。"大家听处长这样说，便都静寂下来，望着逢春的脸发怔。逢春笑了一笑，说道："我此刻方才想起来，那田小冬就是韦燕士的妻子，燕士的脸像不像我？他在出发之前一夜，曾经和我谈起小冬的一回事。我知道小冬她见了我，一定是把我误会当作燕士了。哈哈，那真是一件有趣笑话的事情。"逢春说到这里，故意又大笑起来。"韦燕士"三个字，众人也都晓得的，起初都疑心那小冬就是处长的恋人。今听处长这样解释着，一时也把疑心涣然冰释，不免都"哦哦"起来。逢春又道："燕士为人，你们诸公均所深悉，我意欲赦她无罪，不知列位意

177

下如何？"众人听逢春这样说，便都点头说道："任凭处长处置，我等岂有异议？"逢春既征求了执法委员等的同意，心里十分欢喜。

当夜他便换了便服，亲自到狱中去看望小冬。小冬坐在草荐上，想着白天燕士的问话，不知为了在法庭上不好意思相认所以假装含糊呢，还是存心抛弃我了吗？这样猜测着，内心自然十二分地悲酸，想着在北京自己是多么威风，谁知在此地竟也尝着了铁窗的风味。不过推其原因，还不是燕士害我的吗？假使我没有身孕的话，我怎么会在广西舅父家里住了半年多的日子呢？燕士若再存心遗弃，定我罪名的话，那我和他真是前世的冤孽了。小冬想到这里，无限伤心陡上心头，不禁泪如泉涌。正在万分悲哀的当儿，忽然见一个身穿西服的少年，慢步地走了进来。小冬凝眸一瞧，可不是燕士吗？一颗芳心约略觉安慰，但到底无限悲痛，猛可奔了上去，搂住了逢春的脖子，呜咽泣道："燕士！我为你好苦呀！"说到这里，把粉脸倚在他肩胛上，哭得咽不成声。

逢春被她抱着一哭泣，心里也悲伤起来，因为自己的性命确实是小冬所救，假使那夜她不放走我，我怎么还有今日的地位？小冬本来原是我的爱妻，现在我俩终究不能成功，而她的芳心却还把这件错认事蒙在鼓里，一心当我是燕士，可怜她确实是多么真心地爱我啊！逢春既然想起了旧情，因此他竟没有勇气来把小冬的身子推开了。他抚着小冬乌亮的美发，也情不自禁地落了无数的眼泪。两人泣了一会儿，逢春方才捧起她的粉脸，在铁窗外面那盏暗淡灯光的照映下，可怜小冬已变成一个泪人模样了。逢春叹道："唉，小冬，今生我和你到底无缘。"

小冬突然听他说出这两句话，芳心已碎，花容惨白，定住了乌圆的眸珠，瞅住了逢春的脸，凄然道："燕士，是不是军法不徇情？把我已定了死罪吗？但是你是高级的长官，你应该想想八个月前被放的一幕，同时再想想西山别墅里新婚的一幕。我自从你走后，我心里是没有一日不想念你来一封信或者一个电话，可是却给我心头万分的失望。当我在离开北京之前一日，我也曾到你家里去望过，但是回答我的却是搬家了。那时我心里真觉得十分伤悲，既不知你家在何处，又不知你人在哪儿，不得已只好先到广西陆将军那儿祝寿。不料这时我心头作呕，经水停止，到此我方知腹中是有你我的结晶。幸喜陆将军是我亲戚，我在广西一住便有半年，那时我曾叫人打听你在广东的消息，知道你在革命军已很有地位，故而我不怕风尘劳苦，冒险前来找你。不料你就叫我死吗？你纵然不念我的恩情，你也应该念你这一点的亲骨血……"小冬说到这里，更加痛哭不止。

逢春听她絮絮地说出了这一遍话，方知小冬也曾经到我家去望过。不过这有些奇怪，她为什么不到燕士家里去？猛可想起她和我定情那夜，我曾告诉我家的地址，大概燕士并没有告诉，所以小冬把燕士也就更肯定是我了。一时想起夏霞说的小冬肉体虽已做了燕士的妻子，而她的精神上灵魂上还完全是爱着我这个人。这话一些也不错，因为在小冬的心中，肯定像我这么脸的人是只有一个，所以她见了我固然当燕士，见了燕士也是当我冒名的假燕士。唉，这事情说起来，是多么遗憾啊！逢春这样想着，又叹了一口气，忙安慰她说道："小冬，你放心，我怎样会叫你死呢？你是我的救命恩人，今天正是我报答你的日子了。不过小冬我告诉你一句话，我并不是叫韦燕士，我叫杨逢春。你和我订婚的那夜，确实是我；而你结婚的那夜，你错了……那个却是真正的韦燕士呀！"

逢春这两句话听到小冬的耳里，真是奇怪得目定口呆，停止了哭泣，明眸紧紧瞅住了逢春的脸，倒是怔怔地出了一会儿神。良久，方说道："什么？你不是韦燕士吗？我明明认识你的脸，怎么你又不承认了呢？你既不是韦燕士，你此刻来望我做什么？唉，燕士，我虽然只有和你仅仅做了一夜的夫妻，但我到底给你怀了八个月的身孕，只要你心中认为是对得住我的，那么你就把我母子俩杀了吧！"说着，又哭了起来。

逢春见她呆望自己这许多时候，还不曾辨别出来，心里想想，忍不住又觉好笑，便携了她手，向外面跨步走了出去，说道："小冬，别说那样负气的话，你且随我到寓所里坐着，我跟你细细地谈吧。"

小冬听他叫自己出牢监去，显然是赦自己无罪，一时芳心里又暗暗欢喜，默默地跟他出了监狱，走到一个卧室。逢春开了室中的电灯，小冬这才瞧清楚房中的摆设。只见一张小小的铁床、一张单人写字台、一张面汤台、两张沙发、一架书橱、一架钢琴，不但是简单，而且是陈旧。她几乎不相信这是一个军法处处长的卧室，她这才明白革命军中的青年长官，都具有刻苦耐劳的伟大精神，有了这样可爱的精神，还不能成功大事吗？小冬正在暗自赞美，逢春已回过身子，把手一摆，说道："小冬，你请坐吧。"说着在面汤台上取过热水瓶，倒了两杯白开水，放在写字台上，又向小冬望了一眼，说道："喝茶。"他自己也在对面一张沙发上坐下来。小冬见他这样客气地相待，觉得这又不是对待一个客人，小夫妻今日相逢，不是应该先要亲热一会儿吗？于是她在沙发上站起，走到逢春的旁边，竟在他的怀里坐下来，把脸对着逢春的脸，娇靥上显出又恨又爱、又怨又喜的神情，却是逗给他一个娇嗔。

逢春被她这么一来，那心里就急了起来，连忙推了推她的身子，皱了眉毛，说道："小冬，你快站起来，我有许多的话要跟你说哩。"

小冬见他这个样子，两颊也就泛起了一圈红晕，秋波盈盈地在他脸上逗了那一瞥哀怨的目光，鼓着小腮子，说道："燕士，你要明白，我和你是个同衾共枕的夫妻，难道这样的一些亲热就不应该了吗？我告诉你，你假使要负我，我绝不会再活在这个世界……"她说到这里，眼泪又像泉水一般地落下来。

逢春这就真弄得没了法子，望着她海棠着雨般的脸，呆了一会儿，说道："小冬，这事情的错误，一半固然是我冒名的不好，而一半也是你太武断的所致。我实在是叫杨逢春，那夜蒙你相救的确实是我。但你在中山公园架走的少年，那人却是真正的韦燕士，他实在是夏霞的情人。现在你把真燕士错认了我，所以你腹中的……可并不是我给你养的。你怎么还不曾弄清楚吗？"

小冬听逢春这样说，芳心这一吃惊，她便跳了起来，立刻从他身怀站起，退后了两步，明眸呆望逢春的脸，暗自细想了一会儿。那天我把燕士架到西山别墅，倒在他怀里，责他不该负心，又去爱上了我的表妹。不料燕士却呆若木鸡般地不肯承认，而且还说不认得我。当时我以为他存心抛弃，所以假作含糊，曾经再三地骂他、劝他、求他、打他，而甚至于杀他，同时也要叫他把我杀了。在这样的情形下，他终算答应和我结婚了。那么照现在说来，莫非这燕士真的是莫名其妙的吗？啊哟！我这人实在太糊涂了！不过两人的脸蛋儿实在太相像，同时又因为和他订婚的那夜，他也是勉强答应的，所以我就更肯定就是他了。小冬想到这里，忽然又想起表妹夏霞和自己交涉并哭求的情形，一时也就明白确实是自己错认了人。小冬到此，一颗芳心真有无限的羞涩和怨恨，她猛可又倒入逢春的怀里，呜呜咽咽地哭了起来。逢春见她愣住了好一会儿，忽然又倒入自己怀中哭了，一时也不明白她究竟可曾清楚，也不免呆了一会儿。

小冬哭了良久，忽然又抬起头，恨恨地望着他怨道："逢春！你害了我，你害了我，你为什么要冒燕士？你……你叫我怎么样再能做人呢？"

逢春听她说自己害了她，心中猛可想起夏霞当时也怨我害了她，不料两人都恨在我的身上，一时也急得涨红了脸，叹了一口气，说道："小冬，我所以冒名，原也有不得已的苦衷……你别怨恨我，我可以告诉你一个详细的。"说着，遂把冒名的理由向小冬也说了一遍。

小冬听了，方才明白他和燕士不仅是脸蛋相同、年纪一样，而且还是同学，彼此是个生死之交，一时心中也不知如何是好。因为自己确实爱的原是逢春，所以她不禁又哭道："顶名一事固然是你的义薄云天，当然令人敬佩，不过我俩既然已经订了婚约后，那你为什么还不把真姓名告诉我呢？可恨的是你俩什么都一样，我见他不承认婚约，我一心还道是你负心，所以一定要和他结婚。其实我之所以情愿把身子交给他，还不是为了爱你的缘故吗？"

逢春到此，也没有什么可说，只有连连地叹气，点头道："对于这一点，确实是我的鲁莽。不过当时我的心是多么紊乱，对于冒名的事情也会忘记得干净了。不过当初我曾告诉你，我家有母亲有妹妹，而且我家地址也和他不同的啊，难道你没问过燕士吗？"

小冬忍不住又泣道："我只问他可有一个妹妹，他说有的。同时最要紧的是他本身的一切和你都相同，所以我别的也就都不用问，一心只把他当作你。唉，我怎么能够料得到？逢春，你难道还怪我负了你吗？那真叫我太伤心了……"小冬说到这里，偎着他的脸，又呜咽不止。

逢春抱住她的身子，轻轻地拍了她一下背脊，也流泪道："小冬，你别说那样的话，我绝不怪你的负心。你是多情的，你是爱我的，这我早已谅解你。唉，我觉得这事情也绝不是偶然的，所以我认为燕士和你也许是有缘吧。"

小冬听逢春这样说，更感到他的多情，心里真是非常悲痛，说道："逢春，不过我还不明白，你和燕士见过面吗？他是否曾把我的事和你说过吗？"

逢春点头道："我不但和燕士见过面，而且我也和你表妹夏霞遇见过，她见了我，和你一样地误会了，把我当作了燕士，她向我大哭，骂我负心，说为什么和她表姐结婚。当初我还弄得莫名其妙，后来仔细相问，方才晓得了这件神秘而有趣的错误的事。所以对于你和燕士结婚的事，我还是从夏霞的口中所知。不过燕士当初也不晓得你就是我的爱人，假使他明白的话，他一定会和你解释明白的。后来我和燕士在火车上遇见的时候，谈起了这件事，他对于这件神秘的事也才只有知道底细。他向我表示无限的歉意，说当初他原不肯冒昧地答应，后来你要把手枪打死他，甚至于自己牺牲性命，他被你感动得太厉害了，所以只好答应了你。"

小冬听完了逢春这一人篇的话，方才完全地明白了。但她抱住逢春的脖子，还哭着道："逢春，这样说来，我确实是负了你，唉，那叫我怎么才能够对得住你……我真想不到结婚的那夜，并不是我心爱的你，却是我毫无感情可说的燕士，啊！那叫我如何做人？那叫我如何做人？"说着更加悲泣。

逢春对于她这几句话，倒也引逗得涕泗横流，心中暗想：可怜小冬她原是爱我的啊。这件错误的事是多么遗憾。不过事既到这个地步，也只好安慰她道："小冬，你快不要伤心了。你所以误会燕士就是我，那是我的不好，因为我没有告诉你真姓名。至于你强欲和燕士结婚，这也是你为了太爱我的缘故，所以你没有错，你也没有负我。这也许是五百年前注定的婚姻，绝不是人力所能挽回的。我想燕士是我最知己的同学，容貌年龄固然相同，所干事业又是一样。说到性情，也许比我更要好些。他假使是个贪色的人，当你错认的时候，他就早可以和你胡调，为什么他要绝对地否认？这是第一点可敬佩的地方。当你把枪塞到他的手中，叫他打死你，他为什么却又不肯了？而且竟会答应了你，从这样一点猜测，可见燕士由不认识你而竟至于生出感情来了，显然燕士是多么多情。他在火车上的时候曾经对我说，田小姐是个真挚可爱的姑娘，而且又是个意志坚强的姑娘。她用情是专一的，她爱人是始终到底的。虽然她是太武断了一些，不过这就是她真性情的表现。燕士又说，在这里他除了向我表示深深的歉意外，他将把整个的心献给田小姐，永远永远地爱护着田小姐。所以我认为你虽不能和我结婚，和燕士结婚也未始不是一头好姻缘。我告诉你，燕士现在已做了旅长之职，跟随白师长向汉口进发。当他出发之前一夜，他还在记挂着你，曾经为你而暗暗淌过一回泪。所以你不要伤心，你应该喜欢才是呀！"

小冬听逢春滔滔不绝地说出这一大篇的话，于是她便停止了哭，使她脑海里又浮现出两人拍结婚照的一幕，同又映出他轻怜蜜爱的一幕。她觉得自己是不应对他发生恶感，燕士他确实是我亲爱的丈夫，他在我腹中已留下可爱的结晶，我绝不能再有爱逢春的存心了。不过我心内到底太痛苦一些，因为我实在是对不住逢春。因此她泪眼盈眶地望着逢春俊美的脸，长叹了一声，说道："那么我和你今生是无缘的了。唉，逢春，我虽然感激你是那么明达，那么大方，不怪我负心，反安慰我别悲伤，你真是个博爱的青年。我要爱你，但我又不忍爱你，而且我也知道你亦不情愿我再来爱你……我心中是多么疼痛，我只觉得有刀在割一般地难受……"小冬说到这里，眼泪又像雨下。

逢春听了，当然又很悲哀，遂说道："我以为爱的范围极广，我们虽不能达到夫妻的爱，但我们始终还可以友爱着。所以你虽已做了燕士的妻子，我心中还是非常地爱你。假使我不爱你的话，我为什么还要来监狱亲自接你出来？小冬，你别伤心，我在这里倒有一个很好的办法，就是我们彼此认个亲兄妹，那么较之友爱不是可以进一层了吗？"

小冬听他这样说，也觉得是慰情聊胜于无的办法，频频地点了一下头。忽然她又偎近脸去，小嘴在逢春颊上亲亲热热地吻了良久，说道："哥哥，我觉得兄妹间对于香个脸的亲热，也许是可能的吧。"

逢春感到她痴得可怜，情不自禁地也在她粉脸上吻了一会儿，方才扶她起身，拿手帕给她拭泪，笑道："妹妹，你是有身孕的人，这样坐着也太累了。"小冬被他这么一说，心里又难为情起来，两颊不禁一圈一圈地红云泛现，秋波一转，也不禁为之嫣然矣。逢春在法庭上遇见她，她就淌泪怨恨，到监狱去见她，更是哭得厉害，直到房中细诉往事，小冬还是一个痛哭。在这样哭泣之后，此刻居然也会嫣然笑起来，逢春觉得这一笑，在灯光笼映之下，真是妩媚到了极点，同时也可爱到了极点。心中想着燕琴的负心，觉得燕琴这姑娘的用情，真正及不来小冬的万分之一，不免又暗暗叹了一口气。小冬见他目不转睛地盯住了自己，这就更觉不好意思，因此便垂下头，明眸望着自己的脚尖在地上画了一会儿圈子。两人相对地站着，默默地出了一会儿神。他们似乎都在回忆订婚那夜的一幕，心里都有些感伤和惆怅。忽然壁上那架长方形的时钟当当地敲了十一下，这才使逢春意识到时候已经不早，便抬起头来，向小冬说道："妹妹，你在广东原耽搁在什么地方？"

小冬听了，回眸望他一眼，说道："住在金门饭店三楼三百十八号，我想此刻回去了。哥哥假使爱妹妹的话，希望明天有空的时候，来望妹妹一次，那我就很感激的了。"

逢春见她听自己问了一声，便立刻说要回去了，可见小冬真是一个聪敏的姑娘，遂忙伸手和她握住了，说道："妹妹，你放心，在你未动身回北京的时候，我终可以每天来望你一次。"

小冬听了这话，真是感到心头，猛可走近一步，似乎又欲抱了上去。但她不知有了怎么一个感觉，她把手又放下来，明眸脉脉地在他脸上逗了那瞥哀怨的目光，终于又涌出一颗晶莹莹的泪水来。逢春当然也明白她所以又伤心的原因，觉得自己不应该再把感情去冲动她，遂说道："妹妹，我叫人用汽车送你回去。"说着，便走到写字台旁，揿了电铃。不多一会儿，进来一个勤务兵，行礼毕，问何事吩咐。逢春说道："这位田小姐是我的亲戚，你叫阿保用汽车送她回金门饭店去。"勤务兵答应一声是，便拉开室门，弯了腰肢，先请小冬出去。

小冬似乎有些依依，回眸望了逢春一眼，说道："那么再见。"

逢春两手摸着桌沿，点了点头，说道："恕我不送你出来了。"说着话，小冬的身子已是跨出了房门，接着咣当的一声，逢春两眼所见到的是那扇白漆的门板了。但他兀是出了一会儿神，良久，方才懒懒地坐了下来，深深地叹了一口气。

这夜逢春睡在床上，想着小冬的痴情，想着八个月前被释放的一幕，他觉得不见到小冬的人也罢了，如今见到了她之后，他心里又热烈地要爱她起来，觉得燕琴这样三心两意的女子真是不足取，小冬是可爱的。但猛可又想到小冬的身孕、燕士的友爱，于是他内心汹涌的波涛，终于慢慢地又平静下来。他用坚强的理智来克服火样的热情，内心是痛苦的，逢春的眼泪也会湿透了枕衣的一角。

次日，逢春料理舒齐公务，便换了便服，到金门饭店来望小冬。当他推进三百十八号房门的时候，只见小冬站在阳台前，望着沿马路的景物出神。逢春见她今天穿着一件湖色薄呢的旗袍，那窈窕的背影映在自己的眼帘，心里终有一阵说不出的感触。移着轻轻的脚步，走到她的背后，却听小冬在叹气，逢春于是把手扪到她的眼睛上去，说道："你猜我是谁？"

小冬冷不防被他一扪，倒是暗吃一惊，听了这声音，方才笑道："我猜得，是哥哥！"

这时逢春手里有些感到润湿，显然那是小冬淌下的泪。一面放了手，一面皱了眉尖问道："妹妹，你好好的怎么又伤心了？"

小冬并不立刻回过身子，她撩上手去，在眼皮擦了一下，这才回过身子，扬着脸，乌圆眸珠滴溜溜地一转，娇媚地笑道："哥哥，你瞧还不曾瞧见我的脸，怎么就知道我又伤心了呢？"说到这里，哧哧地一笑，雪白的牙齿微咬着殷红的嘴唇皮子，回眸凝望着逢春的脸，显现了那样的淘气而娇憨的神情。这意态使逢春有些神往，望着她娇靥倒是愕住了一会儿。小冬被他瞧得不好意思，拉了他的手，把身子扭捏了一会儿，笑道："哥哥，你怎么啦？难道你也不认识我了吗？"

逢春这才笑道："我怎么会不认识你？你不是我的妹妹吗？"

小冬听他这样说，秋波盈盈地逗给了他一个娇嗔，忍不住抿嘴又哧哧地笑了。逢春见她这样的高兴神气，遂也不敢勾引她的伤心，拉了她的手一同步进了房里。小冬在百灵桌上的茶壶中倒了一杯茶，双手捧到逢春的面前，含笑叫道："哥哥，你喝茶。"

逢春憨憨地一笑，一面接过，一面点头道："多谢妹妹。"

小冬听了却逗给他一个白眼，这白眼是美的娇嗔，令人更感到了她的妩媚。逢春笑着退到沙发上来坐下了，喝了一口茶，把茶杯放在旁边的茶几上。这时小冬姗姗地走上来，并不避什么嫌疑地坐到沙发的臂胳上，把纤手温柔地抚着逢春的肩胛，秋波凝望着他的两颊，良久，方才说道："哥哥，我现在有一件事情要求你，不知你能够答应我吗？"

逢春忽然听她说了这些话，心里倒是一跳，暗想：还有什么事情要求呢？遂忙说道："妹妹，你说吧，假使我可以答应你的，我终不会不答应。"

小冬很妩媚地露齿一笑，说道："昨夜，我想了一夜的心事，觉得我错认了燕士，心中便对不住了两个人。第一个，当然是你；第二个，就是我的表妹夏霞。可怜表妹她是爱燕士的，但是我给她硬生生地夺去了爱人，她的心中是多么痛苦。所以我现在的意思，就是我既然不能侍君终身，我要把表妹夏霞介绍给你，使你那空虚的心灵可以得到现实的安慰，使表妹一缕痴情亦有所寄托。本来对于这事我亦不敢贸然向你诉说，不过我知道你俩是曾经有一度谈话的，况表妹的人品也不比我丑陋，而且更较我美丽温柔。假使你肯答应的话，那么我也可以放下了一头心事。哥哥，哥哥，你肯不肯答应我这个请求吗？"小冬絮絮地说到这里，还很亲热地叫了两声哥哥，她微侧了粉脸，凑近到逢春的面前，要他答应自己的要求。

逢春这才明白她的意思，觉得小冬真是一个多情的姑娘，一颗心不免怦然地一动，暗想：起初我所以不答应夏霞的婚事，是为了燕琴的缘故，现在燕琴既然负心了我，我难道还不再另找对象吗？况且夏霞真的是那样地痴心，这么美丽的姑娘，我再不答应，我还想到什么地方去找呢？逢春心里这样沉思着，自不免呆呆地出了一会儿神。小冬以为他不肯答应，急得把脸更凑近到逢春的面前，央求道："我的好哥哥！你怎么不回答我呀？像霞妹的模样，难道还不中你的意吗？"

逢春见她直把小嘴凑到自己的眼前，那一阵口脂的幽香真使自己有些陶醉。这就情不自禁地略一抬头，只听喷的一声，小冬的嘴竟给逢春偷吻了一下。因为是出其不意，小冬的两颊顿时浮上了一朵红云，睐他一眼，恨恨地撩起手来，在他嘴上打了一下，但立刻又嫣然笑起来，说道："我只当你是老实人，可也有不老实的时候哩！"

逢春听了这话，两颊也微微地一红，握住了她的纤手，笑着央求道："好妹妹，这是我不好，你饶了我一次吧。"

小冬送给了他一个媚眼，娇嗔着道："饶你也可以，那么表妹的事情你到底可答应吗？"

逢春点头说道："我答应你，我准定答应你是了。不过妹妹这样多情地对待我，那真叫我心中感激哪。"说到这里，把她纤手又拿到鼻子上来闻了闻，抬头望她一眼，笑道，"妹妹，香香手终可以的吧？"

小冬啐了他一口，忽然又娇笑道："不过你要香嘴的话，我终也可以答应你。哥哥，你可要再香一个嘴吗？"

逢春听她这样说，心里荡漾了一下，笑道："妹妹赏给我吃甜的，我终喜欢接受的。"说着，便真的凑上嘴去吻她的嘴。不料小冬伸手打了他一下嘴，却一骨碌转身逃到对面梳妆台前去，弯了腰咯咯地笑了。逢春见她这样娇憨淘气的神情，不免也为之神往矣。

从此以后，两人哥哥妹妹十分亲热。小冬在金门饭店住了七天，逢春每天终来和她谈笑两小时。这日小冬告诉明天要动身回北京去，逢春特地请她吃一次饭，说定明日在金门饭店来伴她下船。当逢春回到军部，时已夜里八点，见自己写字台上放着一信，知是家里玉妹写来的，遂在转椅上坐下，把信拆开，抽出信笺一看，不料里面有两种笔迹的信笺。一种笔迹是妹妹的，那自己认识的；还有一种笔迹，写得非常清秀，却不知是谁写来。逢春因为心里奇怪，遂急急地先展开那清秀字的信笺，瞧道：

书奉春君左右：

琴不肖，赧颜陈达下情，伏祈鉴宥，悯其愚忱，而谅其苦衷，琴不胜感受之至！前者蒙君以杀贼救父，转展走向告语，乃琴不加察，反遗君一纸，责君不情，其所以拒君于千里外者，实由误会而起。琴不能细细考虑，以致君受此委屈，罪甚罪甚！既知此事经过，君不任咎，而琴亦未始有错。奈造化弄人，既误夏霞于前，复弄燕琴于后。彼中山公园者，实为琴目睹之伤心地也。此而可忍，孰不可忍？嗟夫！逢春，此琴之所以拒君责君而不疑也。脱不幸不遇玉妹，以尽情相告，则君之委屈，无由能明，琴之苦衷，亦无由得达。琴自受打击，心灰意懒，以为人海茫茫，称知己者，非哥莫属。今若此则前途黑暗，叹身世之孤独，感家人之飘零。每当清夜自思，辄欲捐此残生。所幸上月邂逅玉妹，邀我至家，得悉种种真相。琴于此，既感老父身受再造，复感君大度容人。再三思维，自觉百罪莫赎矣。窃思人

190

子，莫不爱其亲者也。今君能一再保全老父，则琴亦唯有以君之老母侍奉甘旨为报。盖一以代君之职，一以待子之来为止。君一意国事，请无忧也。至儿女之私，人各有志，爱我与否，绝不勉强。琴本尘世恨人，只求老父无恙，得终天年足矣，他非所计较也。区区寸衷，如是如是。伏祈鉴察，余维心照不宣。

受恩女子韦燕琴九顿首
十一月一日夜

逢春把这封信反复地瞧了好多遍，这才恍然大悟。不禁把手拍了两下额角，连连地响了两声"哦哦"，暗想：原来燕琴和妹妹是遇在一块儿了。于是又把"既误夏霞于前，复弄燕琴于后，彼中山公园者，实为琴目睹之伤心地也"这四句话细细回味一下，觉得燕琴不但已知田小冬的事情，而且那日夏霞错认我当燕士的时候，她一定也在公园里的，这就"啊哟"了一声，自语道："这就怪不得燕琴给我这样一封信，原来她疑心我爱上夏霞哩！唉，我错怪了燕琴，可怜的燕儿！可爱的燕儿！你实在是一个多情的姑娘啊！"逢春说到这里，把她的信笺亲亲密密地吻了一会儿，脑海里立刻又浮映出燕琴修短合度的倩影、秀丽的面庞、倾人的笑窝。他想了一会儿，脸上显现了笑。这半年多日子来的满腔怨恨和愤怒，此刻都消灭了。于是他又急急地展开妹妹信笺，不料里面尚裹着一张冰琅雪笺，展开一瞧，只见泪血斑斑，漫纸皆是。逢春大吃一惊，仔细看去，原来是燕琴作的一首古风，题名为《悲落花》，遂琅琅地念了一遍，念到"处处啼残杜宇声，落红片片别春行，行不得也唤哥哥，报道一声去北平"，逢春到此，再也念不下去，他那喉间早已哽住，泪水便掉了下来。一会儿，方又念了下去，直念到"明岁逢春能再发，燕儿莫要泪偷弹"的时候，他的心里又想到燕琴的可爱，几乎为之破涕失声矣。一面又把玉春的信看了一遍，只见写的是："在上月二十日，母亲病了十天，病势颇危，妹正忧煎万分，幸遇琴姐于南车站路，同到我家，请医诊治，服侍母亲，几至衣不解带，情深谊厚，直令妹感激流涕。间春哥谓琴姐负心，此实彼此误会。今琴姐附上一函，哥阅读后，还请谅其苦衷。妹在这儿希望哥哥和琴姐和好如初，则母亲与妹亦甚安慰矣。"

逢春瞧毕妹妹的来信，方才又明白母亲病中，全仗燕琴尽心服侍汤药，才得愈可。一时更加感动，恨不得此刻就和燕琴相见在一块儿，互诉苦衷，亲热一场。但猛可又想着自己答应小冬的介绍夏霞之事，这就急得"哟"了一声叫起来，暗想：那可怎么办？而且小冬明天就要动身哩！逢春这样一想，他满头的汗珠就像雨一般地滚下，只觉坐立不安，心乱如麻。逢春在此情景之下，真有些哭笑不得了。

第十二回

雪地逢侣顿开茅塞
病床侍母欲报之恩

虽然是暮秋的季节，但在北京城里是早已大雪纷飞了。天空是阴沉沉的，仿佛有心事的人一般地全把忧愁堆到脸上来。风是发狂似的刮着，飘下来的雪片好像鹅毛样地混飞着。大街上是白漫漫的一片，屋顶树梢也都堆满了厚厚的白银，真所谓是琼楼玉宇了。燕琴站在玻璃窗的面前，望着窗外飘舞的雪花是那样地纷乱着，但自己那颗忧郁而枯燥的芳心和雪花同样地紊乱着。她把手托着自己清瘦的下颚，想着过去种种的一切，她的泪珠又会在粉颊上展露了。在万分感伤之余，她情不自主地深深叹了一口气。四周的寂寞激起了她心头无限的悲哀，忽然身后有人轻轻地一拍，低声喊道："琴姐，你一个人又在难受了吧？"

燕琴收束了泪痕，回过身子，勉强装出微笑，说道："谁难受？我在赏雪景哩。影妹，你瞧，这雪下得好大呀！"

雪影微微一笑，一面拉了她手，一面大家坐到桌边去。燕琴并不说什么，她那明眸望着对面融融正在燃烧的壁炉，兀是呆呆地出了一会儿神。雪影望着她的两颊，说道："我以为你应该想明白一些，这八个月来，我瞧你的脸实在清瘦了许多。"

燕琴回眸瞟了她一眼，说道："我也并不是为了逢春的事而不乐，譬如爸爸在上海一个人，没有人去服侍他；哥哥的音信，又是一些也没有。你想，叫我一个人孤零零地留在北京，也不知究竟如何结束此生，怎不令人心酸泪落？"说到这里，眼皮果然又润湿了，忍不住又叹了一声。

雪影微蹙了眉尖，雪白的牙齿微咬着殷红的嘴唇皮子，说道："你的年纪轻啦，何必存这种消极的念头？你爸爸前两个月来信，不是说在上海创办革命军的民报纸吗？可见他老人家已到这般年纪了，他还要努力国事呢，那何况是我们年轻的人？至于你哥哥的人，我猜想着，他一定已不在北京城里了。杨先生既到外埠去，他还不是跟你哥哥走一条路线的吗？所以你不用忧愁，静静地看着，不久的将来，北京城里那些豺狼虎豹会消灭尽呢。到了那时候，你们一家人都可以团聚在一起，就是杨先生的误会不是也可以解释明白了吗？"

燕琴听她这样安慰着，一颗芳心自然解宽了许多，握了她的手，紧紧握了一阵，破涕笑道："但愿能够应了你的话，这不但是我一个人欢喜，就是整个北京城里的百姓也会雀跃起来。我相信着，光明终有那么一天，会透露在我们的眼前。"

雪影也笑道："对啦！你瞧这两天报上登着，革命军先锋部队不是已将到汉口的附近了吗？只要汉口攻下，那北京也就在掌握之中的了。"

两人正在闲谈，忽见嫂子月英笑盈盈地走进来，说道："韦小姐你们快别谈了，老太太请你们吃点心去呢。"

雪影听了，便拉着燕琴站起身子，笑问道："请我们吃什么好点心？"

月英笑道："老太太说今天的气候会骤然降冷了这许多，所以在上午就叫厨房里红烧了半只羊肉，如今已结了冻，此刻下了些面，放着羊羔，味可真不错，你们快来吧。"两人听月英说得有趣，也就忍不住哧哧地笑了，于是三个人一同步到上房里去了。

今天这样大雪，不料次早雪倒停止了。但是没有太阳，天空依然是暗沉沉的，仿佛继续还有落雪光景。燕琴原是前天到雪影家来的，被雪影留住了几天，因为天天大雪，所以燕琴就答应玩几天，看今天已不落雪，遂告别回家。雪影拿住了她的灰背大衣，瞅她一眼，不依道："燕琴姐姐，你怎么这样性急？家里可没有杨先生等着你呀，就是这样舍不得家做什么？"

燕琴听她还要这样取笑自己，便撩起手，扬了一扬，恨恨地白了她一眼，娇嗔道："你再胡说，我可捶你。"说着，倒又嫣然笑起来。雪影握着她手，一面告饶，一面也哧哧地笑了。燕琴遂又正经地道："让我回去看望一次，反正明天又可以来玩的。"

雪影见留她不住，也只好把大衣让她穿上了，一同到上房去向钟老太和月英告辞。钟老太叫阿三用汽车送她回家。月英道："阿三送老爷到行里去后，还不曾回来。我打电话去喊出差汽车吧。"

燕琴急得连连摇手，说道："不用不用，你们别客气，否则下次我就不敢来了。"雪影拉住她道："外面雪大，路上不能走，否则我也不和你客气的。"

燕琴笑道："我就喜欢在雪地上走走，你就是喊来了，我也不坐的。伯母，大嫂，我们再见。"燕琴说完了这两句话，也不知打哪来的气力，竟把雪影反拉着走下楼去了。雪影没法，只好送她走出大门。一面跨出门口，只见胡同里好像铺满了棉花，雪白的一片，疏散地也有几个脚印子。一阵朔风吹来，燕琴感到扑面生寒，这就想到后面的雪影，她还不曾穿大衣哩，去阻止她停步，笑道："外面风大，你进去吧。"

雪影道："那么你明天再来，我等着你。"燕琴点头一笑，便匆匆地走出了胡同。

外面的街上，已由清道夫把雪扫到两旁。燕琴远望人家的屋顶上，兀是厚厚地堆满了雪。紫金街过去一段，便是南车站路，燕琴微抬了头，只管呆望着人家屋顶的白雪，也就不再去注意旁的。因为是静悄的缘故，街上的车马自然很少。不料这时候横路里急急奔出一个女孩子来，冷不防竟和燕琴撞了一个满怀。燕琴几乎被她撞倒，连忙将她扶住了，低头一看，齐巧那女孩也抬头向自己望来，彼此这就"啊哟"了一声，忍不住叫起来。原来那女孩不是别人，正是逢春的妹妹玉春。燕琴这七八个月来，何处不找到，可是终不晓得玉春的家搬在哪里。今日在无意之中，居然和玉春撞见了，那真所谓踏破铁鞋无觅处了，得来全不费工夫了。燕琴当然是万分地欢喜，便急忙说道："玉妹，玉妹，你好不应该，为什么悄悄地搬了家？连通知也不通知一声，那不是叫人着急吗？唉，我这七八个月来东探听西访问，真累苦了我啊！"玉春想不到燕琴会说出这几句话来，一时倒也出乎意料之外，不免望着燕琴的粉脸出了一会儿神。燕琴见玉春半年多不见，个子倒也长得不少。她穿着一件绒线大衣，但握了她手兀是冰凉的，一时望着她冻红了的两颊，不觉也起了哀怜之意。谁知玉春忽然一个转身，挣脱了燕琴的手，回头就要走开去。这一下子把燕琴真急得了不得，紧紧地拉住了她，怎肯放松，急道："玉妹！玉妹！你为什么不理我？"

玉春不等她说完，便回眸瞅她一眼，冷笑了一声，说道："我们是穷人啦，不怕辱了你的体面？拉着我做什么？"

燕琴从来也没有给玉春这样抢白过，今天听了这几句话，一颗芳心真有说不出的悲酸，眼泪便滚滚地落了下来，哽咽着道："玉妹，你这是哪儿话？你以为我气苦了你的哥哥，所以你就和我生气了吗？不过这其中原有不得已的苦衷，我先问你，你哥哥现在在什么地方啊？"

玉春听燕琴这样说，又见她双泪直流的样子，一时心头也软了下来，眼皮一红。但她犹竭力熬住了泪水，问她说道："你……你不是已另有爱人了吗？还问我哥哥做什么啦？"

燕琴失惊道："玉妹，这话是谁告诉你的？"

玉春见她花容失色的情景，乌圆的眸珠停住了一会儿，说道："是哥哥自己告诉我们的，这难道还会错的吗？"

燕琴听了这话，心中已经明白了逢春的误会，是完全为了自己的一封信，因此懊悔和伤心愈加充满了心头，淌泪说道："我哪里来什么爱人？恐怕你哥哥自己倒真的另有爱人吧。"

玉春摇了摇头，小眼睛瞅住了她海棠带雨般的脸，说道："我哥哥心中除了你姐姐外，恐怕是再也没有爱人了，那我倒可以做担保的。假使哥哥另有爱人的话，他得知了姐姐负心的事，他又何必气得这个样呢？"

燕琴听她这样说，奇怪得了不得，说道："这是我亲眼目睹的事情，难道我会瞧错了人吗？"

玉春凝眸含颦地说道："你瞧见了什么？哦哦，莫非你在中山公园里瞧见了哥哥和夏小姐坐在一块儿谈话吗？"

燕琴听玉春先说了出来，一撩眼皮，连忙说道："可不是，我瞧夏小姐和你哥哥真亲热得了不得，这种亲热叫人见了有些肉麻……"

玉春听到这里，倒忍不住扑哧地一笑，说道："你们两个人的误会，我倒明白了。说来终是姐姐的不好，当时你瞧了夏小姐和哥哥的情景，那你为什么不来和哥哥说明呢？偏故意气我哥哥。哥哥既不明白你的用意所在，他不是要误会你的负心了吗？"

燕琴急道："那么夏小姐到底是你哥哥的什么人？你快告诉我吧！"

玉春道："这事情说来话长，我回头要好好和你谈一谈。此刻我给母亲买橘子吃去，可怜我母亲已病了十天哩！"

燕琴到此刻方才听她告诉出母亲病的消息，一时大吃了一惊，忙又问道："什么？你母亲病着吗？大夫可瞧过了没有？你快伴我先去望她老人家吧！"

玉春摇了摇头，很伤心似的叹了一口气，说道："母亲不肯瞧大夫，她舍不得钱，说哥哥又不在家，一切都应该节省些才是，还能浪费金钱吗？我瞧母亲这十天来得热势颇盛，嘴干唇焦，吃凉的东西才感到爽快，所以我想着买橘子给母亲吃。姐姐，我们先去买了橘子，然后再一同回家好吗？"

燕琴听她这样说，方知逢春果然没有在北京了。两人一路走，一面她又问道："那么你哥哥到什么地方去了？"玉春道："大街上说话不便，我们回家里说吧。"两人在水果店里买了一篓蜜橘，钱是燕琴付的。玉春不依，说这算什么意思，燕琴道："玉妹，你这客气什么？我正苦不知你们的府上搬向何处，今日相遇，又听伯母患病，那我不是应该买些东西去望望伯母吗？"玉春没有话说，只得罢了。

两人到了南车站路，转入一个胡同，玉春伴她到家里，一脚跨进房中，先遇见黄妈拿畚箕走出。她见了燕琴，便很惊讶地叫道："咦，韦小姐，你差不多有半年多的日子没来了，你一向好呀？两颊瘦削了，不比从前那样白胖了。"

燕琴听她滔滔地说着，一面含笑点头，一面低声问道："老太太可醒着没有？"

　　黄妈方欲告诉，忽听床上一阵苍老的咳嗽声触入耳鼓。玉春和燕琴三脚两步地早已到了床边，玉春掀起了帐子，只见母亲两眼微闭，遂轻声唤道："母亲，母亲，琴姐来望你了呢。"

　　这两句话听到杨老太的耳里，似乎感到十分奇怪，遂睁开眼睛来，向前望了望，果然见燕琴站在床边，脸上便微微地一笑，说道："韦小姐，好久不见了。"

　　随了这一句话，燕琴的身子已在床边坐下了。她微蹙了柳眉，望着绯红而憔悴的杨老太脸颊，也含笑叫道："伯母，你病了已十天了吗？我一些都不晓得你们已搬了家，真是天可怜的，今天才叫我遇见了玉妹。"说着，又把纤手去摸到她的额角上去，觉得是怪烫手的，暗想：那病势可不轻，不瞧大夫怎会好起来？那时杨老太听了燕琴的话，愈加不解，意欲向她询问，但又问不出口，同时全身发烧，头脑痛如刀劈，因此眼睛又垂了下来。燕琴瞧此情景，芳心暗暗地心急，想玉春小孩子究竟年轻不懂事，母亲的病症已到这样危险的地步，她还茫然无头绪哩。遂拉了玉春的手，悄悄地离开了床边，向她低声地道："玉妹，你这人好糊涂，母亲病得这样厉害，你干吗还听从病人的话，不给她瞧大夫呢？"

　　玉春听燕琴这样埋怨，眼泪便扑簌簌地滚下来，泣道："那可怎么办呢？"

　　燕琴道："你好生侍候着母亲，我此刻就去请大夫。"

　　玉春连忙拉住了她手，说道："你慢着……"燕琴回头道："为什么？你又有什么话跟我说？"

　　玉春经燕琴一问，两颊便一层一层地血红起来，良久，方才拉她走到院子里，嗫嚅着道："姐姐，我跟你说句老实话，家里已短少了钱……"说到这里，再也说不下去，低了头，竟是哭起来。

燕琴这才明白了，心里真是十分悲伤，遂说道："你放心，玉妹，一切都有我，我会给你料理的。"说着话，身子已向院子外走了。玉春当然很感动，泪眼模糊地望着燕琴的身影在白漫漫的雪地里消逝了后，她兀是出了一会儿神。忽然黄妈来喊道："小姐，老太太叫你哩。"玉春这才如梦初醒般地奔进屋子，走到床边，问道："母亲，你叫我做什么？"

杨老太见女儿苹果似的两颊上沾有丝丝的泪痕，心里悲伤，不免也涌上泪来，把那枯槁的手来抚摸她的脸，说道："你哭过吗？别伤心，母亲的病是不要紧的。韦小姐……她的人呢？"

玉春慌忙把手背揉擦了一下眼皮，假装笑脸地说道："我没有哭过，母亲这病原没要紧的。但韦小姐她说人病了，大夫终得瞧的，所以她已亲自去请大夫了。"

杨老太很慌张地说道："你为什么不拦阻她？请大夫可不是要钱的吗？"

玉春把母亲的手偎到脸上亲热着，安慰她道："母亲，你不用担忧，当初我曾对她说过，琴姐说不要紧，一切她都会料理的。母亲，琴姐没有负心哥哥，可怜她见到了我，便喜欢得什么似的。不料我心里还气着她，所以便说了几句冷话。可是琴姐听了，她就哭了。后来她告诉了我，方知彼此原是误会的。母亲，你道是怎么样误会的？原来夏小姐在中山公园里错认哥哥的情景，齐巧会给燕琴姐瞧见了，你想琴姐不是要疑心哥哥另有爱人吗？"

杨老太听了玉春这一篇话，方才知道了底细，暗想：我原说燕琴绝不是个三心两意的姑娘，想不到果然有这样曲折的事情。

遂叹了一口气，说道："那么你可曾告诉她详细的情形吗？"

玉春点头道："我约略说过一点的，可怜琴姐因为我们搬了家，她便东探听西探听，可是终找不着，她曾伤心得痛哭过的。母亲，你此刻可口干吗？琴姐有一篓蜜橘买了来，是给母亲吃的。"

杨老太又很感喟地道："造物弄人真太残酷了，好好的事情为什么却偏要发生这许多的误会呢？"这时玉春已揭开了竹篓的盖子，取出蜜橘拿小刀切成数片，抽出筋来，送到母亲口边。杨老太一面吃，一面暗想：我这病症确实是非常危险的，因为没钱诊治，所以也只好听天由命。不料在此贫病相迫的当儿，却会碰到了韦小姐，这真是绝处逢生。虽然我这病能否医好，还是一个问题，不过在九死中至少还有一生希望。唉，人生的变幻是那么不可捉摸啊！杨老太这样想着，不免又叹息了一会儿。

约莫一个时辰后，院子外停下一辆汽车，接着燕琴伴着一个大夫进来，年约五十左右，头戴獭皮帽，人中上留一撮短须，是北京有名的大夫刘觉仁。燕琴先请他到沙发上坐下，黄妈倒茶敬烟。觉仁略坐一会儿，燕琴问玉春道："母亲可曾醒着？"玉春点点头。于是觉仁走到床边，玉春端张椅子给他坐下。觉仁回头道："拿本书来。"玉春忙在写字台上取过两本杂志。觉仁接过卷拢，给杨老太把手腕搁在上面，诊了脉息，然后看过舌苔，问了一会儿病情，方才站起，坐到写字台旁去。

燕琴悄悄地跟到旁边，低声问道："刘先生，你瞧这病可要紧吗？"

觉仁皱了皱眉毛，说道："为什么延到今天才医治？病势是不轻，现在可要瞧她的命运了。"说着便在皮包里取出诊笺，提笔开了一张方子，交给燕琴说道，"这方子先吃一帖，看明天

201

如何。"

燕琴点头道："很好,那么明儿还得刘先生劳驾一次,我不来请了。所有诊金,将来总谢吧。"觉仁含笑点头,燕琴遂送他出门,方才回身进内,向黄妈说道："你把炭炉子拢拢旺,我去撮了药来,立刻就要煎药的。"燕琴说着,在桌上拿了方子,也不及和玉春招手,她就急急地奔出去了。

杨老太虽然睡在床上没有瞧到燕琴的身子,但也明白她是为自己这样忙碌着,心里是感激得了不得,望着玉春的脸叹道:"唉,我们是错怪了好人。玉儿,韦小姐这样热心地对待着我,真叫我们心里感激。"

玉春点头道："可不是,她此刻又给母亲撮药去了呢。"

待燕琴把药撮来,方才脱了灰背大衣,将药一包一包地透开,玉春早已把药罐子盛了水进来,将药放在里面。黄妈端进炭炉子,燕琴亲自把药罐子搁在上面,拉了玉春的手,低声问道:"你母亲睡着吗?"

玉春没有回答,却听杨老太在床上喊道:"韦小姐,你来……"

玉春努了努嘴,遂把燕琴拉到床边坐下,向杨老太微笑道:"伯母,你只管放心,大夫说这病很轻,服一二帖药,就好起来了。"

杨老太频频地点了一下头,抚着燕琴的玉手,说道:"韦小姐,你这份情意对待我,真不知叫我拿什么来报答你才好。"

燕琴也很亲热地握了握她手,说道:"伯母,你快不要说这些话,想杨先生不惜牺牲性命地连救了我爸爸两次的危险,这样恩深如海,义薄如云,实在令我们父女俩没齿不忘。今日我只不过聊尽一些下辈的义务……伯母若说这些话,不是反叫我惭

202

愧吗?"

燕琴说出"下辈"的两字,似乎有些难为情,那两颊上不免笼罩了一层红云。但她乌圆的眸珠一转,立刻有了主意,很亲热地又拍着旁边玉春的肩胛,微微地一笑,说道:"我和玉妹原像亲姐妹一样,说句冒昧的话,伯母仿佛我的亲娘一样,那么彼此还用得了客气吗?"

杨老太听她接着又这么地补充了一句,当然也明白她是为了避免难为情起见。不过她这几句情意真挚的话,是很使人感动的,一时深悔不该和她绝交,幸而还没有当面和她破裂过,觉得彼此还可以有恢复感情的希望,遂微笑道:"我假使有韦小姐那么一个女儿,这真是我前生修来的福气了。"

燕琴听杨老太这样说,一颗芳心很是安慰,扬起眉毛,掀着笑窝,说道:"伯母既这样地爱怜我,那么你就收我做个女儿吧。"杨老太笑了一笑,却并不答应。燕琴起初倒是一怔,仔细一想,这就猛可理会她不答应的意思了,心里又羞涩又甜蜜,于是也不再说认亲娘的话了。

杨老太的病虽然很重,因为心里喜欢的缘故,所以她的精神似乎好了许多,又说道:"韦小姐,你的爸爸身体好?唉,我们竟有这么多的日子不走动了。说来说去,终是我的逢春不好,他假使不这样性急的话,误会的事情大家不是也可以说明白了吗?"

燕琴听她埋怨逢春,显然玉春已把误会的事向她说过了。不过按诸实际而论,逢春倒不能怪他,其错是在我妒性太重。虽然爱情这样东西,绝不能有第三者参与其间,但也不可以不问清楚,就这样地拒逢春于千里之外,那还不是我的罪恶吗?燕琴心中既然这样自责着,她的两颊更红晕了,眼眶子里含了晶莹莹的泪水,粉脸慢慢地低垂在胸间。忽然她又想着老太太是在问自己的话哩，我怎能不回答，于是她又毫不介意似的说道："我爸爸第二次被杨先生相救的事，我在第五天后方才知道，因为事前我已躲避到同学家里去了。所以这次的误会，倒也不能全怪杨先生。总之，是造物太会捉弄人了。现在我在北京是只有一个人，爸爸到上海在办报馆，哥哥又不知在何处。"

杨老太见她泪眼盈眶的神气，知道她自己也有了悔意，遂说道："原来你爸爸是到上海去了，至于你哥哥，我倒知道，因为逢春来信中曾经提起他，你不知道吗？两人是都已在广东干工作了。"燕琴听了，也完全明白逢春是到广东去了。因为无意中又得知了哥哥的消息，自然感到了万分的安慰。

这时候有一股子药香蕴藏在室中的空气里，燕琴遂把炉子上的药罐子取下，玉春拿了一只碗来，把药汁盛在碗内，盖了一只小碟子，上面又放了一把剪刀。黄妈也把午饭盛出，玉春道："琴姐，你真也累忙了，我们快吃饭吧。"

燕琴道："我先给伯母喝了药。"说着，又走到床边坐下，把碟子拿下，端着药碗，凑在嘴唇边，微微地先喝了一口，说道："不烫嘴了，伯母，我服侍你喝了吧。"这样体贴入微的神情，瞧在杨老太的眼里，真是又欢喜又感动，遂微仰了脖子，把药大口地咕嘟咕嘟都喝了下去。玉春又很快地取过一杯温开水，给母亲漱了口。

杨老太用感谢的目光，在燕琴的粉脸上逗了那么一瞥，说道："韦小姐，谢谢你，你和玉儿快用饭去，真叫你累忙了。"

燕琴道："那么伯母该好好地静睡一忽，回头喝一些粥，润润喉咙好吗？"

杨老太点点头，燕琴给她被子塞塞紧，又给她放下了帐子，这才轻声和玉春坐到桌旁去吃饭了。饭毕，黄妈把碗筷收拾出去。燕琴轻轻地步到床边，掀起帐子望了望，果然睡得很熟，心里很放心，遂走到梳妆台前去洗脸。玉春见她只把面巾擦了一个脸，并不施什么脂粉，因说道："琴姐，香粉和胭脂盒都在小抽屉里，你为什么不用些呀？"

燕琴摇头道："我对于这些化妆品是好久不用了。"

玉春凝眸瞅住了她白净的两颊，奇怪道："为什么不用了？从前你不是终要施一些脂粉的吗？"燕琴并不说什么，一面走到炭盆的旁边沙发坐下，一面却是深深地叹了一口气。

玉春跟着她到沙发旁，在沙发臂胳上坐下，微笑道："是不是为了哥哥的另爱上了别人，所以使姐姐心灰意懒了吗？"燕琴有些害羞，低头依然不答。玉春又笑道："可是我哥哥为了你的另有爱人，他便心灰得从此不愿再谈爱情了。他说女子全是三心两意的，没有一个不喜欢虚荣心，说什么柔情蜜意，也无非骗骗人罢了……"

燕琴不等她说完，这就急得抬头望着玉春的小脸，说道："我哪里还有什么爱人？唉，说我爱上了别人，这是冤枉极了。"

玉春眸珠一转，露齿笑道："不过说句天地良心的话，我哥哥实在也只有爱上你一个人……"

燕琴伸着两手，在炭盆上暖手，不停地搓着。听玉春这样说，颊上虽然没有涂着胭脂，但也红晕得好看了，秋波盈盈地逗给她一个猜疑的目光，怔怔地问道："那么……这位夏小姐是谁呢？"

玉春把小手按到她的肩胛上，索性把身子也靠住了她，说道："说起这件事情真叫人有趣，而且也关系着你的哥哥呢。"

燕琴听她这样说，当然是莫名其妙，遂把玉春的身子搂到自己的怀里来，抚着她手，急问道："什么？你这是哪儿话？和我哥哥有什么关系呢?"

玉春笑道:"你别着急,我详细地告诉你。哥哥当他被捉到军部的时候,不料却被田将军的女儿小冬爱上了……"

燕琴听到这里,又插嘴奇怪道:"咦,田小冬她是我哥哥的妻子呀!那天哥哥回家,曾经和我这么地说过一句,你如何又说是爱上了你哥哥啦?"

玉春哧地一笑,说道:"事情的离奇就在这一点哩。琴姐,你且别问,我告诉完了,你自然明白了。当时田小姐把哥哥提到她自己房中,要哥哥答应她的婚事,情愿将哥哥放走。哥哥因为忘不了你,所以始终不答应。后来经不住田小姐的软硬手腕之下,终于答应了她。不过哥哥的心中对于你,是表示万分的歉疚。那天他在中山公园遇见的夏小姐原是救你哥哥性命的人,她和田小姐却是个表姐妹。当时夏小姐把哥哥错认了是你的哥哥,所以抱住他哭了。谁知这情形又巧被你瞧见了,因此你心中也就起了误会。"

燕琴当然晓得哥哥和逢春的脸是十分酷肖,夏小姐的认错虽然难免,但为什么要哭呢?遂忙又问道:"夏小姐哭做什么?"

玉春笑道:"我再说燕哥被夏小姐救出后,约定明日在中山公园再会晤一次,不料次日却被田小姐所见。田小姐见了燕哥,又误会是我的哥哥,所以用武力把燕哥架到西山别墅,强迫结婚。夏小姐所以抱住我哥哥哭起来的原因,就是为了这一点。我哥哥一听小冬已给燕士做了妻子,他心里大喜,因为他心中爱的原是琴姐,对于小冬的婚姻,完全强迫婚姻,此刻天从人愿地竟有些变化,这不是叫他心里喜欢吗?所以他又急急到你家里来找你,不料齐巧遇到黄队长要向你爸行凶,于是他把黄队长结果了。大概在这天不知怎的同时又得知了姐姐另有爱人的消息,所以哥哥是气愤得差不多人也不要做了。"

燕琴到此，这才统统明白详细，觉得小冬和自己哥哥的婚姻，真可说是莫名其妙，想来又好气又好笑。但是想着逢春的受冤，又觉得实在对不住他，忍不住叹了一口气，说道："想不到事情有这样离奇……"只说了一句话，忍不住又连声叹息着。

玉春道："不过我还奇怪着，哥哥说你爱上了别人，这消息打哪来的呢？"燕琴于是只好把自己给他一封讽刺信的事情告诉。玉春听了，瞟她一眼，埋怨她说道："天下本无事，庸人自扰之，这两句话真一些都不错。琴姐，并不是我来嗔怪你，这完全是你做事的太鲁莽，在未明白真相之前，你如何可以这样对待哥哥呢？虽然你原是为了爱哥哥的缘故，所以气愤到如此地步，不过彼此究竟容易发生误会哩。"燕琴被玉春这么一说，她也不知道为什么要这样地辛酸，泪水竟是抛下了两颊。玉春见她哭，不免也伤起心来，微仰了脸，伸手在她颊上拭着泪珠，说道："姐姐，你别伤心，好在哥哥的地址我是知道的，明儿我写信去的时候，姐姐就附一封信去向他解释解释，那么彼此的误会不是可以消灭了吗？"燕琴听她这样说，遂点头含笑，把玉春身子紧抱了一会儿，表示亲热和感谢的意思。

这天晚上，燕琴没有回去，就宿在逢春家里。她睡在杨老太的脚后，服侍她的要茶要水，真是十分关心。如此过了五天，杨老太经服药调理，病势渐渐转轻。兼之燕琴日夜服侍，委婉体贴，心里喜欢，那病魔也会慢慢地逃跑了。这夜，玉春便叫燕琴写信给哥哥解释误会去，她自己也写了短短一封，和燕琴的信一同套入信封。燕琴忽然想到自己作的那首《悲落花》的古风，遂一并寄去给逢春。

待逢春在广东接到这封信的时候，齐巧他已答应小冬介绍夏霞的婚事。你想，这件事情可糟不糟？所以当天夜里，逢春是一夜没好好地睡。直到东方发了鱼肚皮色，他才朦胧地合了一会儿眼。次日起身，连办公都没有心思，好容易舒齐了一切，这才急急驱车前往。小冬见了逢春很早起身，因为落船时间在下午五时，她一颗芳心自然十分喜悦，便笑盈盈地迎了上去，小鸟依人般地偎到逢春的身边，娇媚地说道："哥哥，你大概也舍不得我离开吧？所以你此刻一点钟就来了，那么我们不是整整地还有四个钟点可以相聚吗？"

逢春拉了她纤手，微微地一笑，说道："可不是……"

在小冬心里以为他在"可不是"这一句话下面至少还有几句别的话，不料他却没有说下去。这就望着他咻地一笑，转身又去斟一杯香茗，亲自交到他的手里去，笑道："哥哥，你喝茶。"逢春说了一声多谢，把茶杯又放到桌子上去。小冬见逢春愁眉苦脸的神气，仿佛有什么心事一般，便咻的一声，故作娇憨的意态，笑道："哥哥，你到底为什么啦？怎么一脸孔的忧愁，难道有什么心事不成？"

逢春顺手又握住了她，柔和地抚摸着一会儿，忽然微红了两颊，支吾了半晌，方才嗫嚅着道："妹妹，我有一件无理的要求，要想和妹妹说，但却又不敢和妹妹说。"

小冬芳心别别一跳，皱起了柳眉，凝眸沉思一会儿，说道："你有什么无理要求？你就说吧，只要你有脸可以说得出口的，我终可以答应你。"逢春听她说话好生厉害，因此再也没有勇气说出来。这种欲语还停的神情，瞧到小冬的眼里，这就愈加疑窦丛生起来，暗想：奇怪极了，他为什么又说不出口了？难道他又爱上了我吗？这是绝不会的。假使他要爱上我的话，何必还到这个时候呢？他的人品是清高的，思想是伟大的，那么所谓无理要

208

求，究竟是什么要求呢？小冬这样想着，便凝望了他的脸，奇怪道："你说呀！你肚子里藏着，那叫我怎么样地知道？"

逢春被她一催，于是再也熬不住了，说道："前次承蒙妹妹多情爱我，一定要把夏霞介绍给我，使我那空虚的心灵，可以得到现实的安慰。当初我是答应你的，但是我现在又有万不得已的苦衷，所以妹妹的情意，我就心领谢谢了。本来我也不敢如此反复无常，好在对于这件事，妹妹还不曾去和夏小姐接洽妥当，所以就是作罢，也无损于夏小姐的名誉。虽然这话是有些不近人情，但我实在有说不出的苦衷。妹妹，你就原谅我可以吗？"

小冬听他这样说，方才把满腹的疑窦涣然了。但是她又非常奇怪，当初他原喜喜欢欢地答应我，在我动身之前几小时忽然又变卦了，这到底是为了什么原因呢？遂把明眸脉脉地瞟着他俊美的脸蛋，雪白的牙齿咬了一会儿嘴唇皮子，沉吟了半晌，说道："哥哥，我听了你这个话，心里真弄得丈二和尚摸不着头脑。既然你有万不得已的苦衷，那么你该给我说出一个原因来，不然我可不答应你。"逢春这就感到左右为难，说了好，还是不说好？呆呆地不免愕住了一会儿。小冬见他不作答，愈加奇怪，遂追问道："说呀，干吗不说？不说，我就不答应。"

逢春被逼没法，只好在袋内取出燕琴那封信来，交到小冬的手里，说道："妹妹，你瞧一瞧这封信，就可以明白我的苦衷了。"

小冬好生惊讶，一时也不加思索，先把信笺急急地瞧了一遍。瞧到"既误夏霞于前，复弄燕琴于后"两句时，她虽有些明白，但兀不知底细，急问道："这燕琴到底是谁啦？她怎么也知道夏霞的姓名哩？"

逢春笑道："燕琴就是你的姑娘，你也就是她的嫂子。我告诉你，当初我之所以不肯答应你的婚姻，也是为了燕琴的缘故，因为她和我确实已有深厚的情谊。可是为了夏小姐的错认我作燕士，被她齐巧窥见，以致又起误会，如今幸而遇我妹妹，方才误会涣然冰释。妹妹，我答应你的婚姻，是为了救命之恩，情有可原，但如今若再弃燕琴而答应夏小姐，这叫我良心如何能安？所以我心中的苦衷，是要妹妹特别怜悯我的。"

小冬听了这一篇话，方才明白逢春的真正爱人原来还是燕士的妹妹燕琴。燕士俊美若此，其妹容貌，艳丽可知。况且夏霞和他究竟并无真正感情，我若强迫拉成，结局未必美满。燕琴既然是我的姑娘，我当然也不能破坏她的爱情，对于表妹的事，也只得作罢了。小冬虽这样存了心，但表面上犹娇嗔满面地道："你既然爱着燕琴，那么何必答应我呢？我的表妹可不是叫你开玩笑用的呢？"

逢春听了这话，也自知理屈，不禁绯红了脸，叹道："我也并非嫌夏小姐不美，其所以拒夏小姐而纳燕琴者，也无非为了交谊深厚而定罢了。妹妹若不谅我，岂不叫我……"说到这里，心中一酸，便欲掉下泪来。

小冬这才把纤指划他脸颊，咻地笑道："哭得出，不怕难为情吗？瞧在姑娘的脸上，就是给你做一个姑爷吧。"

逢春听她答应，心中这一欢喜，意欲拥而吻之，却被小冬狠狠地打了一下肩胛，回身自到沙发上去坐下了。逢春到此，不禁羞涩满脸，呆住了一会儿。小冬回眸见他这样，倒又嫣然笑了。逢春被她一笑，方又步过来，一同坐下，闲谈了一会儿。直到四时半了，这才坐汽车送小冬落船。伴她到大餐间，放下皮箱，两人又谈了几句，一瞧手表，已四时五十分了。这时两人心中，觉得时间愈近，也愈起了依依惜别之情。直到船将开的当儿，两人握着手，逢春说句"妹妹是有身孕之人，路上保重"，大家洒泪而别。小冬站在白漆船栏旁，望着站在码头上的逢春，想起数日来的相聚，忆起订婚的一夜，觉得明明是自己的丈夫，至今只换得一个哥哥的名义，而不久已将做自己的姑爷。就在这沉思之间，船身已在波涛中前进。时正斜阳西沉，远望水天相接，茫茫一片。陡忆表妹夏霞之身世，顿时激起无限同情之悲哀，只觉那一股辛酸，两行热泪早已滚湿衣襟矣。

第十三回

奔走风尘掩面对泣
声惊鼙鼓一举得雄

　　教堂里一阵洪亮的钟声，已在寂寞的空气中流动了。虽然时候还只有早晨九点钟光景，天气又这样地严寒，风吹得那么紧，雪飘得那么大，但矗立在半空中的高大教堂门口，一辆一辆的车马却接连不断地会从远处停下来，里面跳下的男女信徒，挟着他唯一的《圣经》，默默地都向十字架的大礼堂里走进去。其中有一个年轻的姑娘，身披灰背大衣，一步一步地低头走着。这时就有一个五十左右的女牧师，笑盈盈地迎上来，握了握她的手，叫道："夏小姐，您早！"

　　那姑娘微微地一笑，也说了一声："张师母，你早！"于是她就脱了大衣，在座位上坐了下来。只见她身穿一件元色绸的皮旗袍、黑色的丝袜、黑色的皮鞋，长长的乌发还系了一根黑色的丝带。因为她全身是黑色的缘故，这就更衬托她的脸庞是秀丽得可爱。两条淡淡的柳眉细而且长，弯弯地覆着下面一双滴溜乌圆的眸珠，更是秋波那样灵活，显出聪明的神气，鼻子是很挺直的，地位是很适中，下面那张薄薄的嘴唇，愈加令人感到美丽。但是她的脸部并不施脂粉，而且眉尖颦蹙一起，仿佛西子捧心那样地显出楚楚可怜的风韵。从她这意态上猜想，显然她一定是个失意的姑娘。果然不错，原来那姑娘就是夏霞。夏霞自从燕士被表姐小冬硬生生地夺了去，她心里真仿佛挖去了一块肉，感到万分的痛苦。后来遇到了逢春，见逢春和燕士一样俊美可爱，于是把她内心一缕没处安放的情思，要寄托到逢春的身上去。不料逢春因燕琴的负心，万念俱灰，他便辞教迁居，毅然奔赴广东。因此夏霞第二次到他家里去，早已人去楼空，到此方知逢春无意于我，想起自己的痴心，真有万分的悲酸。这天回家，晚上又暗暗地泣了一夜。从此以后，夏霞便郁郁寡欢，抱着消极的态度，觉得自己前生中大概有什么冤孽的事情，所以今生会如此失意，好好的一头美满姻缘，硬生生地终于被小冬拆散了。于是她要想忏悔自己的罪恶，每星期日上午终到教堂里去做礼拜。教堂里的牧师，知道这是一位有钱的小姐，所以非常欢迎，并且又劝她捐助些金钱，那么自可以消去灾难，也许将来仍可以得到幸福。夏霞这时心灰意懒，对于金钱更加瞧得轻贱，自然乐而捐助，因此夏霞也就成为教堂里一个大善女了。

这天又是星期日，虽然天空的雪是落得大，但夏霞并不怕冷，依然早起，挟着《圣经》，坐车到教堂里去。照例是唱赞美诗，然后牧师讲《圣经》，讲毕，又大家起立，做祷告，再次喝耶稣的血肉，捐钱，又唱赞美诗。到教堂里做礼拜去的人，大半都是伤心女和那失意徒，为了赞美诗唱得凄婉动人，所以有很多的人会扑簌簌地落眼泪。做礼拜就是这么一回事，一上午的时光也就在几声"主要救你"的音韵中悄悄地溜走了。当夏霞带了一颗悲酸的心，慢步地踱出了教堂的大门，她的眼皮还有些红晕。外面的雪是依然纷纷地飘舞着，大街上雪白的一片，虽然也有几条车轮经过的痕迹，但没有一会儿，那搓棉似的雪花又会厚厚地堆了上去。夏霞眼眶子里是贮满了泪水，她觉得自己置身在这茫茫的雪地里，仿佛一只孤雁那样地伤心，于是她那两行热泪也就沾上了脸颊。这时候阿四把汽车开到了她的面前，叫声"小姐上来吧"，夏霞似乎有些醒觉，拍了一下身上的雪花，跳上车厢，坐回家里去了。

夏霞到了家里，银菊含笑迎上来，笑道："外面冷不冷？好好的不在房中烤烤火，却喜欢做什么礼拜去，那到底有什么意思呢？"银菊一面说，一面把夏霞的灰背大衣脱了，藏到衣橱里去。夏霞听她这样说，却是微微地叹了一口气，把那本《圣经》好好地放到书架上去，回身走到壁炉旁边，把手去暖了暖，两眼望着那融融的火光，却是呆呆地出了一会儿神。

这时李妈亲自端上夏霞的饭菜，放在百灵桌上，低声喊道："姑娘，吃午饭吧，早晨只喝了一杯牛奶，此刻想也饿了。"夏霞懒懒地转过身来，走到桌旁，在那张锦垫沙发上坐下。李妈指着那碗火腿炖鸡，向夏霞说道："这碗是已很烂的了，你给我多吃一些吧。姑娘终要想开一些，何苦自伤身子？这几个月来，你拿面镜子照照，可还有像以前那样白胖了吗？"夏霞并不回答，握着银子的筷子，只管拨着碗内的饭粒，匆匆地吃了一碗饭，却不再添了。李妈着急道："为什么不添些？年纪这么轻，只吃一盅饭，那不是叫我……"说到这里，觉得以下不知该说什么好，因此顿了顿，把手伸过来，要给夏霞再添一些。

夏霞道："我吃不下了，哪里可以硬塞下去呢？"

银菊把面盆水放在梳妆台上，听夏霞这样说，便笑道："此刻既吃不下，回头就再吃点心吧。小姐，你洗脸。"

李妈很怨恨地说道："唉，你不听从我的话，我心里就会难过。"

夏霞不答，已是起身走到梳妆台前坐下了，拧了手巾，擦了

214

一把脸，拿了象牙梳子，对镜理了一回云发。当她秋波瞥见镜中映出背后大橱的一角，使她一颗芳心里陡然忆起了那夜燕士躲在房中的一幕，仿佛此刻镜中又映出燕士魁梧的身子、俊美的脸庞，握了手枪，一步一步地走上来。夏霞她的芳心是跳跃得厉害，她有些如醉如痴。银菊见小姐的秋波完全定住在镜中了，同时她纤手里捏着的梳子也掉了下来。忽然间，小姐猛可地站起，回过身子，靠在梳妆台边，右手抱住了胸部，左手抚摸着桌沿边。这种失常的意态，会叫人疑心她是发了神经病。银菊急得脸失色，走上来拉住夏霞的衣袖，叫道："小姐！小姐！你怎么啦？你怎么啦？"

夏霞被她这样一喊，方才把她从幻想中恢复过原有的知觉来，哪里有什么燕士的人呢？她有些伤感，回眸望着银菊惊慌的脸，淌下泪珠来，安慰她道："别怕，别怕，没有什么，我觉得有些心痛。"

银菊听她这样说，更急得双泪直流，说道："小姐，好好的怎么就会心痛了？到底怎么样？我立刻送你到医院里去吧！"

夏霞忙道："不不，我这心痛没关系，让我躺会儿就好了。"夏霞说着话，她的身子已向床边移步走过去。银菊扶着她腰，觉得小姐的态度实在太使人奇怪了。不料正在这时，忽见小冬的丫鬟小玲匆匆地奔进房来。她见银菊扶着夏霞，脸上显出很惊讶的神气，忙说道："二小姐，你怎么啦？有些不舒服吗？人小姐从广西回家了，她有事情请二小姐过去谈话哩。"

夏霞一听小冬回来了，顿时把颓丧的精神立刻振作起来。她要把满腔的悲愤和怨恨，向小冬痛痛快快地发泄一下，遂冷笑了一声，鼓了两腮，怨气冲冲地说道："哼！她倒也有回来的一天了吗？我正也想和她好好地谈一谈呢！"夏霞说完了这两句话，她便放大了脚步，很快地跟着小玲到表姐房中去了。

田小冬从广东到上海，从上海再乘火车回北京，到家的时候已经是冬的季节了。离开她分娩的日子，也只不过一个月的光景了。她因为已经明白自己确实是夺了霞妹的爱人，所以她的心中是表示万分的歉疚。当小玲瞧见小姐的隆起腹部，她便很惊喜地笑道："哟，小姐，你怎么已坐喜了吗？只一夜……哧，那可不是花烛子吗？"

小冬听小玲这样说，羞得两颊绯红，妩媚地一笑，说道："前次我来信给你，叫你给我向老爷那里代为把秘书长职辞去，你可有照办了吗？"

小玲一面把她的豹皮大衣脱了，一面点头说道："早已向老爷说过了。小姐，你大概就是因为坐喜的缘故，所以就住在陆老爷那里了吗？"小冬点了点头，坐到沙发上去，一面低低地叹了一口气。小玲又端了一杯热气腾腾的玫瑰茶，送到小冬的手里，俏眼望着小冬颦蹙了的柳眉，对于小姐的叹气似乎感到有些奇怪，便轻声地问道："小姐，你怎么愁眉忧脸的神气？有小少爷了，那不是叫人心里喜欢吗？我想你将来分娩了，可以住到医院里去的。"

小冬听她笑盈盈地说着，虽然芳心也觉暗暗喜悦，但想着夏霞的怨恨，心里终感到是一件遗憾的事情。因微抬粉脸，秋波睃她一眼，说道："小玲，我既然这样地糊涂，想不到你也会跟我一样含糊哩。唉，这真是一件笑话……"

小玲骤然听小姐说出这两句话，真有些弄得莫名其妙，望着小姐的粉脸，倒是愕住了一会儿，良久，方才说道："小姐，你这话我可听不懂，到底是为了什么呢？"

小冬叹了一声，向她招了招手，叫她走到身旁来，附着她的耳朵，低低地说了一阵，说道："你想，那事情可糟透吗？"

小玲听了小姐的告诉，真是稀奇得目定口呆，"咦"了一声，笑道："我不相信，天下哪有这种有趣的事情吗？"

小冬秋波在她脸上逗了一瞥又羞涩又怨恨的目光，说道："我遇到的是事实，的确真弄错了。你快把我们的结婚照取来瞧，因为我和逢春有了旬日的相聚，他的脸在我脑海里便有个深刻的印象，我瞧照相上的燕士，一定可以辨别出来了。"

小玲听小姐这样说，便在梳妆台抽屉里取出两人的结婚照。小冬接过，细细瞧了一会儿燕士的脸，觉得和逢春果然是有不同的地方。逢春的眉尖旁，他曾指给我瞧，真的有一颗黑痣，但这照相上却并没有；还有两人的鼻子，也稍有差别，显然那照相上确实是真燕士了。小玲见她只管出神，忍不住抿嘴笑道："小姐，你可曾瞧清楚了吗？我说那是不会的，这夜我带他上楼是他，次日西山别墅里瞧见的，还不是他吗？"

小冬笑道："这是你自己糊涂，其实已是换了一个人哩。"小冬说到这里，真是又好气又好笑，又羞惭又怨恨，把照片依然叫她藏好，悄声问道："我自到广西去后，二小姐曾来找过我吗？"

小玲凝眸含颦地细忖一会儿，说道："来是来过好多次，她听你到广西去了，那天她的脸色就很不好看，我想这也许就是为了这个事吧。"

小冬听了这话，一颗芳心是跳跃得厉害，暗想：事到如此，那还有什么法子可想？不是也只好向她赔个不是吗？小冬打定主意，便欲去找夏霞，但自己究竟还是不曾公开宣布结过婚的姑娘，凸了肚子给众人瞧着，那到底有些难为情。遂向小玲说道："你到二小姐房中去望望，她若在房中，你告诉她大小姐从广西回来了，说请她来有话跟她细谈。"小玲答应，便急急奔到夏霞房中去。

　　小冬待小玲走后，她内心真是感到十分苦楚，一颗芳心的跳跃，犹若十五只吊水桶，七上八下地不停地忐忑着，暗自细想：回头我见了表妹，将怎么样向她表示抱歉好呢？我知道表妹她一定是很愤怒的。她既然比我先明白，她不是要向我责骂夺她的爱吗？小冬这样想着，她的心灵是感到极度的紧张。她害怕见夏霞的脸，但是她又不得不厚了脸皮，她要向夏霞表示深深的抱歉和惭愧。

　　就在这个当儿，忽听一阵高跟皮鞋走在路上的响声，已从远处触送到小冬的耳鼓。这使小冬的一颗心，几乎要从口腔里跳出来了。果然不出小冬的意料之外，只见表妹柳眉倒竖，杏眼圆睁，一脸怒容地步进房来。小冬她害怕，她惭愧，她只觉得有股子辛酸冲上心头。还不等夏霞开口说话，她就猛可奔了上去，抱住了夏霞的脖子，先是呜呜咽咽地哭起来了。夏霞带了一颗愤怒的心，恨恨地奔到了小冬的房中，本意是见到了小冬，就要痛痛快快地骂她一顿，不料自己还没有开口说话，小冬先抱住自己大哭起来，一时奇怪得了不得，把满肚皮的愤怒这就再也发泄不出来了，望着小冬的脸，倒是怔怔地愕住了一会儿。良久，良久，夏霞才推开了小冬的身子，颦蹙了柳眉，瞧着小冬雨后海棠似的两颊，倒也颇觉楚楚可怜，遂把一脸的怒容，立刻变成了同情她的态度，柔声地问道："表姐，你什么时候回来的？在广西差不多住了将近一年了吧？怎么啦？干吗一见了我，就伤心得这个模样呀？"

　　小冬见她果然和平了许多，心里自然暗暗地欢喜，不过听她这样问着，那叫自己又回答什么是好？心里又好生地惭愧，红了两颊，很亲热地拉了她的手，一同到长沙发上坐下了。小玲早又倒上一杯柠檬茶，喊声"二小姐吃茶"。这时夏霞的芳心，真有些莫名其妙，向小冬说道："奇怪，照理，我见了你，要痛哭流涕才是，怎么你反向我哭起来？表姐，我告诉你，你硬生生地把我的燕士夺了去，我这八九个月来的心中是多么痛苦啊！"夏霞说到这里，眼皮一红，也忍不住淌下泪来。

小冬见她也淌泪，同时又听她这样说，也是非常地悲酸，泣道："表妹，我明白了，我明白了。我那夜救出的少年，他的真姓名实在叫作杨逢春。唉，我对不住你，我太对不住你……"小冬说到这里，她又倒入夏霞的怀里，不禁呜呜咽咽地哭起来。

夏霞听她这样说，方才明白表姐亦已明白错认的一件事情了。本来自己对她原有一万分的怨恨，不过事情已到这个地步，况且表姐已在向自己忏悔了，一时便再也没有勇气责骂她了，深深地叹了一口气，说道："既然你也明白这件事了，也就罢了。不过你怎么样地知道呢？是不是在广西碰到过逢春吗？"

小冬听夏霞这样委婉的话，这反而增加自己内心的歉疚和不安，因此伏在夏霞的怀里，抽抽噎噎地哭得更是伤心。夏霞自从情场失意，一颗芳心原只有悲哀的成分，怎经得起小冬再这样地哭泣？自然也勾引起无限的酸楚，轻轻地拍了拍小冬的肩胛，凄凉地道："表姐，你快不要伤心了，我就原谅你并不是故意夺我的爱，那么你就告诉我在广西的经过吧。"

小冬心中这就感激得无可形容，慢慢地坐正了身了，泪眼望到夏霞的粉脸上，不但是清瘦了许多，而且是挂满了无数的泪珠。因此情不自禁地伸开两手，把夏霞的脖子亲热地搂住了，说道："表妹，你这样地大度容人，反叫我更对不住你。唉，我将怎样来报答你，方才可以抵去我的罪恶呢？"

夏霞叹道："表姐，你也不必说这些话，我想终是你们的缘分。我前生不知作了什么孽，所以事情有这样的惨变呢。哦，我现在是心灰意懒，我是入了教，我要忏悔，我只希望来生给我一个圆满的结果……"夏霞说一句，小冬的心仿佛有刀戳一下，她感到痛苦极了，因此更紧偎了夏霞的身子，啜泣不停。夏霞被她这样紧紧地偎着，这就发觉小冬的腹部是高高地耸着，一时推开了小冬的身子，伸手去摸了她一下腹部，惊奇地问道："咦！你已有了喜吗？别哭呀，快告诉我吧。"

小冬这才停止了哭泣，拭去了泪痕，说道："我到广西后，便经水停止了，吃了食物，就要作呕，所以我就住在那边了。当时我还不晓得逢春冒名了燕士，后来我到广东去找他，被革命军搜出我身边的徽章，于是他们把我当作了间谍，捉到军法处询问。我一见处长，原来就是燕士，当时我就借题发挥，责骂他不来封信。他也不说什么，就把我押起来，当夜他便到狱中来望我，可怜我这人竟糊涂到这个模样，还一味地把他当作了燕士……"

夏霞听到了这里，便插嘴说道："哦，想来定是逢春了吧？"

小冬点头说道："可不是逢春？但我的心中是并不晓得有逢春这一个人，所以还一定说他恶意抛弃，因为我腹中已有八个月的身孕了。后来逢春再三地向我解释，拿重重的事实来给我证明，我到此方才晓得订婚的那夜确实是逢春，而结婚的那夜却是燕士。唉，我既然明白了后，我心中是多么痛苦，我是多么对你表示抱歉和不安啊！唉，表妹，我是夺了你的爱，我是怎能对得住你呢？"

夏霞听她这样说，同时又瞧她泪水不断地涌上来，一时也觉得表姐太可怜了，她也并非不知廉耻地恶意夺我爱人，实在她是误会了。望着她雨后梨花似的粉脸，倒反而劝慰她道："事已如此，表姐也不必为我而伤心了，那么燕士他可曾也在广东吗？"

小冬握着夏霞的手，温柔地抚摸着，说道："逢春告诉我，燕士他已任了旅长职，跟随着白师长向汉口进发了。"

夏霞凝眸又问道："那么逢春他和你又说些什么呢？"

小冬红了脸，叹道："他也没有说什么，因为前次我确实是救了他的性命，所以他今天来报答我，也赦我无罪。唉，表妹啊，我也曾经把你介绍给他，预备弥补这情场的遗憾，不料逢春他原有一个爱人的，你想，所以我的心中是更加对不住你了。"

夏霞听了这话，淌泪说道："他的爱人我知道，是燕士的妹妹燕琴。"

小冬奇怪道："你怎么知道的？"

夏霞叹道："那天我在中山公园和他谈话的时候，他曾经向我老实告诉过的。"

小冬这就恍然，立刻又想起了一件事，说道："为了你们坐在一起谈话，因此又给燕琴起了误会，她便写了一封绝交信给逢春。逢春心中一气，便搬家出走，后来燕琴遇见了他的妹妹玉春，方才明白了，所以又来信给逢春，向他表白误会的事情，因此逢春他又一心地爱上燕琴了。"

夏霞听了这话，想起万家春他折筷的一幕，暗想：看他在三年之内，怎么样和燕琴结婚？想到这里，无限伤心渗入她空虚的心房，忍不住惨痛地说道："但愿你们情人都成眷属，夏霞是个苦命的女子，所以才有这样的结局。"说到这里，泪如雨下。

小冬当然也非常悲伤，抱住夏霞的脖子，泣道："表妹啊，那是我害了你，那是我害了你！你千万别伤心，我将来一定要给你介绍一个俊美的青年，让你空虚的心灵得到了现实的安慰。那么我一颗歉疚的心，才可以消灭呢，否则你在未得到称心如意的郎君之前，我那颗心终不会有安慰的日子。"

夏霞叹道："我也不想再有幸福的乐园，我只希望不要给我活得太长命，在短时间中能够结束我的一生，这就是我的幸福了。"

小冬听她这样说，不觉失声哭泣道："表妹！你不能说这些话，假使你要说这些话，我的心会像刀割一般地痛……表妹，这样吧，我绝不能害你的终身，好在我和燕士的结婚，外界是并不知道，那我何不牺牲自己，仍旧成全你们原有一对美满姻缘好吗？是的，是的，我这个主意不错。表妹，你快不用伤心了，你也千万别存这种消极的念头了。我决定让步，我决定抚养这个未来的小生命，以过我的残生……"小冬口里虽然是这样说，但内心是多么惨痛，她的眼泪像黄河决口似的滚泻下来。

夏霞听她这样说，心中不觉也感动极了，忙拍着小冬的肩胛，毅然地说道："表姐，你快不要说这种话，你和燕士是已结过婚了，况且你又将要给他养了孩子，我怎么能忍心拆散你这一份美满的家庭？就是燕士的心中恐怕也未必肯这样吧。表姐，我觉得这是造物的捉弄人，绝不是你害我，唉……"夏霞说到末了，忍不住又长叹了一声。

小冬对于她这几句话，自然感入骨髓，泪眼望着夏霞的泪眼，说道："表妹这样地爱护我，我实在感激得无话可说。不过你千万要听从我的话，切勿自伤身子，可怜你是瘦得多了。否则，我情愿牺牲自己，因为这是我自作其孽，绝不会怨恨别个人的……"说到这里，心痛已极，喉间是哽咽住了，不觉声泪俱坠。

夏霞知道表姐这话是真从心坎里爬起来的，心里十二分感动，当然也不愿叫表姐过分伤心，遂握了她手，摇撼着道："表姐，你是有身孕的人，快别太悲哀了，这对于身子是很不利的。我现在绝不自伤身子了，本来我姐妹俩原情过手足，那么姐姐的幸福也就是妹妹的幸福。所以我绝不伤心，我只有快乐，因为姐姐将要做孩子的妈了，那么妹妹也不是可以做姨妈了吗?"夏霞把秋波盈盈的俏眼，在小冬带雨海棠似的粉脸上逗了一瞥娇媚的目光，故意又破涕嫣然笑了。

小冬知道她这笑脸是勉强的，因为要安慰我这个歉疚的心，所以她不得不忍了痛苦装喜欢。唉，表妹是可爱的，是可怜的，我将如何地报答她? 小冬这样想着，她便侧过身子，在夏霞的粉脸上啧啧地吻了两下。她说不出一句感谢的话，她只有默默地淌着热泪，表示她内心的感动，已是到了沸点以上的了。

从此以后，夏霞和小冬表姐妹俩倒又亲热起来。光阴匆匆，不知不觉将到小冬分娩的日子了，夏霞已给她在产科医院里定好特等房间，欲早先伴小冬到医院里去住着。那个房间倒也很宽大，有两张床铺。夏霞见窗户是朝南开的，天气晴朗的时候，阳光暖烘烘地照射进来，光线是非常充足。窗外是个园林，可惜时在隆冬天气，树枝丫都是光秃秃的，显出枯槁的样子，会令人感到一阵悲思。小冬握了夏霞的手，很感激地道："妹妹，你为我这样操心着，我也说不出感谢的话。总之，我心里记着你是了。"

夏霞微笑道："姐姐，你别那样说，我想你在这儿一个人住着也很冷静，所以我想和你做伴，不知你喜欢吗?"

小冬听了这话，扬着眉毛，笑道："妹妹这样爱护我，我哪里还会不喜欢吗?"

夏霞笑道："那么我喊小玲去把自己被褥搬来吧。"

小冬点头道："很好，我们有了伴，那就不会寂寞了。"说着，回头向正在安放皮箱的小玲说道，"小玲，你听到了没有?"

小玲笑道："我怎的没听到？此刻我就去了。"说着，她的身子便向外走了。夏霞忙又喊住了，说道："小玲，你慢着，叫银菊把我小衫裤拿两套来，还有那架话匣子也带来，片子叫她多拣几张，要好听些的。"小玲含笑点头，便匆匆地走了。

从此夏霞和小玲便伴小冬睡在医院里。这是进院后的第五天，午后两人很感寂寞，夏霞笑道："表姐，我们开话匣子解个闷吧。"

小冬含笑点头。小冬遂把话匣子拿到桌上，开了盖，摇足了发条。小冬笑道："我拣片子。"说着，便俯身到片子箱里去拣。

夏霞急道："你怎么可以蹲下去呢？还是快给我静静地坐着吧！"

小冬的粉脸盖上了娇艳的红霞，秋波瞟她一眼，笑道："你也为我太小心了，这一些俯身又有什么要紧呢？"她说着手里已是抽取出一张片子来。

夏霞一面接过，一面笑道："终是小心些好，瓜熟蒂落，那就不伤身子。"说着，把唱片从套子里抽出，见是荀慧生唱的《钗头凤》，于是把片子搁上，放了喇叭头，那话匣子里就发出声音来。小冬是坐在床沿旁，夏霞站在话匣子旁，两人静静地听了一会儿，觉得荀慧生唱得珠圆玉润，真是凄婉动人。夏霞若有所感，不免轻轻地叹了一口气，说道："《钗头凤》的情节，不就是陆放翁和唐蕙仙的恨事吗？我说唐蕙仙也真是个貌艳于花、命薄于纸的女子呢。唉，红颜薄命这句话，古今皆然。等放翁娘既然知道蕙仙是个贤惠的媳妇时，可是已经来不及了，造物弄人，终于把她病到灭亡的地步。唉，这种事情真使天下有情人同声一哭哩。"

小冬听她这样说，当然也明白她是有感而发，遂把秋波在她脸上逗了一瞥歉意的目光，点头道："像唐蕙仙那样的身世，当然谁也不能不给她表示同情……"小冬说到这里，意欲说几句安慰夏霞的话，但是觉得无从说起，而且也不情愿把夏霞和唐蕙仙说到一块儿去，因此顿了一顿，望着夏霞凄凉的脸，不免眼皮有些红晕。

夏霞见表姐这个意态，似乎也有些理会了。她于是不再说什么，蹲下身子，也拣了两张大鼓唱片，说道："刘保全的大鼓，就真令人听了够味。表姐，我们听唱大鼓的好吗？"小冬知道她不愿勾引起心中的悲哀，遂点头赞成。夏霞于是也不待《钗头凤》唱毕，就换了大鼓片子。一连听了两张大鼓书的片子，夏霞倒很感到兴趣，回眸正欲问小冬再要听什么，不料却见小冬的柳眉是紧紧地锁着，两颊仿佛涂过胭脂一般地血红，似乎很痛苦的模样。夏霞倒暗吃一惊，挨到她的身边，急忙问道："姐姐，你怎么啦？腹中痛了吗？"

小冬点了点头，两手按住腹部，低声道："已痛了好一会儿了，我熬着，此刻愈痛愈厉害，想是要临盆了吧。"

夏霞听她这样说，哧的一声笑道："表姐，你真像小孩子似的，那能熬得住吗？我给你向医生说去，你且躺会儿。"夏霞一面说，一面急急地把话匣子收拾过去，她身子已是步到医务室中去了。

等夏霞请了一位四十多岁的女医师来，小冬的腹痛倒又差了许多。那医师给她按了脉息，又敲了敲手表，笑道："早哩！此刻还三点钟，也许要到晚上十时左右方可以分娩吧。田小姐，你别动，且静静地倚在床上躺一会儿。"小冬因为这时不痛了，便很放心地点了点头。

夏霞待那王医生走后，便坐到床边，望着小冬的脸，笑道：

"表姐，这时候腹中不痛了吗？这孩子倒放刁，回头落地后，你可不要太宝贝他哩！"

小冬听她说笑话，便也娇媚地一笑，说道："妹妹，你猜一猜，是男的还是女的？"

夏霞伸手去摸了一摸她的腹部，乌圆眸珠一转，雪白的牙齿微咬着嘴唇皮子，憨笑了一会儿，说道："姐姐的腹部高得圆而尖的，我猜一定是个男孩子。"

小冬当然很得意，咻地一笑，说道："假使真是个男孩子，我就把他拜你做个干娘可好？"

夏霞微微地红了红粉脸，笑道："姐姐舍得，我还有个不喜欢吗？"

小冬笑道："有了干娘后，明儿再给干娘去认一个干爹，那不是很好吗？"

夏霞听她这样说，两颊更娇红了，扬着手要做个打她的姿势，秋波逗给了她一个娇嗔，啐了她一口，但也嫣然笑起来。小冬见她如此不胜娇羞的意态，倒又咻咻地笑了，但笑声未完，她的双蛾又颦蹙了。夏霞笑道："可不是腹部又痛了吧，谁叫你取笑我？"小冬却不答话，咬着牙齿，涨红了脸，这回似乎比上回更痛得紧了。夏霞本来还和她开玩笑，及至瞧她痛得满头大汗，一颗处女的芳心也就害怕起来，说道："也许要临盆了，怎么痛得这么紧？那医生真糊涂，我再去喊她……"

小冬忙道："不用去喊，大概是还没到分娩时候了。前儿我瞧过生育指导的杂志，说各人胎气不同，因此分出腹痛和腰酸两种现象。腰酸产得快，腹痛比较慢些，我这胎气就不好……唔……此刻又好了些……"

夏霞见她脸部果然轻松了许多，这才把她那颗跳跃的心又平

226

静了一些，望着小冬脸上还沾着丝丝的泪水，显然痛起来的时候真不容易忍受得了，遂把手帕给她拭了脸上的泪，问道："此刻又好些了吗？"小冬含笑点了点头，夏霞凝眸含颦地沉思一会儿，说道："生产孩子那么痛苦，那我真也不愿意跟人结婚了。"

小冬听她这样说，倒又不禁为之扑哧笑道："痴妮子！那我就瞧着你独身到老了。"说着，又叹了一声，说道，"做女子的苦，就苦在这一点。"

夏霞听了，想了一会儿，望着小冬的脸，又很神秘地笑道："想起来真有趣，在你未和燕士结婚之前，你的腹部无论如何就不会大起来。可是你和燕士也只不过一次……那不是一件稀奇的事吗？"

小冬听她如醉如痴地这样说着，忍不住又哧哧笑起来，说道："你这妮子真想痴了，亏你说得出这些话。"

夏霞连耳根子都羞红了，拉着小冬的手，笑道："我终觉得那是一件神秘的事情……"说到这里，自己也笑起来了。

小冬因为听她提起了燕士，心里不免也想着了他。我今日已到分娩的时候了，可怜他也许还在梦中吧？逢春说他已随白师长向汉口进发了，不知他在军中身体安好吗？假使他到北京的时候，忽然见我已给他养了一个儿子，他真不知是喜欢还是忧愁呢？忧愁这两字打哪儿说起？当然他是十分喜欢呢。夏霞见她呆呆地出神，仿佛在想什么心事般的，遂低声问道："此刻又完全不痛了吧？"

小冬这才醒来似的点了点头，望了夏霞一眼，忽然又道："小玲回家去了这许多时候，怎么还不曾回来？"正说时，忽见小玲提了一竹篮子的自己在家烧好的菜，匆匆进来了，笑道："小姐在埋怨我了吧？可是偏给我听见了。"

小冬笑道："你真像曹操，可是说不得你坏话的了。"

夏霞道："大小姐今天就要分娩了，已痛过两阵哩。"

小玲把竹篮子放在橱里，挨近床边来，笑道："真的吗？但愿生个小少爷，那么就叫人心里喜欢哩。"小冬正欲说话，那腹中又痛起来。

这样直到晚上九点钟，王医生和看护也在房里侍候了。夏霞站在旁边，只见小冬仰卧在床，胯下已垫了橡皮布和药水棉花。小冬的脸色是血红的，她咬紧了银齿竭力熬住了痛，似乎正在生命线上挣扎着。夏霞一颗处女脆弱的心灵，是感到无限的恐怖和害怕。她不忍再瞧下去，于是背转身子，面对了灰白的壁，默默地祈祷着，但愿上帝保佑，给表姐快快地产下来吧。不知是上帝的力量，抑是凑巧，夏霞祈祷毕，只听"哇哇"两声，婴孩的啼哭已触送到耳中了。夏霞心中这一喜欢，立刻回过身子来，只见看护的手里已抱了一个精赤的小东西了。他们把婴孩洗清穿好衣服，一面又给产妇安顿舒齐。小冬自己痛得发昏，还急问着是男是女。夏霞笑着告诉道："是个小弟弟。表姐，恭喜你！"

这时看护把婴孩抱到小冬的面前，笑道："田小姐，您瞧瞧您的儿子，多漂亮可爱的。"小冬虽然在万分痛苦之余，此刻她明眸瞧到那红红皮肤、圆圆眼睛的婴孩，她惨白的脸上也会浮起一丝母爱的微笑来。

一会儿，王医生和看护抱了婴孩走去了。夏霞把炖热的桂圆汤，服侍小冬喝了半盅。夏霞望着她淡白的两颊，显然她是曾经过一度竭力挣扎的，遂笑道："表姐，我这话可准不准？果然是个儿子哩。"

小冬嫣然一笑，说道："他可是你的干儿子哩，你做干妈的快给他取个名字吧。"

夏霞眸珠一转,笑道:"我就给他取个名儿叫定国,这孩子一到人间,我们国家也可以统一安定了。姐姐,你瞧好不好?"

小冬十分喜欢,点了点头,说道:"好极了,就准定叫他定国吧。"夏霞因时已不早,生恐劳乏了她的精神,遂叫她静养,自己也就脱衣安睡了。

光阴迅速,一转眼间,不觉已过五天。小冬产后很好,不料今天早晨稍有热度。医生说不妨事,遂给她吃些退热的药水和药粉。不过产母身有热度,婴孩就不能哺乳,偏小冬的乳水又多,所以看护不得不用手术,每天给她吸些去。小冬在被吸的时候,终有些痛苦的,因此柳眉含颦。看护稍微吸了一些,也就罢了。夏霞见小冬好好的忽然有热度起来,心里自然很忧愁,低问小冬有没有别的不舒服,小冬摇头道:"大概不要紧,因为我没有感到什么痛苦。"夏霞听她这样说,心里很安慰,遂嘱她静养。

这时小玲又从家里拿菜回来,向夏霞很生气地说道:"二小姐,真是笑话!这几天前线风声多么紧张,亏老爷还在娶第八房姨太太哩!"

小冬耳尖,忙问什么,夏霞恐她听了生气,有损身子,遂向小玲丢个眼色,说:"没有什么,大概革命军就可以到北京城,那时候姐姐和燕士见面,真是快乐哩!"小冬听夏霞这样说,拉了她手,掀起了笑容,真是喜欢得什么似的呢。白天里小冬的热度只不过一百度零些,人家都不以为意,就是小冬自己也不稀奇。不料晚上,竟升到一百零四度多,医院当局便欲用冰块冰起来。夏霞心中又焦急又害怕,也是没了主意。大家正商量间,忽然噼噼啪啪一阵机关枪声,早已冲破了静夜的空气了。

第十四回

被幽禁正义叱将军
见光明普天新岁月

　　燕琴自从把那封信寄出后，便静静地等候逢春的回信。可是过了一星期后，却还不见逢春的回信到来，一颗芳心自然又好生疑惑，难道这封信还没有收到吗？抑是他的回信寄出后，还不曾寄到北京来？或许他在广东已另有爱人，便索性和我破裂了吗？燕琴想到这个念头上去，她当然又十分地悲伤，忍不住暗暗地抛泪。不料却被玉春发觉了，便拉了她的手，很惊讶地悄悄地问道："琴姐，你干吗伤心了？"

　　燕琴慌忙地把手背揉擦了一下眼皮，微微地一笑，假装毫没事一般地笑道："谁伤心？我眼睛发痒，被我眼皮都揉红了。"

　　玉春似有不信之意，噘了噘嘴，摇头道："你诳我，我才明明地瞧见你在淌眼泪呢。"说到这里，忽然又偎到燕琴的怀里来，低声问道，"琴姐，我知道你所以伤心的原因了，是不是为了哥哥没有回信给你吗？"

　　燕琴再也想不到被她一语道破，顿时娇靥上飞起一朵桃花，抚着她的小手，逗给她一个娇嗔，说道："别胡说，我哪里曾经淌过泪呢？"

　　玉春笑道："琴姐，你放心，我哥哥接到你这一封信，他一

230

定会喜欢得跳起来的。不要性急，再过两天，他的信就会展在姐姐的眼前哩。"燕琴见她说完了这两句话，还向自己扮了一个有趣的滑稽脸，因此再也忍不住扑哧地一笑，那颊上的笑窝便深深地印了出来。玉春见她很得意的神情，便又说道："琴姐，我告诉你，母亲昨天对我说，她这次的病，若没有姐姐给她请医诊治，小心服侍，她恐怕是早已死过去了的。所以母亲的性命，完全是姐姐所赐一样哩，母亲她非常地感激你……"

燕琴不等她说完，便忙说道："你母亲别说那些话，我的爸爸两次给你哥哥救了性命哩！我觉得这样大恩，实在无以为报。如今只不过稍尽一些互助的义务，这算得了什么呢？"

玉春笑道："哥哥救你爸爸性命，这个不关我们的事，我们只讲目前的。假使那天我没有碰见姐姐的话，那真叫我会弄得走投无路呢。所以母亲对我说，像姐姐那样大德，我们该怎样报答呢？我说母亲不用忧煎，只要你做个主意，把琴姐给我做了嫂子，那么大家不是变成一家人了吗？既然变成了一家人，那么彼此自然不用客气了。姐姐，你不知肯不肯给我做个嫂子吗？"玉春絮絮地问到这里，还微扬了脸，把滴溜乌圆的小眼睛瞅住了燕琴的粉脸，憨憨地娇笑。

燕琴知道杨老太和玉春都已有了这个意思，那么逢春是个孝顺的儿子，对于母亲的话，还有个不听从的吗？这样一想，芳心里真是又喜又羞，红晕了两颊，但表面上犹啐她一口，把手向她扬了一扬，嗔道："玉妹，你再胡说，我可捶你！"玉春见她要把手来向自己胁下胳肢，这就一骨碌翻身，忍不住咯咯笑着逃出去了。

过了两天，竟应着了玉春的话，逢春果然有快信到来了。玉春手拿着信，笑盈盈地奔进了房中，只见燕琴坐在母亲的床旁，两人很亲热地谈着话，这就嚷着道："琴姐！哥哥有信来了！"

燕琴突然听了这个话，一颗芳心乐得什么似的，立刻回眸来瞧，只见玉春的两手反藏在背后，向自己憨憨地笑。一时还以为她和自己开玩笑，便噘了噘嘴，故意"呸"了一声，笑道："诳我，你拿来瞧！"

玉春故意把身子忸怩着，笑道："你不信，我就不拿给你！"

杨老太见玉春淘气，便瞅她一眼，笑骂道："你这妮子再作刁，我可捶你，快拿给琴姐瞧吧。"

玉春笑着，这才把背后的手拿出来，向燕琴扬了扬，笑道："琴姐，你瞧，这是什么东西？你快到窗边来，我们坐着一块儿瞧吧。"

燕琴巴不得玉春说这一句话，于是厚着脸皮就离开床边，走到窗前的沙发旁，和玉春并肩坐下。玉春早已急急拆开信封，抽出信笺，交到燕琴的手里。燕琴展开一瞧，见信甚短，后面却题着一首七律。于是和玉春先瞧信道：

琴妹芳鉴：

　　造物忌人，故做我俩的恶魔。这不幸的误会，仿佛半空中忽然起了一阵罡风，吹散了我俩的远别。待今日读了你的来信，又好像在风云堆里钻出来的皓月，依然显出那样的光辉，使我久郁在心头的悲境，方才感到大快特快。我母亲在病中多蒙殷殷照料，汤药必亲，尤见情深谊厚，令人刻骨难忘。回乡有日，自当叩首。你所作的长风一篇，我已经拜读了，觉得你的痴心，实在使我泪湿衣襟。此后虽海枯石烂，我亦唯祝天长地久。琴，你说对不对？专此奉复，即请学安。

　　　　　　　　　　　十一月九日逢春再拜

琴妹以长风一篇寄我，斑斑点点，浑不辨是泪是血。今特报以七律慰之。

读罢锦书泪暗酸，层层委屈不忍看。奇缘自古多磨折，好事由来美满难。子职有惭供甘旨，亲躬抱恙赖承欢。从今莫作猜疑恨，千里报卿两地安。

燕琴瞧完了逢春的来信和那七律，一颗芳心真是充满了无限的甜蜜，眉毛一扬，乌圆眸珠在长睫毛里滴溜溜地一转，那玫瑰花样颊上的笑窝，也就深深地掀了起来。回眸去望玉春，不料玉春却向自己扮了一个兔子脸，只管憨憨地傻笑着。燕琴觉得她这笑至少是含有些神秘的意思，一时被她笑得十分难为情，便瞅了她一眼，故意问道："你干吗这样好笑？"玉春被她一问，更加笑得伏在燕琴怀里直不起腰来。燕琴此刻的芳心是不住地荡漾，她想着逢春居然喊我琴妹了，显然我俩的亲热在无形中不是更进一步了吗？瞧了那"虽海枯石烂，我亦唯祝天长地久"两句话，燕琴的心花也乐得朵朵地开了。但是为了太兴奋的缘故，不免也想起以前种种的委屈，因此眼角上竟涌出一颗自己也说不出所以然的泪水来。玉春笑了一会儿，忽然又坐正了身子，把手去环住燕琴的脖子，哧地笑道："琴，你说对不对？"说着，又咯咯地笑起来。燕琴见她顽皮得可爱，便恨恨地打了她一下肩胛，也不禁为之破涕嫣然矣。

从此以后，燕琴那颗哀怨的心便也充满了无限的欢喜。这时又得爸爸来信，知道他老人家在上海身体亦很康强，因此愈加安慰。过了几天，杨老太的病也完全复原，燕琴又买了些补品，给她老人家吃些。玉春见燕琴自得哥哥信后，笑脸也有了，每餐饭也吃多了，不到一个月的日子，早已白白胖胖，两颊丰腴，笑的时候那个媚人的酒窝也更加深了，所以时常和她打趣、开玩笑。有时候在杨老太的面前，燕琴虽然欢喜，但到底两颊会羞得涂过胭脂一般地通红起来。

光阴匆匆，如此又过了几天。燕琴因为好久不曾回家，这天便告别杨老太，预备回家去看望一次。经过紫金街的时候，想着多天不到雪影的家，于是也弯进去望望她。雪影一见了她，便拉了她手，很亲热地又笑又嗔地说道："姐姐现在有了情人家里可以去玩，就不想着妹妹了。"

燕琴红晕了两颊，秋波一转，掀着笑窝说道："妹妹，你别冤枉人了。我因为他母亲病得厉害，所以怎么能够离开身呢？"

雪影很神秘地一笑，说道："原是呢，杨老太就好像姐姐的婆婆一样，您不该孝顺一些吗？"

燕琴听了这话，两颊羞得绯红，啐她一口，笑道："你这妮子烂舌根的，终喜欢胡说白道地取笑人家。你想，我爸爸受了她儿子两次救命大恩，现在她老人家病了，我不该报答人家吗？"

雪影噗地笑道："我原说的笑话，那么杨老太现在可大好了吗？"

燕琴点头道："完全好了，伯母和大嫂呢？"

雪影道："到亲戚家里去了。琴姐，你这几天可有什么消息？"说着，回眸过来向燕琴瞟了一眼，又这样地问着。

燕琴脸上显出惊讶的颜色，沉思了一会儿，说道："报纸虽然天天瞧，可是也不曾有正确的消息。他们不是说革命军将到汉口附近的时候，吃了一次败仗，军队要死伤二万多吗？"

雪影噘起了小嘴，"呸"了一声，说道："报纸上的消息，任他们去胡拉，可以相信的吗？我是哥哥行中的消息，据一个英国人说，革命军已进汉口了。"

燕琴听了这消息，很是喜欢，眸珠一转，笑道："假使真的话，那可不是喜欢煞人吗？所以这几天客车都停了，大概都在运兵了吧？"两人谈了一会儿，燕琴便欲告别，雪影哪里肯放，燕琴没法，只得吃了午饭，方才匆匆回家。

　　燕琴因为得了革命军已抵汉口的消息，想着哥哥的人也不知可平安吗，虽然喜欢，也不免忧愁，低了头，一路走，一路细忖，因此也没有顾到街上的车马。不料这时从前面突然驶来一辆汽车，燕琴因为没有听到掀喇叭之声，自然没有理会。及至汽车到了面前，这就躲避不及，竟被汽车撞倒在地，幸而汽车夫刀下留人，他刹车得快，没有把燕琴辗死，可是也已昏厥过去。这时车夫跳下车厢，走到燕琴身旁，见她双眼紧闭，柳眉颦蹙，脸白似纸，竟像死了模样，心中倒吃一惊，蹲身一摸她胸口，那颗心尚在跳跃，知道是气闭，还有救醒。便又走到车厢旁来，向里面一个身穿长袍马褂、大腹硕硕的男子说道："回老爷的话，是个年轻的姑娘。"

　　那男子一听"年轻的姑娘"五个字，他把一脸怒容顿时浮出笑意来，说道："你把她抱上来，送她上医院去吧。"车夫答应一声是，便回身把燕琴身子抱进车厢。那男子见这么如花似玉的一个姑娘，心里一喜欢，便用手来接抱，说道："你快放到我的膝踝上来，不要紧，你开向医院里去吧。"

　　车夫把燕琴身子交给了他，便跳上升车处，拨动机件，呼的一声，汽车便开到红十字会医院。把燕琴抱到特等病房，由医生诊治过一切，方知没有内伤，她的昏厥完全是因为惊吓所致。只不过膝上略有皮伤，经医生涂上药水，包扎舒齐，说等会儿就可以出院，不过喜欢住院的话就住一天好了。那男子说准定给她住一天，明天我们来接她出院好了。等燕琴醒来，那男子和车夫已

235

不知去向，经看护告诉，方知底细。一时也不晓得男子是谁，想着好好的忽然又会被汽车撞倒，那真可说是飞来横祸，我的命也可说是苦的了。幸而没有受伤，只一些皮破，终算性命是从棺材底里漏出了。燕琴这样想着，在十分伤心之余，不免又暗自庆幸。

到了次日，燕琴恢复如常，便欲出院。不料医院不肯，说回头是有人来伴的，请燕琴再等会儿。燕琴道："我原是过路之人，和那坐车的男子根本毫不相识，何必要他来伴我出院呢？"

正说时，忽然外面走进四名卫兵，向燕琴立正行礼，说道："这位小姐，咱们将军请你去一次。"

燕琴突然听了这话，顿时大吃一惊，暗想：这是怎么一回事？眸珠一转，虽然有些理会，但仍假装含糊道："你们的将军是谁？我可并不认识他呀，"

卫兵道："昨天你不是被咱们将军的汽车撞到了吗？将军心里很觉得不安，所以请你去吃饭的。你放心，并没有什么恶意，请你快走吧，"

燕琴听他口里虽说请，手里握了盒子炮，实际上完全是个强迫性质，意欲拒绝不去，但他们不由分说，老实不客气地用手来拖着燕琴走了。燕琴这时心头的跳跃几乎要从口腔跳出来了，她想挣扎，她想抵抗，但她没有武力，可怜只好让他们犯人似的押上了汽车，直开到军部里去了。汽车到军部，向右转入另一个院子，直达大厅停下。只见石阶上早已站着两个少妇佣人，笑盈盈地迎上来，向燕琴鞠躬行礼，口呼："小姐，请里面坐吧。"

燕琴本来心头是充满了无限的恐怖和害怕，但既已到了虎口，她的一颗芳心倒又安定起来，于是脸不改色地很大方地跟着两人到了楼上。一个卧房，里面布置得富丽堂皇，一切用具不是金的便是银的。燕琴暗想：剥削民脂民膏的狗贼，真是杀不可赦，看明天革命军到了北京城，你这王八还能够横行吗？燕琴正在暗暗愤怒，忽听一阵哈哈的笑声已响到耳中，连忙抬头望去，只见两个仆妇已不知去向，房中早已站着一个大腹硕硕的男子，身穿大花缎子的皮袄，头戴獭皮帽，人中上还留有短短的胡须，那双贼眼笑眯眯地溜了过来。燕琴知道那人就是田将军了，便恨得咬牙切齿，最好将他一刀杀死，那么倒也助了革命军一臂之力哩。但是身边既没有刀，那可怎么办呢？因此低了头，只管呆呆地出神。这时田将军却挨到她的身边来，拉起了她的手，又哈哈地笑起来。燕琴连忙把他手摔脱了，微抬了粉颊，秋波含了娇嗔的目光，在他脸上狠狠地逗了那么一瞥，说道："你是谁？怎么动手动脚的？你可要尊重你自己的人格，回头我告诉你们将军，不要你的狗命！"

田将军见她柳眉倒竖，杏眼圆睁，胆敢骂自己狗命，心中也勃然大怒，但仔细一想：她是并不晓得我就是将军，这孩子倒是个可人的呢。其实燕琴也不能当面痛骂他一顿，故意装作不认识，绕了一个圈子来骂他。你想，燕琴这姑娘聪明不聪明吗？那时田剑峰将军却反耸着两肩笑起来，眯了眼睛，凝望着燕琴的娇靥，真是愈瞧愈美，愈瞧愈爱，暗想：老七虽艳，但还及不来那姑娘万分之一呢。遂说道："姑娘，你不要发怒，我就是将军呀。"

燕琴听了，故意显出惊慌的神气，说道："啊哟！你就是田将军吗？那可该死了，我实在不晓得，刚才冒犯了你，请你特别地原谅。不过话又得说回来，我以为将军乃是国家的要人，哪里对于女色会这样地贪图吗？所以我有些不相信，你莫非是冒认田将军吗？田将军难道会这样没有人格吗？"燕琴转着乌圆眸珠，很娇憨地翻来覆去地说到这里，便又故意哧哧地笑起来。

这几句放着和尚骂贼秃的话，听到田将军的耳里，真有些哭笑不得。因此望着她芙蓉花朵似的两颊，倒是愕住了一会儿。良久，方才笑道："姑娘，你别误会，咱可并不是贪图女色，实在因为姑娘生得太美丽了，所以我心里就爱得了不得。现在我们且别说这些话，你先请坐下，我们谈一谈，请问姑娘贵姓？昨天被我的汽车撞倒，幸而没有受伤，否则那叫我心中怎能对得住呢？"

燕琴淡淡地道："田将军，我以为你可以不必问我姓什么，我现在只希望你快把我放回家去。除了这个条件外，什么我都不愿谈！"

田将军见她斩钉截铁似的回答了这两句话，那真是没了办法，便呆了一会儿。忽然他又在梳妆台抽屉里取出一只百宝箱来，拿到燕琴的面前，笑道："姑娘，你好歹也该说个名字给我知道，假使你说了，我就把这许多珍宝都送给了你。"燕琴瞧也不瞧一眼，别转身子，却自走到窗前的沙发旁去了。田将军见她这个模样，心中好生着恼，意欲用强硬手段来威吓她，但觉得要一个美人答应，终要她自己情愿，方才有兴趣，遂又向燕琴说道："姑娘，你既已到此，谅来也飞不出去，所以我此刻也不来为难你，给你好好考虑一下。我这样情分对待你，你若再不答应，那你就莫怪我心肠狠了！"说着，又高喊了两声阿保。

只见外面又走进刚才那两个女佣来，向田将军鞠躬行礼，笑问有什么吩咐，田将军道："好生看守着这个姑娘，不能欺侮她一些。"

阿保忙含笑说道："将军吩咐，敢不遵命？小人长了几颗脑袋，怎敢欺侮姑娘？"

田将军一面走出房去，一面又向阿保招手，阿保会意，悄悄跟出。田将军附着她耳朵，低低地说道："你先问她姓什么叫什么，然后给我好好劝慰她，说答应了将军，将来有说不尽的好处。她假使给你说服了，明天我就重赏你。"阿保连声答应，笑盈盈地回身进内，照着田将军的吩咐，和燕琴真亲热得不得了，拉了她手，笑问："姑娘你几岁了？姓什么？叫什么？真是个好模样，有福气的人，将来说不定还可以做总统夫人哩！"燕琴早已知道她的意思，便故意装作木人一样，任她说得口出莲花，却是始终不给她一个理睬。阿保见她呆呆地坐着，自己虽然说得嘴也干了，她还是哑声地不问不闻，真仿佛一个囫囵的鸭蛋，觉得无缝可钻，一时皱了眉毛，也没有办法。这样直到了黄昏将近，燕琴午饭也不曾吃，可是却一些都不饿。她暗暗地只管沉思，我用什么方法来解去这个危险关头呢？可是想来想去，也没有什么计策可想。不料正在这时，忽听门外有人笃笃敲了两声，阿保和还有一个仆妇知道田将军来了，便愁苦了脸匆匆地出去。

不多一会儿，只有田将军一个人走进来。他走到燕琴坐的沙发旁站住，柔声说道："姑娘，想不到你有这样坚强的意志，竟装哑巴不肯说一句话吗？"

燕琴仰着脸，向他望了一眼，很洒脱地把手一摆，叫他在另一张沙发上坐下，说道："和这样没知识的人有什么好谈？我倒愿意和将军谈一谈，你请坐下了。"

田将军听她这样说，倒是一怔，心里暗想：莫非她已想明白了吗？于是很喜欢地在沙发上坐下了，望着她玫瑰花样的两颊，笑了一笑，说道："姑娘，你要知道，我心中是多么地爱你，将来我做了大总统，你就是总统夫人。假使我有做皇帝的日子，你就是正宫娘娘哩！"

燕琴听他这样说，气得脸变成了铁青，暗想：你真在做梦！

遂竭力忍住了愤怒，冷笑了一声，说道："田将军，承蒙你这样地爱我，我究竟不是木石，岂难道会不感动吗？所以你固然爱我，我也未始不和你同样地爱着你。不过你爱我的是肉欲，我爱你的却是伟大的事业。田将军，你实在是个国家的大人物，当然知道为了女人，是会弄得身败名裂的。所以我正为了爱你，而不情愿接受你的爱我。现在我已得到了一个关于你很不幸的消息，就是革命军已到汉口了。我想这消息，你当然也不会不知道。唉，你是一个大将军，前线已危险到这个地步，你不设法如何去抵抗敌人的进袭，还一味地在女人身上转念头。我试问你怎么样对得住你良心？怎么样对得住你的国家？"

田将军被她滔滔不绝地说出这一大篇的话，顿时把两颊涨得血喷猪头一般地通红，呆了半晌，方才说道："姑娘，你不知道，我正因为心里忧愁前线的失利，没法可想，只好再娶个太太解解忧愁。唉，我们做将军的内心是多么痛苦，我恨起来，情愿放弃一切，和姑娘一块儿出国去度甜蜜生活去，不知姑娘肯答应我吗？"燕琴听了这话，气得浑身发抖，她恨得最好奔上去，把他的肉咬几口，暗想：这王八真正不是人种，简直把我们女子当作是一件玩物了。

田将军听她不说话，便站起身子，走了上去，向燕琴噗的一声跪了下来，堆着又笑又哭的丑脸，央求道："我的姑娘，你发发慈悲性，就答应了我吧！"燕琴再也想不到一个身为将军的人，竟会做出这样卑鄙无耻的举动。她因为气愤得过了度，倒反而呆呆地愕住了。

田将军在房中做出那出求婚的把戏，站在房门外的这位张参谋长真是急得几乎要上吊了。要想伸手敲门，但又不敢惊动。因此他就蹲身在钥匙孔里望了一眼，这一望，真是气得一佛转世、二佛升天，暗暗骂声："他妈的！敌人已到眼前了，你这狗养的还跪在女人面前求婚吗?"这就张大了胆子，把皮靴在地板上乱顿，口喊："大事不好了，田将军！你快快出来吧！外面军官们都等着你共商大事哩！"

张参谋长外面这一阵子大喊，把房中的燕琴和田将军都大吃一惊。田将军这就急急站起，向燕琴说道："姑娘，你且等一等，我去一会儿，立刻就带了你逃走吧!"说着，便把身子向房门口走，拉开门，砰的一声，又把房门关起了。燕琴知道外面形势一定十分紧急，一时暗暗欢喜，祈祷着革命军快进北京城来。但忽然又转念一想，我这人真呆笨得可怜，不趁这时候逃跑了，难道还等死吗? 这样一想，她便站起身子，急急奔到门旁，伸手去拉门拳，不料动也不会动一动，显然田将军临走时还上了锁的。一时急得暗暗叫苦，回身转奔到窗旁，开了窗门一看，只见下面是个院子，静悄悄地一无人声，打量楼上到地下也有一丈多高，自己若跳下去，那是很危险的，一不小心也许有跌伤的可能。瞧瞧天色已经入夜了，这时从晚风中吹送过来，似乎已有隐隐的枪声触入耳鼓。燕琴正自猜疑，忽见东北角上的天空一片血红，似乎在火烧般的神气，接着军号声、马嘶声、人叫声、屋倒声，一切一切嘈杂的声音，都冲破了这静夜的空气。燕琴暗想：这一定是革命军已入北京城了，一颗芳心真有无限的欢喜。不过自己孤零零的一个人被关在这里，四面都是黑漆漆的，不免又感到无限的恐怖和害怕。瞧瞧手腕上的表，已经九点光景了，东北角上的火也愈烧愈烈了。燕琴正急得满头大汗，突然有一阵皮靴的声音嗒嗒地响进院子里来。约有二十多个兵士，手执火把，在融融的火光之下，燕琴瞧清楚为首一个手握盒子炮的军官，正是自己心上人杨逢春，这就情不自禁地乐得手舞足蹈地大喊道："逢春！逢春!"逢春突然听了这个耳熟的呼声,便抬头急忙向上望去,因为楼上房内也有灯光,所以瞧清楚那个女子正是燕琴,心中这一奇怪,真是呆了起来,忙问道:"你不是燕琴吗?"

燕琴说道:"我正是燕琴,你快上楼来救我呀!"逢春听她这样说,便三脚两步地直奔楼上而来,到了一个房门口,早听里面燕琴在高声叫道:"逢春,你快把门劈了,我关在里面呢!"逢春一听,立刻吩咐大家取出斧头,砰砰碰碰地一阵子乱砍,没有一会儿工夫,早把房门砍倒。逢春急忙奔进房去,燕琴也正从里面奔出,两人撞个满怀,也就乘势紧紧地抱住了,情不自禁地接了一个甜蜜而欢悦的长吻。燕琴扬着眉毛,乌圆的眸珠在长睫毛里滴溜地一转,掀起了酒窝,逗给逢春一个妩媚的娇笑,兴奋地叫道:"哥哥,大事成功了,我们胜利了,瞧呀!光明已射到整个北京城里来了!"

逢春听她这样说,同时又瞧了她这样娇媚不胜的意态,真所谓久别重逢,愈瞧愈爱,猛可把她的娇躯又抱住了,笑道:"妹妹说得是,你瞧天空,自由的烽火已燃遍了四方哩!"

说着,两人又急奔到窗口,果然此刻满天都血红了。燕琴回眸过来,又笑道:"春,我的哥哥可曾和你一块儿来北京吗?"

逢春点点头道:"一块儿来的。妹妹,你怎么会被他们关在这儿的呀?"

燕琴笑道:"这个我回头跟你详细地谈,此刻我要到外面去呼吸一些自由的空气,因为我被这里恶浊的空气,实在已闷得透不过气了呢!"说着,两人便携着手急急地奔到楼下去了。

且说产科医院里的田小冬,忽然热度会升高到一百零四度多,医生说要用冰冰她的头部。夏霞是个年轻的姑娘,她急得也没了主意。不料正在这时,忽然外面枪声噼啪不绝于耳。小冬虽然在病中，神志被热度有些模糊了，心里却很清楚。她一听枪声，陡然一惊，便急问夏霞道："妹妹，你听，哪来的枪声？"

夏霞装着笑脸，安慰她道："也许革命军到了，姐姐，你别害怕，燕士他一定可以和你见面了。"小冬听了这话，一颗芳心真是又欢喜又悲哀，喜欢的是燕士到了北京了，悲哀的是爸爸从此完了。她绯红的两颊上虽然含了一丝微笑，但眼角上却涌出一颗晶莹莹的泪水来。医生这时觉得小冬的热势盛极，实在非用冰块不可，所以也不征求夏霞的同意了，遂吩咐看护拿水，用手巾包好，放在小冬的脸上。

夏霞叫小玲好生在房中侍候，她便急急奔出医院，当她奔出医院的大门，只见四面有一大队军士冲过来，为首的一个军官，身骑白马，威风凛凛。夏霞凝神细认，不禁喜出望外，大声喊道："燕士！燕士！"燕士突然听得有人喊自己，便回头来望，只见那盏苍茫的街灯之下，站着一个年轻的姑娘向自己连连招手。仔细一望，不料却是夏霞。这就立刻翻身下马，把马缰交与兵士，他便急奔上来，和夏霞紧握了一阵手。两人相见之下，因为喜欢过度，所以反而说不出一句话。良久，燕士忽见夏霞脸上展露无数的眼泪，心中一酸，不免蹙了眉尖，说道："夏小姐，我负了你。但是……这并非我心狠，想我万不得已的苦衷，大概逢春也曾经都告诉过你了吧？"

夏霞叹了一口气，泪流如雨，说道："过去的事，我们也就别再提吧。小冬现在已给你养了一个儿子，不知你可晓得吗？"

燕士惊喜道："我在汉口遇逢春的时候，他曾经和我谈起小冬已有身孕了，可是却不知道她已给我养了一个儿子。小冬她的人现在在哪儿呀？"

夏霞把手背揉擦了一眼眼皮，竭力忍住了伤心，说道："她

243

养了孩子还不到五天哩。燕士，她还睡在医院里，你快跟我一块去望她吧！"

燕士一听这个话，心里真有说不出的喜欢。两人携手方欲走进医院去，忽然东面又紧紧奔来两个人，口中大喊燕士。燕士回眸一瞧，却是妹妹和逢春，心里这就愈加欢喜，连忙迎上去，叫道："妹妹！妹妹！"燕琴连奔带跳地扑到燕士的怀里，兄妹两人抱在一起，一个呼哥哥，一个叫妹妹，大家喜欢得淌下泪来。这时燕士又向夏霞给燕琴介绍，燕琴知道这位夏小姐就是自己在中山公园瞧见的一个，便含笑上前，两人握了一阵手。夏霞当然也明白逢春爱上的就是这个姑娘，心里虽然很怨恨，但表面上却不能不含笑招呼她。

逢春忽然见燕士和夏霞在一块儿，心里很是奇怪，一面也向夏霞握手问好，一面问燕士到哪儿去。燕士道："小冬已在五天前给我养了一个儿子了，她睡在产科医院里，我们大家去瞧瞧她好吗？"

燕琴一听，喜欢得掀起酒窝，笑道："什么？嫂嫂已给哥哥养了一个儿子了吗？哟，我这人真糊涂，大家都在北京城里，却不曾瞧见过嫂嫂一面呢。"

这时四个人大家都急急地走进产科医院里去。除了夏霞低了头暗暗伤心外，燕士等三个人的脸上都浮起了欣慰的笑容。

夏霞领着三人到了特等病房，小玲一见燕士逢春等人，一颗小心灵感到十分奇怪，暗想：怎么韦少爷有两个了呢？及至仔细一望，方才知道是两个人，不过究竟谁是韦少爷，一时却分别不出。正在呆呆地出神，不料床上的小冬却已发觉燕士和逢春进来了。她在广东和逢春是相聚过十天的，当然两个人的脸是已经分别得很清楚的了。她知道革命军是真的进北京城了，她心里是兴奋得了不得。她想猛可从床上坐起来欢迎他们，但是她全身已没有这个气力了。到此她才明白自己的病已入膏肓了，无限悲酸激起了她脆弱的心头，她张了两手，明眸呆呆地向着燕士望过来，眼泪已从眶子里溢出来了。

在未进产房的时候，燕士、燕琴、逢春三个人的心里都是十分快乐，但走进产房之后，忽然瞥见小冬的头上是用冰块镇压着，这使三个人的脸上笑痕都收起了。燕士见小冬伸着两手淌泪的情形，他再也忍不住抢步奔了上去，伏在小冬的身上，让她两臂抱住了自己的脖子。燕士也顾不到众人在房中，他已低下头去，在小冬唇上默默地温存一会儿，柔声说道："小冬，你不是已给我养了孩子吗？我心里真喜欢呢！你怎么啦？热度很高吗？"燕士两眼凝望着小冬绯红的两颊，心头无限的喜欢已变成无限的悲酸，他再也忍不住泪水夺眶而出了。

小冬见燕士淌泪，遂把纤手擦上来，抹取了燕士颊上的泪水，破涕嫣然笑道："别伤心，哥哥，你们胜利了，我心中喜欢……"小冬说到这里，自己的眼泪也会滚滚地掉下来。燕士听她说话的声音很轻微，显然精神是散去了，那病是很深的了。他想不到自己的爱妻会病得这样沉重，他这时候很想哭，但是怎能哭得出？因此泪像泉涌。这时小冬又瞥见了旁边的燕琴，便含泪问道："这位小姐是谁？"

燕士道："她就是我的妹妹燕琴。"

小冬这就恍然，暗想：怪不得她和逢春站在一起哩。燕琴听小冬问着自己，便走上来向她强装笑颜，叫一声"嫂嫂"。小冬听了这一声嫂嫂，她的泪更像雨点一般落下了两颊，点了点头，还掀起了一丝微笑，说道："姑娘，我们……"小冬说到这里，她再也说不下去了，哽咽了一会儿，方才淌泪接下去道，"我们……"但这次依然只说了"我们"两字，没有再说下去。

　　大家已经知道她的意思了，各人的脸上也就都挂满了泪水。燕琴情不自禁地伏下床去，拉了小冬的手，叫道："嫂嫂，你别胡思乱想了，还是静静地躺一会儿吧！"小冬也握了燕琴一会儿手，她含了笑意，只是扑簌簌地淌眼泪。这时燕士悄悄问医生可还有什么救治的办法，医生道："有救治办法，我们终得尽力。"于是又给小冬注射强心针，一面叫她静养，一面嘱众人暂退。逢春和燕士只好先往军部办理公务，燕琴和夏霞在病房相伴。

　　燕士和逢春在军部料理一切舒齐，和长官会谈一小时，方欲各自就寝，不料燕琴的电话来了，说小冬病危，哥哥速来。燕士得此消息，方寸欲碎，逢春在旁听了，也是悲伤，于是两人急忙驱车前往。时已东方发白，待两人到了小冬的病榻旁边，只见小冬已口不能言，她指着婴孩叫夏霞抱了，一手拉了燕士，一手拉了夏霞，给两人的手接在一起，微微一笑，点了点头，她的眼皮慢慢合上了。当她眼皮合上的时候，两行热泪从颊上直淌到嘴角旁来。可怜一缕芳魂，从此香消玉殒矣。燕士回首前尘，悲从中来，不禁伏下身子抚尸痛哭。燕琴、逢春、夏霞也不禁涕泗横流，失声而哭。三人见燕士伏在小冬尸身上，忽然连哭声也没有了。燕琴急忙来扶燕士，不料燕士已经昏厥过去了。

　　大雪纷飞中带去了寒冬的季节，温和的春天又降临了大地。北京城里是充满了新的气象，每个人的脸上都挂了普天同庆的笑容。这是万国公墓里的一隅之地，四围植着数株高大的松柏，正中一个巍峨的新坟。坟前立碑一块，上书"先妣田太夫人之墓，哀子韦定国拜立"。时有两对年轻的夫妇，站在墓前凭吊，前面一对的少妇怀中，还抱了一个牙牙学语的婴孩。四人垂首默立良久，各人的心头是充满了无限的悲哀。忽然那婴孩扑着两手，口

246

里仿佛叫着"妈妈，妈妈"似的，喊了两声。这喊声触送到四人的耳中，只觉悲酸万分，忍不住满眶子里的热泪，都纷纷地滚湿衣襟矣。

附　　录

从鸳鸯蝴蝶派谈到冯玉奇小说

裴效维

　　《民国通俗小说典藏文库·冯玉奇卷》将收录冯玉奇的百余种小说作品，此举极其不易。现在，我愿以这篇文章给出版者呐喊助威。尽管我人微言轻，但我毕竟是一个中国文学的研究者，为鸳鸯蝴蝶派说些公道话是我的责任。

　　冯玉奇是一位鸳鸯蝴蝶派作家，因此我们要想了解冯玉奇，必须首先厘清有关鸳鸯蝴蝶派的一些问题。

一、何谓鸳鸯蝴蝶派

　　鸳鸯蝴蝶派作家平襟亚在《关于鸳鸯蝴蝶派》（署名宁远）一文中对鸳鸯蝴蝶派的来历说得很清楚：

　　　　鸳鸯蝴蝶派的名称是由群众起出来的，因为那些作品中常写爱情故事，离不开"卅六鸳鸯同命鸟，一双蝴蝶可怜虫"的范围，因而公赠了这个佳名。

　　　　　　　　　　　　——载香港《大公报》1960 年 7 月 20 日

251

可见鸳鸯蝴蝶派并不是一个有组织有宗旨的小说流派，而是因为当时流行的言情小说多写一对对恋人或夫妻如同鸳鸯蝴蝶般相亲相爱，形影不离，因而民间用鸳鸯蝴蝶小说来比喻这种言情小说，那么这种言情小说的作家群当然也就是鸳鸯蝴蝶派了。这种说法应该是可信的，因为民间常用鸳鸯和蝴蝶来比喻恋人或夫妻，很多民间文学作品中不乏其例。这一比喻非常形象生动，但并无褒贬之意，因此不胫而走。

传到新文学家那里，便加以利用，并赋予贬义，作为贬低对手的武器。但新文学家对鸳鸯蝴蝶派的界定并不一致，大致有两种看法。

一种看法认同民间的比喻说法，即将鸳鸯蝴蝶派小说局限为通俗小说中的言情小说，将鸳鸯蝴蝶派局限为言情小说作家群。鲁迅是这种看法的代表，他在 1922 年所写的《所谓"国学"》一文中说："洋场上的文豪又作了几篇鸳鸯蝴蝶派体小说出版"，其内容无非是"'卿卿我我''蝴蝶鸳鸯'"（载《晨报副刊》1922 年 10 月 4 日）。又于 1931 年 8 月 12 日在社会科学研究会做了《上海文艺之一瞥》的长篇演讲，其中对鸳鸯蝴蝶派小说更做了形象而精辟的概括：

> 这时新的才子＋佳人小说便又流行起来，但佳人已是良家女子了，和才子相悦相恋，分拆不开，柳阴花下，像一对蝴蝶、一双鸳鸯一样。
>
> ——连载于《文艺新闻》第 20、21 期

此外，周作人、钱玄同也持这种看法。周作人于 1918 年 4 月

19 日在北京大学文科研究所小说研究会做《日本近三十年小说之发达》的演讲中，就说现代中国小说"还有《玉梨魂》派的鸳鸯蝴蝶体"（载《新青年》第 5 卷第 1 号）。次年 2 月，周作人又发表《中国小说里的男女问题》（署名仲密）一文，认为"近时流行的《玉梨魂》，虽文章很是肉麻，（却）为鸳鸯蝴蝶派小说的鼻祖"（载《每周评论》第 5 卷第 7 号）。与周作人差不多同时，钱玄同在 1919 年 1 月 9 日所写的《"黑幕"书》一文中也说："人人皆知'黑幕'书为一种不正当之书籍，其实与'黑幕'同类之书籍正复不少，如《艳情尺牍》《香闺韵语》及'鸳鸯蝴蝶派小说'等等皆是。"（载《新青年》第 6 卷第 1 号）这种看法后来被人称之为"狭义的鸳鸯蝴蝶派"看法。

另一种看法却将鸳鸯蝴蝶派无限扩大，认为民国年间新文学派之外的所有通俗小说作家都是鸳鸯蝴蝶派，他们的所有通俗小说都是鸳鸯蝴蝶派小说。这种看法的代表人物是瞿秋白和茅盾。瞿秋白从小说的内容方面来扩大鸳鸯蝴蝶派小说的范围，他在《财神还是反财神》一文中说，"什么武侠，什么神怪，什么侦探，什么言情，什么历史，什么家庭"小说，都是鸳鸯蝴蝶派小说（见人民文学出版社 1953 年 10 月版《瞿秋白文集》）。茅盾则从小说的形式方面来扩大鸳鸯蝴蝶派小说的范围，他在《自然主义与中国现代小说》一文中认定鸳鸯蝴蝶派小说包括"旧式章回体的长篇小说""不分章回的旧式小说""中西合璧的旧式小说""文言白话都有"的短篇小说（载 1922 年 7 月《小说月报》第 13 卷第 7 号）。这种看法后来被人称之为"广义的鸳鸯蝴蝶派"看法，而且逐渐成为主流看法，以致后来的文学研究者都接受了这种看法。

新文学家不仅在鸳鸯蝴蝶派的界定问题上分成了两派，而且在鸳鸯蝴蝶派的名称上也花样百出。如罗家伦因为徐枕亚等人好用四六句的文言写小说，便称其为"滥调四六派"（见署名志希的《今日中国之小说界》，载1919年《新潮》第1卷第1号），但无人响应。郑振铎因为《礼拜六》杂志为鸳鸯蝴蝶派的主要刊物之一，便称其为"礼拜六派"（见署名西谛的《新文学观的建设》一文，载1922年5月21日《文学旬刊》第38号）。这一说法得到了周作人、茅盾、瞿秋白、朱自清、阿英、冯至、楼适夷等人的响应，纷纷采用，以致使用频率越来越高，知名度越来越大，终于成为鸳鸯蝴蝶派的别称了。于是"鸳鸯蝴蝶派"和"礼拜六派"两个名称便被新文学家所滥用。如郑振铎在《新文学观的建设》一文中称"礼拜六派"，而在《〈文学论争集〉导言》一文中却称"鸳鸯蝴蝶派"（见上海良友图书公司1935年10月出版的《新文学大系·文学论争集》卷首）。还有人在同一篇文章里既称鸳鸯蝴蝶派，又称礼拜六派。如阿英在1932年所写的《上海事变与鸳鸯蝴蝶派文艺》一文中说：张恨水的所谓"国难小说"，与"礼拜六派的作品一样，是鸳鸯蝴蝶派的一体"，"充分地说明了鸳鸯蝴蝶派的作家的本色而已"（见上海合众书店1933年6月出版的《现代中国文学论》）。

茅盾在20世纪70年代觉得统称鸳鸯蝴蝶派或礼拜六派都不合适，于是提出了一个折中的看法，他在《紧张而复杂的生活、学习与斗争（上）——回忆录（四）》中说：

> 我以为在"五四"以前，"鸳鸯蝴蝶派"这名称对这一派人是适用的。……但在"五四"以后，这一派中有不少人也来"赶潮流"了，他们不再老是某生某女，而居然写家庭冲突，甚至写劳动人民的悲惨生活了，因

此，如果用他们那一派最老的刊物《礼拜六》来称呼他们，较为合式。

——载 1979 年 8 月《新文学史料》第 4 辑

事实是该派在"五四"前后没有根本变化，都是既写言情小说，又写其他小说，将其人为地腰斩为两段，既显得武断，又无法掩盖当时的混乱看法。

这些混乱的看法导致后来的文学研究者无所适从：或沿用"鸳鸯蝴蝶派"的说法（如北大本《中国文学史》和《中国小说史稿》、复旦本《中国文学史》和《中国近代文学史稿》等）；或沿用"礼拜六派"的说法（如山东师院本《中国现代文学史》等）；或干脆别出心裁地称之为"鸳鸯蝴蝶—礼拜六派"（见汤哲声《鸳鸯蝴蝶—礼拜六小说观念的价值取向及其评价》，载《苏州大学学报》1992 年第 2 期）。这可真算是中国小说史上的一出有趣的滑稽戏了。

二、如何评价鸳鸯蝴蝶派

鸳鸯蝴蝶派的开山作品是 1900 年陈蝶仙的言情小说《泪珠缘》，因此鸳鸯蝴蝶派应该是指言情小说派，这也就是后来的所谓"狭义的鸳鸯蝴蝶派"，但被新文学家扩大为"广义的鸳鸯蝴蝶派"，实际上也就是民国通俗小说派。

鸳鸯蝴蝶派与同时期的"南社"不同，既没有组织，也没有纲领，而是一个在思想倾向和艺术风格上大体相同或相近的小说流派，连"鸳鸯蝴蝶派"这一招牌也是别人强加给它的。然而客观地说，鸳鸯蝴蝶派确实是一个产生过巨大影响的小说流派。在"五四"以前的近二十年间，它几乎独占了中国文坛；在"五四"以后的三十年间，虽然产生了新文学，但新文学只是表面上风光，而鸳鸯蝴蝶派却一派兴旺发达景象。我对"广义的鸳鸯蝴蝶派"做过不完全的统计：该派作家达数百人，较著名者有一百余人，所办刊物、小报和大报副刊仅在上海就有三百四十种，所著中长篇小说两千多种，至于短篇小说、笔记等更难以计数。在此前的中国文学史上，还没有哪个文学流派有过如此宏大的规模，产生过如此巨大的影响。

鸳鸯蝴蝶派由于规模宏大，又处在历史的一个巨变时期，其成员的确鱼龙混杂，其作品也良莠不齐，但总体来说，它形象地记录了中国二十世纪前五十年的历史，为中国读者提供了丰富的精神食粮，对中国小说的传承起过积极作用，因此应该给予充分的肯定。

鸳鸯蝴蝶派小说已经不是中国传统通俗小说的复制，而是一种改良的通俗小说。在形式方面，它既采用章回体，也采用非章回体，甚至采用了西洋小说的日记体、书信体等，至于侦探小说则更是完全模仿自西洋小说。在艺术手法方面，受西洋小说的影响非常明显，如增加了人物形象和景物描写，结构与叙事方式也趋于多样化，单线和复线结构并用，第三人称和第一人称叙述法兼施，还采用了倒叙法和补叙法。在内容方面，鸳鸯蝴蝶派小说已经扩大了描写范围，反映了当时社会生活的各个方面，甚至已经紧跟时事，及时反映当前的社会现实，被称为"时事小说"。如李涵秋的《广陵潮》描写辛亥革命，而他的《战地莺花录》则描写五四运动，这种及时反映当时发生的重大政治事件的小说，与多写历史故事的古代小说完全不同，显然是一大进步。鸳鸯蝴蝶派的言情小说，也不同于古代的才子佳人小说，而是一种新才子佳人小说。古代的才子佳人小说因面对森严的封建礼教，只能写才子与佳人偶尔一见钟情，以眉目传情或诗书传情的方式进行交流，最后皆是有情人终成眷属的大团圆结局。而这种大团圆结局完全是人为的：或出于巧合，或由于才子金榜题名，皇帝御赐完婚，这就完全回避了封建包办婚姻的问题。而民国年间的封建礼教已经在一定程度上松绑，尤其像上海、北京等大城市得风气之先，恋爱自由和婚姻自主思想已经渐入人心。因此有些鸳鸯蝴蝶派的言情小说也突破了古代才子佳人小说的窠臼，才子佳人已经敢于"相悦相恋，分拆不开，柳阴花下，像一对蝴蝶、一双鸳鸯一样"。其结局也不再全是有情人终成眷属的大团圆，而是"有时因为严亲，或者因为薄命，也竟至于偶见悲剧的结局……这实在不能不说是一个大进步"（鲁迅《上海文艺之一瞥》，连载于1931年7月27日、8月3日《文艺新闻》第20、21期）。言情小说由大团圆结局到悲剧结局的确是一个大进步，因为前者是回避封建包办婚姻礼制，而后者是控诉封建包办婚姻礼制。而这一进步的开创者是曹雪芹和高鹗，他们在《红楼梦》里所写的婚姻差不多都是悲剧。因此胡适称赞《红楼梦》不仅把一个个人物"都写作悲剧的下场"，而且最后"作一个大悲剧的结束，打破了中国小说的团圆迷信"（《〈红楼梦〉考证》，见1923年亚东图书馆版《胡适文存》）。可见鸳鸯蝴蝶派的言情小说在一定程度上继承了《红楼梦》开创的爱情婚姻悲剧模式，因而具有相当的反封建意义。我们可以徐枕亚的《玉梨魂》为例加以说明，因为该小说被新文学家指为鸳鸯蝴蝶派的代表性作品。

《玉梨魂》的故事很简单——清末宣统年间，小学教员何梦霞与年轻寡妇白梨影相爱，但两人均认为他们的这种行为是不道德的。为了得到感情的解脱，白梨影想出个"移花接木"的办法，即撮合何梦霞与自己的小姑崔筠倩订了婚。然而何梦霞既不能移情于崔筠倩，白梨影也无法忘情于何梦霞，结果造成了一连串的悲剧——白梨影在爱情与道德的激烈冲突下郁郁而死；崔筠倩因得不到何梦霞之爱而离开了人世；白梨影的公公因感伤女儿、儿媳之死而一病身亡；白梨影的十岁儿子鹏郎成了孤儿。何梦霞为排遣苦闷，先赴日本留学，继又回国参加了辛亥武昌起义（即辛亥革命），壮烈牺牲。

《玉梨魂》不仅描写了一个爱情婚姻悲剧，而且不同于一般的爱情婚姻悲剧。一般的爱情婚姻悲剧都是由封建势力造成的，即由包办婚姻造成的；而《玉梨魂》所写的爱情婚姻悲剧，其原因却是何梦霞和白梨影自身的封建道德。他们既渴望获得恋爱自由和婚姻自主的权利，又不能摆脱封建道德和封建礼教的束缚，两者激烈冲突，造成三死一孤的惨剧。从而揭露了封建道德和封建礼教的影响力是多么巨大，它已深入人们的骨髓，使其不能自拔。因此，它的反封建意义比一般的爱情婚姻悲剧更为深刻。

其实，新文学阵营也不是铁板一块，虽然大多数新文学家对鸳鸯蝴蝶派全盘否定，但也有少数新文学家态度比较客观，他们对鸳鸯蝴蝶派也给予一定的肯定。鲁迅是其中最突出的一位，他不仅认为某些鸳鸯蝴蝶派的悲剧言情小说是"一大进步"，而且不同意某些新文学家对鸳鸯蝴蝶派消极影响的夸大其词。他说：

至于说他流毒中国的青年，那似乎是过虑。倘有人能为这类小说所害，则即使没有这类东西也还是废物，无从挽救的。与社会，尤其不相干，气类相同的鼓词和唱本，国内非常多，品格也相像，所以这些作品也再不能"火上添油",使中国人堕落得更厉害了。

——《关于〈小说世界〉》,载《晨报副刊》
1923 年 1 月 15 日

这种客观的观点与前述周作人无限夸大鸳鸯蝴蝶派作品能使国民生活陷入"完全动物的状态"乃至"非动物的状态"的观点形成了鲜明对比。当抗日战争爆发后,鲁迅更提倡文学界的抗日统一战线,主张团结鸳鸯蝴蝶派一起抗日。他说:

> 我以为文艺家在抗日问题上的联合是无条件的,只要他不是汉奸,愿意或赞成抗日,则不论叫哥哥妹妹,之乎者也,或鸳鸯蝴蝶都无妨。但在文学问题上我们仍可以互相批判。

——《答徐懋庸并关于抗日统一战线问题》,
载《作家》月刊第 1 卷第 5 期

鲁迅不仅提倡团结鸳鸯蝴蝶派一起抗日,而且主张新文学派与鸳鸯蝴蝶派在文学问题上"互相批判",这种平等对待鸳鸯蝴蝶派的度量,也与那些视鸳鸯蝴蝶派如寇仇,必欲置诸死地而后快的新文学家形成了鲜明对比。

对鸳鸯蝴蝶派给予肯定的不只鲁迅,还有朱自清和茅盾。朱自清认为供人娱乐是中国传统小说的特点,因此不赞成将"消遣"作为罪状来批判鸳鸯蝴蝶派小说。他说:

在中国文学的传统里，小说……更是小道中的小道，就因为是消遣的，不严肃。不严肃也就是不正经，小说通常称为"闲书"，不是正经书。……鸳鸯蝴蝶派的小说意在供人们茶余酒后的消遣，倒是中国小说的正宗。

——《论严肃》，载《中国作家》创刊号

茅盾也承认鸳鸯蝴蝶派小说也"写家庭冲突，甚至写劳动人民的悲惨生活"。他还从艺术性方面对鸳鸯蝴蝶派小说给予一定肯定。他认为鸳鸯蝴蝶派的有些长篇小说"采用西洋小说的布局法"，如倒叙法、补叙法，以及人物出场免去套语、故事叙述"戛然收住"等等，这一切是对"旧章回体小说布局法的革命"。还认为鸳鸯蝴蝶派的有些短篇小说学习了西洋短篇小说"截取一段人生来描写，而人生的全体因之以见"的方法："叙述一段人事，可以无头无尾；出场一个人物，可以不细叙家世；书中人物可以只有一人；书中情节可以简至只是一段回忆。……能够学到这一层的，比起一头死钻在旧章回体小说的圈子里的人，自然要高出几倍。"（《自然主义与中国现代小说》，载1922年7月10日《小说月报》第13卷第7号）

鲁迅、朱自清、茅盾毕竟属于新文学派，因此他们对鸳鸯蝴蝶派的肯定是有限的。我们应该摆脱成见与束缚，从中国文学史的角度，对鸳鸯蝴蝶派做出客观公正的评价。

三、如何看待冯玉奇的小说

我们澄清了以上有关鸳鸯蝴蝶派的三个问题，等于为介绍冯玉奇的小说提供了一个坐标，也等于为读者提供了一把参照标尺。读者用这把标尺，就可自行评判冯玉奇的小说了。

冯玉奇于 1918 年左右生于浙江慈溪，笔名左明生、海上先觉楼、先觉楼，曾署名慈水冯玉奇、四明冯玉奇、海上冯玉奇。据说他毕业于浙江大学（一说复旦大学）。1937 年九一八事变后寄居上海，感山河破碎，国事蜩螗，开始写作小说以抒怀。其处女作为《解语花》，由上海春明书店出版。出版后旋即由东方书场改编为同名话剧，演出后轰动一时。那时他才十九岁。由此一发而不可收，至 1949 年 7 月《花落谁家》出版，在短短十来年时间里，他创作的小说竟达一百九十多种，平均每年近二十种，总篇幅应该不少于三千万字，只能用"神速"来形容。这时他只有三十一岁。近现代文学史料专家魏绍昌先生（已去世）所编《鸳鸯蝴蝶派研究资料（史料部分)》（上海文艺出版社 1962 年 10 月出版）开列的《冯玉奇作品》目录只有一百七十二种，也有遗珠之憾。不过我们从这一目录中仍可确定冯玉奇是一位以写言情小说为主的通俗小说作家，因为在一百七十二种小说中，言情小说占有一百二十二种，其他小说只有五十种：社会小说三十四种、武侠小说十四种、侦探小说两种。

冯玉奇不仅是一位写作神速且极为多产的通俗小说作家，还是一位热心的剧作家和剧务工作者。早在他二十六岁（1944 年）时，就担任了越剧名伶袁雪芬的雪声剧团的剧务，并为之创作了《雁南归》《红粉金戈》《太平天国》《有情人》《孝女复仇》五大剧本，演出效果全都甚佳。在他二十七到二十八岁（1945～1946）时，又与他人合作，前后为全香剧团和天红剧团编导了《小妹妹》《遗产恨》《飘零泪》《义薄云天》《流亡曲》等二十多个剧本，演出效果同样甚佳。可见冯玉奇至少写过十几个剧本。

冯玉奇一生所写的小说和剧本总计不下两百五十种，总篇幅可能达到四千万字以上，是名副其实的"著作等身"，是当之无愧的中国最多产的作家，号称多产的同派小说家张恨水也难望其项背。当时的文学作品已是一种特殊商品，冯玉奇的小说如此畅销，其剧本演出又如此轰动，这足可以证明其受人欢迎，这就是读者和观众对冯玉奇的评价，它比专家的评价更为准确，也更为重要。遗憾的是，我们无法看到他的剧作和三十岁以后的作品，也不知其晚景如何，卒于何年。

从冯玉奇的生活年代和创作时段来看，他显然是鸳鸯蝴蝶派的后起之秀，所以尽管他作品如此之多，影响如此之大，而同派的老前辈却很少提到他，这也是"文人相轻"的表现之一。

按说要介绍冯玉奇的小说，应该将其全部小说阅读一遍，但我没有这么多时间，也没有这么大精力，因而只向中国文史出版社借阅了《舞宫春艳》《小红楼》《百合花开》三种，全都是言情小说。因此我只能以这三种言情小说为例加以介绍，这可能会犯以偏概全的错误，因此只能供读者参考。

《舞宫春艳》写了两个纠缠在一起的爱情婚姻悲剧故事：苏州富家子秦可玉自幼与邻居豆腐坊之女李慧娟相恋，由于门第悬殊，秦可玉被其父禁锢，二人难圆成婚之梦。不幸李慧娟生下了一个私生女鹃儿，只好遗弃，自己则郁郁而死。鹃儿被无赖李三子收养，长大后卖到上海做伴舞女郎，改名卷耳。中学生唐小棣先是爱上了姑夫秦可玉家的婢女叶小红，不料叶小红失踪，于是移情于卷耳，但无钱为卷耳赎身，两人感到婚姻无望，于是双双吞鸦片自尽。

《小红楼》的故事紧接《舞宫春艳》：曾经被唐小棣爱过的叶

小红的失踪，原来也是被无赖李三子拐卖为伴舞女郎，小楝、卷耳自杀后，小红才被救了回来，并被秦可玉认为义女。经苏雨田介绍，与辛石秋相识相恋而订婚。同时石秋的姨表妹巢爱吾也爱石秋，但石秋既与小红订婚在先，便毅然与小红结婚。爱吾为了摆脱难堪的地位，离家出走，下落不明。石秋奉父命赴北平探望二哥雁秋，在火车站被人诬陷私带军火，被军人押到司令部。可巧爱吾此时已成为张司令的干女儿兼秘书，便设法救了石秋一命。但张司令强迫石秋与爱吾结婚，二人既不敢违命，又固守道德，便以假夫妻应付。后来石秋回到家里，终于与小红团聚。

《百合花开》写了两个紧密相关的爱情婚姻故事：二十岁的寡妇花如兰同时被四十二岁的教育家盖季常和十八岁的革命青年盖雨龙叔侄俩所爱，而盖季常的十六岁侄女盖云仙又同时被三十六岁的银行家杨如仁和十九岁的革命青年杨梦花父子俩所爱。经过许多曲折后，终于两位长辈让步，盖雨龙与花如兰、杨梦花与盖云仙同场结婚。

由以上简单介绍可知，冯玉奇的这三种小说共写了五个爱情婚姻故事，其中两个是悲剧结局，三个是有情人终成眷属。这正如鲁迅所说："有时因为严亲，或者因为薄命，也竟至于偶见悲剧的结局……这实在不能不说是一个大进步。"其次，这三种小说的五个爱情婚姻故事，倒有四个是三角爱情婚姻故事，但它们的情况并不雷同。唐小楝、叶小红、卷耳的三角恋是一男爱二女，辛石秋、叶小红、巢爱吾的三角恋是两女爱一男，而盖季常、盖雨龙、花如兰和杨如仁、杨梦花、盖云仙的三角恋更为异想天开，竟然都是两辈嫡亲男人（叔侄、父子）同爱一个女子。可见冯玉奇极有编故事的才能，从而使作品更具吸引力和娱乐性。又次，这三种言情小说的描写极为干净，没有任何色情描

263

写。除了秦可玉与李慧娟有私生女外，其他人都非礼勿言，非礼勿行。如辛石秋与叶小红因婚礼当天石秋之母去世，为了守孝，新婚夫妻在百日之内没有圆房。而辛石秋与姨表妹巢爱吾为了对得起叶小红，虽被张司令强迫成亲，却只做了几天假夫妻。

从表现形式和艺术手法来看，我觉得冯玉奇的小说与当时新文学的新小说都受了西洋小说的影响，基本相同。譬如：两者都突破了传统小说书名的套路，不拘一格，尤其采用了一字书名和二字书名，如冯玉奇有《罪》《孽》《恨》《血》和《歧途》《逃婚》《情奔》等；而巴金有《家》《春》《秋》，茅盾有《幻灭》《动摇》《追求》。两者的对话方式也突破了传统小说的套路，灵活自如：对话既可置于说话者之后，也可置于说话者之前，还可将说话者夹在两句或两段话之间。至于小说的结构法、叙述法与描写法，更是差不多的。譬如人物描写不再是"沉鱼落雁""闭月羞花""倾国倾城"之类的千人一面，景物描写也不再是"落红满地""绿柳成荫""玉兔东升"之类的千篇一律，而加以具体描绘。这里随便举一个例子：

> 小红坐在窗旁，手托香腮，望着窗外院子里放有一缸残荷，风吹枯叶，瑟瑟作响。墙角旁几株梧桐，巍然而立。下面花坞上满种着秋海棠，正在发花，绿叶红筋，临风生姿，可惜艳而无香，但点缀秋色，也颇令人爱而忘倦。

这是《小红楼》对莲花庵一角的景物描绘，虽然算不上十分精彩，但作者通过小红的眼睛描绘了院中的三样东西——风吹作响的"枯荷"、巍然挺立的"梧桐"、正在开花的"海棠"，从而衬托出莲花庵幽静的环境，曲折地表明了时在秋季。频繁使用巧合手法是冯玉奇小说的显著特点，可以说把所谓"无巧不成书"用到了极致。巧合手法有助于编织故事，缩短篇幅，增加作品的吸引力等，但使用过多则时有破绽，有损于作品的真实性。冯玉奇的某些小说也采用了章回体，但只是标题用"第×回"和对偶句，"却说""且听下回分解"之类的套语已不再经常出现，因此并非章回体的完全照搬。况且章回体并非劣等小说的标志，它在我国小说史上发挥过巨大作用，产生过杰出的四大古典小说。因此用章回体来贬低冯玉奇的小说，也是毫无道理的。

冯玉奇的小说也有明显的缺点。它们与其他鸳鸯蝴蝶派小说一样，主要注重小说的娱乐性，而忽视小说的社会性和艺术性，因此没有产生杰出的作品。他是南方人而小说采用北方话，加之写作速度太快，无暇深思熟虑，导致语言不够流畅，用词不够准确，还有许多错别字和语病。还有使用"巧合"法太多，有时破绽明显，这里不再举例。

总而言之，冯玉奇既不是"黄色"和"反动"小说家，也不是杰出小说家，而是一位勤奋多产、有益无害的通俗小说家，他应在中国小说史尤其是中国现代小说中占有一席之地。

2017 年 6 月 4 日于北京蜗居

图书在版编目（CIP）数据

燕剪春愁 / 冯玉奇著. — 北京：中国文史出版社，
2018.3

（民国通俗小说典藏文库·冯玉奇卷）

ISBN 978 - 7 - 5034 - 9821 - 3

Ⅰ. ①燕… Ⅱ. ①冯… Ⅲ. ①长篇小说 – 中国 – 现代
Ⅳ. ①I246.5

中国版本图书馆 CIP 数据核字（2017）第 289850 号

点　　校：张　汝
责任编辑：牟国煜

出版发行：**中国文史出版社**

网　　址：http://www.chinawenshi.net

社　　址：北京市西城区太平桥大街 23 号　邮编：100811

电　　话：010 - 66173572　66168268　66192736（发行部）

传　　真：010 - 66192703

印　　装：北京盛彩捷印刷有限公司

经　　销：全国新华书店

开　　本：720×1020　1/16

印　　张：17.25　　字数：197 千字

版　　次：2018 年 3 月第 1 版

印　　次：2018 年 3 月第 1 次印刷

定　　价：50.00 元